CHV

Heiko Michael Hartmann

Unterm Bett

Roman

Carl Hanser Verlag

1 2 3 4 5 04 03 02 01 00

ISBN 3-446-19843-1

Satz: Fotosatz Reinhard Amann, Aichstetten
Druck und Bindung: Bercker, Kevelaer
Printed in Germany

Ich bin ein Beamter.

Zugegeben, heute, wo jeder über einen Schreibtisch, einen Bürostuhl und ein paar Aktenordner verfügt, scheint das nicht viel zu bedeuten. Wer hat noch nie einen wichtigen Brief geschrieben, einen Papierlocher benutzt und in einer Kantine gegessen? Dennoch bleibt es ein Unterschied, ob ich den Kampf um die Ordnung bloß aus persönlicher Verzweiflung oder in dem Gefühl einer beruflichen Verpflichtung führe. Im Grunde ist ja jeder Beruf die Eskalation einer ganz gewöhnlichen Tätigkeit. Aber so wie das Backen eines Kuchens mich nicht gleich zum Bäcker macht und auch stundenlanges Kämmen mich in keinen Friseur verwandelt, bin ich ohne Empfinden für einen größeren Zusammenhang kein Beamter.

Ist das überall bemerkbare Wirken des Zufalls ein Beweis für die Aussichtslosigkeit von Lebensplänen? Die Vorstellung, es hätte alles anders kommen können, erwürgt mich fast. Als gebe es für das eigene Fortkommen keinen Weg, als sei alles ins Beliebige gestellt. Doch soll ich mich belügen?

Wie wenig fehlte, und ich hätte die Anstellung als Beamter verpaßt. Wenn ich an die näheren Umstände meiner Anstellung denke, kommt sie mir sogar wie ein kaum glaubhaftes Versehen vor.

Aber solche Versehen geschehen oft, denn die Anstellungen erfolgen im Hinblick auf bloße Äußerlichkeiten. Eine falsch gebundene Krawatte, Neigung zum Grinsen, heraushängender Nasenpopel, alles das reicht aus, um eine Beamtenlaufbahn nicht beginnen zu lassen. Menschenbeurteilung in tieferem Sinne findet nicht statt. Der Versuch zu ihr würde wohl auch alles nur verschlimmern, denn diejenigen, die in der Personalstelle sitzen und über die Anstellung entscheiden, sind die unfähigsten Beamten überhaupt. Sogar von dem, was der neu Angestellte tun soll, wissen sie praktisch nichts, da sie selbst immer nur in der Personalstelle gearbeitet haben. Höchstens wenn ihnen ein Bewerber besonders gerissen erscheint, vermuten sie eine sie selbst betreffende zukünftige Personalgefahr und verhindern die Anstellung. Die Gefahren, die eine Anstellung meiner Person für mein Amt mit sich bringen mußte, blieben dagegen unbemerkt.

Worin meine Unfähigkeit als Beamter liegt, ist leicht zu sagen und doch schwer zu verstehen. Niemand, der noch nicht tiefer darüber nachgedacht hat, wird begreifen, warum gerade ein Mensch wie ich, der über die von seinem Beruf verlangten Eigenschaften in solchem Übermaß verfügt, daß sie statt einer äußeren Gabe seine innere Natur darstellen, keine echte Befähigung zu seinem Beruf haben soll. Dabei ist es doch ganz klar. Ein Metzger, um nur irgendein Beispiel zu nehmen, ist kein tauglicher Metzger, wenn ihm das Töten von Schweinen wie die Spiegelung seines seelischen Zustands erscheint. Solche Metzger sind gefährlich – und nicht nur für Schweine.

Ich denke oft darüber nach, was aus mir geworden wäre, wenn man mir den Eintritt in die Beamtenschaft verweigert hätte. Ein zwischen dem Denken und den Tatsachen klar trennender Lebenskerl? Ach was, wahrscheinlich wäre ich jetzt der Angestellte einer großen Firma, vielleicht einer Versicherung, also etwas sehr Beamtenähnliches, und alles wäre fast genauso gekommen. Das Wissen um die Gefahr nützt nichts. Innere Bestimmung, äußerer Zufall, Ordnung, Chaos – für welches Wort man sich bei der Beschreibung der eigenen Hilflosigkeit auch immer entscheiden mag, es treibt einen von Anfang an dem Ende zu, selbst wenn man sich wie ein Ödipus dagegen zu wehren versucht.

Seit vierzehn Jahren arbeite ich in meinem Amt. Einen Ausweg sehe ich nicht. Zu Beginn, als ich mich über die verrückte Zwecklosigkeit meiner Tätigkeit entweder empört oder darüber gelacht habe, glaubte ich mich zu einem Ausbruch durchaus noch imstande. Eine Zeit, in der ich an die Möglichkeit, der Ertrag des Beamteneifers sei mit dem Ergebnis jeder anderen menschlichen Bemühung vergleichbar, gar nicht dachte. Der herrliche Wärmeschauer, der einen durchrieselt, wenn man einen hinreißenden Gedanken, zum Beispiel den vom Recht oder vom Staat, in seiner Ideenfühlschüssel hin- und herschwenkt, ist schließlich nichts, was nach ein paar schrecklichen Erlebnissen gleich verschwindet. Erst mit der Zeit läßt das nach wie jede andere von der Lust abhängende Fähigkeit.

»Ja, wir haben sie noch, die Beamten«, so die allgemeine Meinung. »Gräber und Akten, bisher nehmen wir das hin, selbst wenn uns beim Anblick der Beamten schlecht wird.« Genehmigungen, Bestätigungen, Zurückverweisungen, endlose Flure, vergebliches Klingeln der Telefone, nur vom dumpfen Rollgeräusch der Aktenwagen unterbrochen – der Grusel, der einen beim Gedanken an ein Schicksal erfaßt, das in der Hand von Beamten liegt, ist allgemein bekannt. Höchstens mit einem Beamtenwitz oder der unverzagten Hoffnung auf Glück läßt er sich abmildern.

»Was denn, verdammt!« heißt es aber jetzt auch. »Draußen singen und arbeiten wir, und drinnen in den Amtsstuben wird alles zunichte gemacht? Schluß damit! Freundlichkeit und Gerechtigkeit! Und falls der innere Beamtenmensch das nicht hergibt, werden wir ihn durch Geräte der reinen Logik, diese schöne Hoffnung auf Fehlerfreiheit, ersetzen.« Mit Computern das Beamtentum eindämmen? Ha! Laßt es nur anwachsen, das Meer von Daten, Schriften und Entscheidungen. Wer kennt sich da noch aus? Wer fühlt sich da noch wohl? Ein Hinweis auf das Unbegreifliche des Ganzen und die Verlorenheit des einzelnen, als ob die Beamtenwirtschaft jemals etwas anderes gewesen wäre.

Vielleicht wird man den Beamten einen neuen Namen, vermutlich einen englischen, geben, weil man ihnen einen weiteren zusätzlichen Triumph im elektronischen Zeitalter nicht gönnt. Zu groß ist die Verbitterung über ihre bisherigen Leistungen. Jeder denkt daran, wie viele Leben durch die Arbeit von Beamten ruiniert wurden. Die ungeheure Zahl von Beamten, die an ihrem eigenen Beamtenschicksal zugrunde gingen, ist dagegen unbekannt. Dabei muß man ja bloß in eine Behörde hineingehen und den Beamten ins Gesicht schauen, um zu erkennen, daß es nirgendwo in der Arbeitswelt entmutigtere Menschen gibt. Die Selbstmordrate ist eine der höchsten, erst neulich hat sich mein Referatsleiter in der Toilette erhängt, einer Toilette, die wir, seine Kollegen, noch bis zu unserer Pensionierung benutzen müssen.

»Da lebt ihr also«, wird auf solche Klagen geantwortet, »in einer lebenslangen Sicherheit wie sonst nur die Kinder von Millionären und bringt euch trotzdem um.« Daß sich gerade Millionärskinder häufig umbringen, wird dabei vergessen. Wie gerne würde ich diejenigen, die über die von der Daseinsleere berichtenden Beamten lachen, mit in mein Dienstzimmer nehmen. Es liegt unter dem Dach, und oft herrscht eine Stille darin, daß man verrückt werden kann. Bei Wind klappert ein über meinem Fenster befindliches Fahnengestänge, das übrigens nur ganz selten, zum Beispiel, wenn ein ehemaliger Finanzminister gestorben ist, in Gebrauch genommen wird.

Natürlich gibt es auch Beamte, denen eine solche Stille gerade recht kommt, weil sie ihren Arbeitsraum als eine Art Wohnzimmer ansehen. Sie legen sich Teppiche in die Zimmer, bringen eigene Möbel mit und stellen Radiogeräte oder sogar Fernseher auf. In der Weihnachtszeit brennen in ihren Zimmern Kerzen, von den Fenstern her blinkt elektrischer Weihnachtsschmuck. Diese Menschen stellen sich an Ostern gegenseitig schokoladene Osterhasen, an Nikolaus Nikoläuse vor die Tür und laden sich täglich zum Kaffeetrinken ein. Sie vor allem sind verantwortlich für das Zerrbild vom faulen Beamten. Doch handelt es sich hauptsächlich um niedere Beamte. »Der Dienst ist uns kein Schnaps«, so behaupten sie. Eine Lüge! Gerade euch niederen Beamten fällt ja die Unterscheidung zwischen Dienst und Freizeit am schwersten. Ihr, denen die Erhabenheit dieser Einzelbegriffe nichts bedeutet, verspürt keine Lust am Auseinanderhalten. Am liebsten den Dienst im Trainingsanzug verrichten, ganz so wie zu Hause möchtet ihr herumlaufen und euch nach jeder Anstrengung zum Verschnaufen vor den Fernseher setzen. Nicht daß ihr die Erhabenheit von Begriffen rundweg ablehnen würdet. Verschiedene Automodelle etwa oder Fußballmannschaften stellen für euch durchaus Beispiele für die Möglichkeit einer absoluten Differenz dar. Ich empfinde Mitleid, wenn ich euch manchmal mit Hausschuhen, die wie Badelatschen aussehen, durch die Gänge schlurfen sehe. Euer Beamtenleben haltet ihr für das Paradies und bringt euch seinetwegen fast nie um. Warum auch, ihr werdet die geistige Leere eurer beruflichen Bestimmung kaum empfinden, da ihr gar nicht wißt, was eine geistige Fülle überhaupt sein soll.

Die Unterscheidung zwischen höheren und niederen Beamten kann freilich auch nur einen schwachen Anhalt bieten. Viele höhere Beamte haben die Mentalität von niederen Beamten. So weiß ich zum Beispiel, daß das Hobby unseres Amtsleiters die Eisenbahnen sind. Von einem Kollegen, der bei einem Amtsausflug aus Zufall neben dem Amtsleiter sitzen mußte, hörte ich, daß der Amtsleiter drei verschiedene Eisenbahnfachzeitschriften abonniert hat und sämtliche seit 1960 in Deutschland eingesetzten Lokomotivtypen inklusive Höchstgeschwindigkeit und PS-Zahl aus dem Stegreif hersagen kann. Daß die ganz hohen Beamten, die ja fast schon Politiker sind, den niederen Beamten in ihren geistigen Interessen ähneln, ist vermutlich notwendig, oben wie unten gehört die Stabilität zum Wichtigsten.

»Einst«, sage ich manchmal und träume davon, daß es Zeiten geben könnte, in denen das Denkvermögen eines Beamten bei jeder Beförderung um das erforderliche Maß mitwächst. Vorgesetzte, die das Tun ihrer Untergebenen überschauen und begreifen können! Wahrscheinlich hat es das niemals gegeben, aber mir bleibt eine solche die Beamtenhierarchie für immer rechtfertigende Vorstellung ein Bedürfnis. Ein Amtsleiter, der, wann immer er will, die Beamten aus dem Dienstgebäude herausruft, damit sie sich draußen aufstellen. »Paßt bloß auf«, ruft der Amtsleiter, »ich kenn euch alle!« »Froh bemüht!« schallt es aus tausend Kehlen zurück.

Bin ich abartig veranlagt? Im Grunde würde es mir genügen, wenn nur überhaupt, was die Idee des Fortschritts angeht, die Möglichkeit einer Bewegung sichergestellt wäre. Behauptet wird das ja. »Unsere Ziele«, heißt es ständig, aber gemeint ist die Bemühung, also etwas Unendliches. Über die Zukunft zu reden, als könne es sie jemals geben – natürlich gibt es sie, Wünsche, Hoffnungen und Befürchtungen sind fester Bestandteil des Gefühlslebens einer jeden Gegenwart. Daß sich alles ändern wird, ist klar. Daß sich niemals etwas ändern kann, ist auch klar. An Klarheit mangelt es nicht, nur an deren Nützlichkeit.

Wenn man schon unbedingt zwischen den einzelnen Beamten unterscheiden will, dann am besten danach, wie sehr sie unter ihrer Arbeit leiden. Mir, der ich in meiner Dachstube von jeder größeren Bewegung des Lebens abgeschnitten bin und nur das Geklapper des Fahnengestänges höre, drängt sich die Idee der Vergeblichkeit als das Ergebnis meiner Anstrengungen geradezu auf. Doch anderen, die durch Vorgesetzte, Untergebene und Telefone in ständiger Unruhe gehalten werden, fällt es schwer, das Problem des Nichts zu bemerken.

Solche rastlosen, wenig nachdenklichen Beamten kommen überall zum Vorschein, wo sich die Macht zeigt. Besonders in den Ministerien gibt es diese Beamten, die oberflächlich gesehen den höheren Angestellten des Wirtschaftslebens ähneln. Diese Ähnlichkeit ist nur eine äußerliche, denn den höheren Angestellten des Wirtschaftslebens wird man einen vergleichbaren Widersinn wie den Beamten nie nachweisen können. Sie sollen für ihr Unternehmen Geld verdienen, und Geld ist, wie jeder weiß, eine meßbare, alle Einreden abschneidende Größe. Dagegen sind die Beamten in das Flechtwerk von Gründen und Gegengründen verstrickt. Falls sie in ständiger Bewegung sind, ist das kein Signal zukünftiger Erfolge, höchstens ein Zeichen der Aufgeregtheit.

Gesetzesentwürfe, die jahrelang auf den Schreibtischen der Beamten gelegen haben, sollen, nur weil der Minister zufällig danach gefragt hat, innerhalb von vierundzwanzig Stunden völlig überarbeitet sein, um dann, weil der Minister bereits neue Fragen gestellt hat, für Jahre wieder abgelegt zu werden. Auch die Abgeordneten stellen ständig Fragen, die über Nacht in umfangreichen Berichten beantwortet werden müssen. So schnell werden von allen Seiten her, auch vom Fernsehen und von den Zeitungen, die Fragen gestellt, daß die immer neuen, abgehetzten Antworten wertlos erscheinen müssen. Dennoch nehmen die Ministerialbeamten die Wertlosigkeit ihrer Entwürfe und Berichte selten wahr. Sie haben keine Zeit dafür und sind zu stolz, um den Unfug ihres Ehrgeizes bemerken zu können.

Warum auch? In einer Welt der unaufhörlichen Hoffnungen wirkt die Betriebsamkeit wie ein ewiger ehrenvoller Festumzug. Was mein eigenes Dienstzimmer betrifft, oft schließe ich einfach die Augen, und es ist weg. Oder ich trete an die riesige Weltkarte heran, die ich neben meinem Schreibtisch aufgehängt habe. Wenn ich den Kopf seitlich auf China lege und dabei nach links schaue, kommt mir Europa vor wie eine kleine ferne Ausbuchtung. Oder ich versetze mich in das Jahr 100000 und erkenne im Rückblick auf heute, daß ich im Grunde ein Zeitgenosse von Jesus Christus bin.

Einem Menschen, der durch seinen Mut und seine Energie mit dem Leben eine Einheit bildet, muß ein Beamter wie ich pervers vorkommen. An etwas Modriges wird er denken müssen, wenn er von mir hört, an etwas schlecht Gewaschenes, nicht Gelüftetes, das nach den scharfen Reinigungsmitteln stinkt, die in Behörden verwendet werden. Allerdings haben wir wirklich viele solche übelriechenden Beamten in unserem Amt. Vor allem von den Nichtverheirateten wirken viele verschlampt und abgewirtschaftet. Ein paar leben geradezu in ihren Dienstzimmern, auch nachts, weil es dort am billigsten ist. »Warum nicht, ist ja alles da«, sagen sie und verstecken am Morgen die Bettdecke im Dienstschrank. Warum gerade Beamte von Anfang an einen so haushälterischen Charakter haben, weiß ich nicht. Wahrscheinlich ist der Geiz nicht bloß ein untrüglicher Beweis fürs Unglücklichsein, sondern auch das erschwinglichste Erlebnis einer Lust an der Ordnung. Es wäre jedenfalls falsch, alles auf die Sinnlosigkeit der Arbeit schieben zu wollen. Wie eine Hand, die uns aus dem Loch zieht, haben wir die uns hingehaltene Beamtenurkunde ergriffen. Nein, es war keine Falle, es war eine Rettung, so wie ja auch ein flügellahmer Vogel, der gefunden und in einen Käfig gesteckt wird, als gerettet gilt, selbst wenn er den Rest seines Lebens hinter Gittern verbringen muß.

Der Exzeß ist wohl das, was am wenigsten in eine Behörde gehört. Aus dem Angebot der Gegenbegriffe bietet sich das Mittelmaß an. Krumme, katzenfreundliche Offerte! Denn auch das Mittelmaß kann einen Exzeß darstellen. Ohne ein paar zupackende Ausnahmegestalten würde jedes Amt rasch aufhören zu existieren. Doch welche Ausnahmegestalt neigt dazu, Beamter zu werden? Nur solche Ausnahmegestalten kommen in Frage, die, weil sie irgendeine zusätzliche Macke haben, von niemandem sonst angestellt werden. Einer unserer besten Beamten ist zum Beispiel ein Nacktwanderer, der in dünn besiedelte Länder reist, um dort, nur mit Schuhen bekleidet, wandern zu können. Einmal, so hab ich in der Kantine gehört, soll er bei einer Wanderung einem gefährlichen Tier, ich weiß nicht mehr welchem, begegnet sein. Er habe deshalb einen stachligen Baum erklettern müssen, wobei er sich so stark verletzte, daß er fast daran gestorben sei.

Ein anderer Beamter glaubt an Steingeister. Alle paar Tage ruft er uns an und sagt: »Hier ist etwas für Sie, kommen Sie sofort.« Aus Freundlichkeit und vielleicht auch aus Angst vor einer neuen Feindschaft, gehen wir hin. Dabei ist es jedesmal dasselbe, was er uns anbietet. Aus einem großen Korb müssen wir uns eines der in Geschenkpapier gewickelten Steinchen aussuchen. »Oh«, heucheln wir, »wie aufmerksam.« »Für die Nieren«, antwortet er, »am besten Sie tragen ihn in der rechten Hosentasche.« Draußen im Gang zeigen wir das Geschenk den anderen Beamten und sagen: »Vom Steinschleifer.« Laut zu lachen wagt niemand, denn der Steinschleifer ist einer der fähigsten Beamten überhaupt, und jeder muß damit rechnen, ihn einmal zum Vorgesetzten zu haben.

Wieder ein anderer, vielleicht der fleißigste, zäheste unter uns Beamten, fährt Fahrrad. Nicht bloß manchmal, wie es üblich ist. Er fährt *immer* Fahrrad. Ein Auto, einen Zug oder einen Bus hat er seit Jahren nicht mehr benutzt. Dabei ist er ständig unterwegs. »Allein heute nacht«, sagt er, wenn man ihn fragt, »bin ich zweihundert Kilometer gefahren.« Höchstens in seinem Dienstzimmer hält er still. Aber auch nur dann, wenn das Rad neben ihm steht. Angeblich wird es sofort gestohlen, wenn er es allein läßt. Schon fünf Räder seien ihm so abhanden gekommen. In Wirklichkeit handelt es sich um eine Besessenheit. So wie er sich in seine dienstlichen Fälle verbeißt, hat dieser Mensch sich ins Fahrrad verbissen.

Natürlich kann man die Beamten, deren Macken auf den ersten Blick erkennbar sind, nicht öffentlich vorzeigen. »Ein Aufsichtsbeamter«, würden die Bankvorstände die Hände über dem Kopf zusammenschlagen, »der mit dem Fahrrad zu uns kommt!« Lieber einen weniger begabten, aber normal wirkenden Beamten hinschicken. Freilich fängt für die Bankvorstände die Normalität erst da an, wo das Beamtengebiet längst aufgehört hat. »Welcher Gegensatz«, muß ich jedesmal denken, wenn ich einen unserer Abteilungsleiter in einem abgetragenen Kaufhausanzug neben dem Vorstandsmitglied einer Bank sehe, für deren Beaufsichtigung der Abteilungsleiter den Auftrag bekommen hat. Oft stehen solche ungleichen Paare vor unserem Gebäude, weil die Abteilungsleiter, um die Bankvorstände einzuschüchtern, gern die Weitläufigkeit unseres Behördengrundstücks erklären. Weitläufig ist das Anwesen allerdings wirklich, denn es war einmal ein Kasernengelände. Doch was kann schon bei einem Bankvorstand, der seinen Gästen von der Vorstandsetage eines Wolkenkratzers aus die Nachbarstädte Frankfurts oder Londons zu zeigen pflegt, der Blick auf ein Kasernengelände verfangen, in dessen Mitte noch dazu ein heruntergekommener Fußballplatz liegt?

Manchmal, aber es geschieht nur, wenn sie etwas wirklich Schlimmes angestellt haben, das ihnen gefährlich werden könnte, fahren die Bankvorstände in einer langen Wagenkolonne auf unser Gelände. Wir eilen dann alle zu den Fenstern, um das merkwürdige Bild zu betrachten, das die gepanzerten Limousinen mit ihren Chauffeuren auf dem Parkplatz neben unseren kleinen, schäbigen Autos abgeben. Wer jemals das

Geräusch gehört hat, das zwanzig fast gleichzeitig zuschlagende Türen solcher Edelkarossen hervorbringen können, wird es nie wieder vergessen. Es klingt wie die höchste Macht selbst, und ich beneide in solchen Momenten unseren Amtsleiter, zu dem die Bankvorstände extra aus Frankfurt oder London gekommen sind.

Dabei hat gerade der Amtsleiter es am schwersten, weil er die verwöhnten Bankvorstände in seinem jämmerlichen Dienstzimmer, das wie alle unsere Diensträume früher ein Soldatenzimmer gewesen ist, mit billigen Säften bewirten muß. Oft ist das Haltbarkeitsdatum der Säfte schon abgelaufen, weil sie aus haushaltsrechtlichen Gründen nur einmal im Jahr gekauft werden dürfen. Zum Glück muß der Amtsleiter die Bankvorstände nicht zu Geschäftsabschlüssen bewegen. Eher ist es umgekehrt, die Bankvorstände begehren das Wohlwollen des Amtsleiters, was aber vielleicht auch wieder zuviel gesagt ist, denn solche Bankvorstände fürchten sich nicht ernsthaft vor dem Staat.

»Arme Beamte, nur aus Höflichkeit nippen wir an euren ekelhaften Säften – mit solchen Empfindungen sitzen sie jetzt also«, denke ich mir und betrachte ihre Chauffeure, wie sie die Panzerglasscheiben polieren, »auf jenem abgenutzten Sofa, an das ich mich bei meiner letzten Beförderung leicht angelehnt habe.« Die Beförderungen sind für mich die einzige Möglichkeit, ins Amtsleiterzimmer zu gelangen. Gemeinsam mit zwei anderen Beamten stehe ich dann vor dem Amtsleiter. Da der Amtsleiter bei der Ansprache, die der Überreichung neuer Urkunden vorangeht, oft vom Telefon unterbrochen wird, zieht sich die Zeremonie hin. Es wäre unpassend, wenn wir uns deshalb auf die Sessel oder das Sofa setzen würden. Doch ein unauffälliges Anlehnen an das Sofa ist erlaubt.

Die anderen beiden hören dabei, was sie eigentlich gar nicht dürfen, den Telefongesprächen des Amtsleiters zu oder denken, ich sehe es an ihren Gesichtern, schon an die nächste und übernächste Beförderung, die freilich wegen der geringen Anzahl höherer Posten schwer zu erreichen sein wird. Ich verachte diese blinde Hingabe an das eigene Fortkommen. Aber weil Beamte am Wert ihrer Arbeit keinen Halt finden, rutschen sie leicht ins Karrieristenmilieu ab. Dabei ist eine echte, auf Durchbruch und Überraschung angelegte Karriere gar nicht möglich, denn die Beförderungen werden nach dem Dienstalter vorgenommen.

Einmal hatte ich einen Vorgesetzten, der, sobald ich ihn in seinem Zimmer besuchte, eine Liste mit den Geburtstagen der höheren Beamten aus dem Schreibtisch holte. Ich weiß nicht, wie er an diese Liste überhaupt herangekommen ist. Jedesmal mußte ich mit ihm die Namen derer durchgehen, die vor ihm pensioniert werden würden, und wir versuchten gemeinsam auszurechnen, ob es ihm noch gelingen könne, Abteilungsleiter zu werden. Zuerst erschien es mir eine Ehre, daß mich mein Vorgesetzter in sein geheimes Denken einweihte. Doch bald merkte ich, daß es gar kein Denken mehr war, sondern ein Wahn. Er weigerte sich, mit mir in irgendeine Akte zu schauen, bevor wir nicht seine abgegriffene Liste durchgegangen waren. Offenbar erhoffte er sich, daß ich etwas für ihn Vorteilhaftes, bisher Übersehenes auf der Liste entdecken könne oder mir irgendein Trick einfiele.

Mir fiel aber keiner ein, das Ergebnis blieb immer ungünstig für ihn, auch wenn sich die Aussichten durch den überraschenden Tod eines Vorgesetzten hin und wieder ein wenig besserten. Aus Verzweiflung wechselte er schließlich das Referat und bald darauf wieder, denn er glaubte, nur die permanente Veränderung könne jetzt noch helfen. So gesehen kann der Ehrgeiz von Beamten durchaus eine gewisse Bewegung in die Ämter bringen, aber es ist eine blindwütige, der Sache wenig nützliche.

Zum Glück werde ich von der Verzweiflung über die langsamen Beförderungen nicht so oft heimgesucht wie meine Kollegen. Dafür bin ich in meinem Inneren viel zu sehr Beamter. »Gegenüber den Beförderungsvorschriften bist du ein Nichts«, denke ich mir und wundere mich eher, warum ich überhaupt befördert werde. Jedesmal, wenn mir der Amtsleiter die neue Urkunde und seine Hand gibt, fürchte ich, daß er in einen Wutanfall ausbricht: »Sie schon wieder?«

Besonders in den ersten Jahren, als ich an das Beamtenleben noch nicht richtig gewöhnt war, ist mir der Amtsleiter oft ein solches Wutgespenst gewesen. Ich arbeitete, vermutlich aus Ungeduld, viel zu schnell. Dadurch verursachte ich lange Pausen, in denen ich – meist vergeblich – auf neue Arbeit warten mußte. Zuerst dachte ich, es handele sich um ein Versehen oder eine bald vorübergehende Erscheinung. Doch als die Arbeit infolge der gewonnenen Routine immer schneller erledigt war und die Pausen noch länger wurden, wuchs in mir das Gefühl, es müsse sich um eine mir gestellte Falle handeln. Ängstlich hörte ich auf alle Geräusche, die durch meine Tür drangen. Jederzeit, glaubte ich, können sie die Türe aufreißen, alle meine Vorgesetzten, vorneweg der Amtsleiter: »Wie? Keine Arbeit? Da! Anstatt sich zu melden, ein mitgebrachtes Privatbuch gelesen!«

Heute, wo ich begriffen habe, daß der Beamtenzustand nicht irgendeine Tüchtigkeitsmütze ist, die während der Dienstzeit vom Kopf rutschen kann, sondern eine ununterbrochene Denk-, Hör- und Tastsituation, kommen mir die Befürchtungen von damals lächerlich vor. Als ob nicht auch der Amtsleiter an seiner Türe ständig diese Kratzgeräusche hörte, die ihn an das ungeheure Ausmaß seines Unwissens und seiner Faulheit erinnern. Die Verzweiflung bleibt, selbst wenn alle von ihr betroffen sind, schließlich immer etwas Persönliches.

Natürlich habe ich von Anfang an Schutzmaßnahmen ergriffen. Stets hielt ich eine Akte, ich nannte sie Notakte, auf dem Schreibtisch bereit. Die konnte ich bei einem verdächtigen Geräusch sofort über das mitgebrachte Buch werfen. Ohne die mitgebrachten Bücher wäre ich verrückt geworden. Erst hatte ich es mit den unzähligen amtlichen Mitteilungen und Fachzeitschriften versucht, die mir mehrmals täglich mit den Aktenumläufen gebracht werden – eine Lektüre, die einen zerbrechen kann. All die neuen Gesetze, Aufsätze und Gerichtsurteile! »Wie viele«, frage ich und denke gerade an die Mutigen, »werden in diesem Meer noch ertrinken?« Am schlimmsten sind die juristischen Zeitschriften, die Bankzeitschriften enthalten wenigstens Fotos. Noch heute sehe ich mir solche Fotos gerne an, obwohl meist nur strahlende Vorstandsmitglieder darauf zu sehen sind, die durch wagemutige Operationen oder technische Maßnahmen den Gewinn der Bank erhöht haben. Eigentlich ist es sogar immer dasselbe Vorstandsmitglied, denn die Vorstandsmitglieder tragen alle die gleichen Hemden, Brillen und Frisuren. Für einen Beamten wie mich hat die Zuversicht und Entschlossenheit, die von einem solchen Vorstandsmitgliedsgesicht ausgeht, etwas Anziehend-Unbegreifliches. Früher, als die Bankangestellten den Beamten so ähnlich waren, daß sie sogar Bankbeamte hießen, hatten sie vermutlich dieselben mutlosen, sauertöpfischen Gesichter wie wir Beamte. Inzwischen sind sie aber verwegene Welteroberer geworden.

Im Grunde ist es ein Mißbrauch, den ich mit den Bankvorständen treibe. »Da ist es wieder«, sage ich, sobald ich ein fotografiertes Vorstandsmitgliedsgesicht sehe, und denke an die Symbolkraft, die in ihm steckt. Es geht um etwas, was über das Vorstandsmitglied weit hinausweist, dennoch fällt mir eine Beschreibung schwer. Vielleicht könnte man sagen, es sei ein wenig so, wie wenn man ein Foto der Skyline von Manhattan betrachtet. Eigentlich sind das bloß eng aneinander stehende Hochhäuser. Trotzdem wird mir dabei jedesmal schwindlig, weil ich an die unvorstellbar große Leistungskraft denken muß, zu der eine entfesselte Menschheit fähig ist.

Ich weiß nicht, ob die Vorstandsmitglieder sich überhaupt noch fotografieren ließen, wenn sie wüßten, daß die sie überwachenden Beamten während der Dienstzeit solche Vergleiche anstellen. Manchmal reden die Vorstandsmitgliedsgesichter auch. Dann beantwortet ein Vorstandsmitgliedsgesicht im Investment-Interview des Monats die Frage »Sie halten also das Multi-Plus-Bank-Depot für eine sinnvolle Ergänzung Ihrer Angebotspalette?« mit »Auf jeden Fall. Das Multi-Plus-Bank-Depot bietet unseren Kunden die Möglichkeit, strategisches Anlagemanagement und flexible Vermögensplanung auf der Basis von Multi-Plus-Fonds bequem abzuwickeln.«

Das Leben da draußen, so nenne ich das für mich, dieses zielgerichtete, erfolgssichere, alles Beamtenmäßige stark beschämende Verhalten. Unter den mitgebrachten Büchern, auf die ich die Notakte werfen mußte, waren auch sehr dicke wie zum Beispiel der Don Quichotte. »Was für ein gelungenes Buch«, dachte ich zuerst, »über die Schönheit der Verzweiflung.« Dann jedoch machte ich mit dem Buch dieselbe Erfahrung wie in meinem Amt: Die Schönheit wächst zwar mit der Größe der Verzweiflung, nicht aber mit deren Länge. Solche

Kämpfe gegen Windmühlen erlebe ich schließlich selbst tagaus, tagein. Das Beamtenleben ist ein einziger Windmühlenkampf, wenn auch viele Beamte das eigene Kämpfen aus Erschöpfung bald aufgeben und zur bloßen Kampfbeobachtung übergehen.

Auch die Außenstehenden wissen, daß ein Kampf mit Beamten genauso aussichtslos ist wie der mit Windmühlen. »Diese widerlichen, leider unüberwindbaren Beamten«, denken sie, »haben nichts Besseres zu tun, als gegen uns zu kämpfen.« Dabei ist ja der Kampf mit Außenstehenden für die Beamten im Verhältnis zu ihrem ununterbrochenen Ringen mit den Mitbeamten ein bloßer Nebenkampf, oft sogar eine dringend benötigte Abwechslung. Das, was der Außenstehende alle paar Jahre erlebt, wenn die Behörde seinen Antrag aus unbegreiflichen Gründen verwirft, ist für den Beamten das tägliche Brot. Erst neulich sah ich eine Beamtin, die aufgebracht aus ihrem Zimmer stürmte und eine Besoldungsabrechnung durch die Luft schwenkte. »Seit über einem Jahr werde ich als Mann geführt!« schrie sie und sah mich empört an. »Welcher Kampf«, mußte ich denken, »der schon geführte, der noch bevorstehende.« Denn wenn sie bereits mich, einen Unbeteiligten, so ansah, über wieviel Wut und Kraft verfügt sie dann noch?

Wer die Arbeitsweise einer Beamtengemeinschaft verstehen will und dabei sofort an die ungeheure Energie denkt, die aus einer Verzweiflung erwachsen kann, verfehlt sein Ziel. Meist wird der ganze Fluß einer Tätigkeit bereits durch die Entscheidungsfaulheit der Vorgesetzten zum Erstarren gebracht. Aber selbst wenn es einmal irgendwo fließt – noch nie gelang es mir, ein Schreiben aus dem Amt hinauszubringen, ohne daß es von meinen Vorgesetzten abgeändert wurde. Die

Vorgesetzten haben keine Zeit, sich mit dicken Akten zu beschäftigen, aber sind sie deshalb überflüssig? So wie die Hunde in den von Hunden wimmelnden Städten immerzu nach Orten schnuppern, die sie zur Markierung ihres Hoheitsgebiets besprenkeln können, suchen die Vorgesetzten in den vorgelegten Schreiben der Untergebenen immerzu nach Stellen, die sie ändern können.

Die wirklich hohen Vorgesetzten mischen sich in dieses Gerangel allerdings nur selten ein – aus Entsetzen vor dem Aktenstapel, der zu einem einzelnen Schreiben oftmals mit ins Zimmer getragen wird, vielleicht auch aus Vorsicht, denn gerade die wirklich hohen Vorgesetzten haben die Übung im Formulieren meist völlig verloren. Je höher ein Vorgesetzter gekommen ist, desto seltener muß er schreiben. Er telefoniert. Und die allerhöchsten Vorgesetzten müssen nicht einmal mehr lesen, alles kann durch Hören und Sprechen erledigt werden.

Früher, als das Lesen für die Öffentlichkeit noch eine andere Bedeutung hatte, ließen sich die Minister gern neben einem Berg von Akten fotografieren, die man einem Untergebenen für diesen Zweck weggenommen hatte. Nun sind solche Lügen nicht mehr nötig. Je leerer der Schreibtisch, desto tüchtiger der Minister. Aber ein Minister läßt sich heute auch gar nicht mehr hinter einem Schreibtisch, sondern lieber vor einem Flugzeug fotografieren oder mit Menschen, denen er die Hand schüttelt. »Hat der denn nichts zu tun?« würden die Leute fragen, wenn sie den Minister mit einem Schreibtisch sähen.

Wem die Bücher die große Welt sind, dem mag es komisch erscheinen, daß etwas Hohes und Repräsentables wie die Macht sich so nah am Analphabetismus aufhält. Dabei ist es eher die Idee von der großen Welt der Bücher, die komisch ist, denn, der Don Quichotte beweist es ja, nichts ist komischer als ein Irrtum aus Überschwang. Der Mensch als solcher braucht nichts Schriftliches. Erst als die Könige so mächtig geworden waren, daß sie ihre Macht nicht mehr zu überblicken vermochten, stellten sie Beamte ein, die ihnen auf Urkunden alles Wesentliche aufgeschrieben haben. Jetzt, wo es heißt, »ein Genie fällt tot um, sobald es einen Beamten sieht«, will man davon freilich nichts mehr wissen, daß die Literatur in den Kanzleien wie die Kunst in den Kirchen erst einmal ausgebrütet werden mußte, bevor sie aus ihnen herauskriechen konnte. Von wem? Ich bin weit davon entfernt, die Beamtenartistik anzubeten, schließlich bin ich bloß eines ihrer unzähligen Opfer, doch soll man nicht so tun, als sei die Fähigkeit, den starren Fels der Wirklichkeit in den Knetteig singender, hüpfender und schwindelnder Begriffe umarbeiten zu können, vom Himmel gefallen.

Der Macht der Könige hat es sehr geschadet, daß sie sie aufschreiben und in Buchstaben bringen ließen. Wie soll sie denn da wieder herauskommen ohne auslegende und anwendende Beamte? Die Beamten, sagt man daher, haben die eigentliche Macht, ein gesellschaftlicher Fortschritt gemessen an den Urzeiten des Königtums, aber dennoch ein Unglück, weil der Beamte, außer man stößt ihn, schläft, stinkt und frech ist. Als ob das keine menschlichen Eigenschaften wären.

Macht, was bist du? Ein großer See, aus dem sich mit roher Hand oder feinem Löffel ein guter Schluck abschöpfen läßt? Eine dunkle Kraft, schwer zu umklammern, aber, wie alle wilden Tiere, mit Tricks für ein paar Sekunden durchaus in Bann zu schlagen? Oder ist die Macht am Ende bloß eine goldene Kutsche, in die man sich hineinsetzen und den jubelnden Zuschauern zuwinken darf? Dies wäre auch eine Möglichkeit, sich die Unendlichkeit anschaulich zu machen, wenn alle nach etwas strebten, was es gar nicht gibt.

So wie die Arbeit über die Beamten ausgeschüttet wird, von allen Seiten können Schreiben, Anrufe und Akten kommen, ist jedenfalls an einen Machtgenuß gar nicht zu denken. Was denn nun? Jammerschreie eines von der Arbeitslast schier Erdrückten – aber heimlich mitgebrachte Privatbücher lesen! Und wenn schon. Ein Außenstehender wird das Wesen der Beamtenarbeit nie begreifen, wenn er glaubt, man müsse bloß die Anrufe und das schriftlich Hervorgebrachte wie die Eier zählen, um zu wissen, was geleistet worden sei. Dem äußeren Ergebnis gebührt Ehre, gewiß, aber auch dem unbegrenzten inneren Kampf sollte die Achtung nicht versagt werden. Von außen betrachtet ist es bloß ein heißer Dampf, der aus den Ministerien in die allgemeine Atmosphäre aufsteigt. Den hierzu erforderlichen Druck und die Hitze im Inneren erzeugt und ausgehalten zu haben, ist das keine Leistung?

Nein, Arbeit gibt es genug, im Grunde ist die Beamtenarbeit in ihrem natürlichen Ausmaß sogar etwas Unerschöpfliches. Junge Beamte! Ihr müßt euch deshalb nicht gleich wie von einem Sturzbach mitreißen und fortspülen lassen. Lieber soll das alles erst einmal in einen großen See einlaufen, dann kann man es überblicken und sich vielleicht sogar an den ruhigen Schlägen eines Ruderboots innerlich stärken. Das heißt doch nicht, daß einem der Zustand des Staatswesens gleichgültig ist, bloß weil man sich von der nervösen Aufgeregtheit einer neuen Akte nicht anstecken läßt. Beobachtung kann nicht schaden, Vergessen oder Verschusseln wäre etwas anderes. Doch auch das passiert natürlich immer wieder. Es gibt nichts Schlimmeres, als nach Monaten oder Jahren eine dringende Anfrage beantworten zu müssen, die irgendwohin gerutscht war. Deshalb lasse ich solche mich mit ihrem plötzlichen Wiederauftauchen erschreckenden Vorgänge lieber liegen. Warum dem Ärger eines Anfragenden über die ausgebliebene einen neuen Ärger über die verspätete, längst unbrauchbar gewordene Antwort hinzufügen?

Ohne eine solche innere Souveränität im Umgang mit den eigenen Fehlern ist der Beamtenberuf gar nicht auszuüben. Wer nicht über sie verfügt, geht zugrunde. So gab es bei uns einmal eine Beamtin, die von einem Tag auf den anderen die Fähigkeit zur Aktenbearbeitung verlor. Niemand weiß genau, was der Auslöser gewesen ist. Ich kann mir gut vorstellen, daß es irgendeine Kleinigkeit, etwa die Entdeckung einer vor Jahren hinter den Heizkörper gerutschten Akte, gewesen ist, die sie verrückt werden ließ. Um die Verrücktheit geheimzuhalten, sperrte sie jede neu ankommende Akte in den Schrank. Da sie sich zwei Zusatzschränke in ihr Zimmer stellen ließ und gute Lügen über den Verbleib der vermißten Akten erfand, dauerte es ein ganzes Jahr, bis ihre Verrücktheit und die Akten, die schon aus den Schränken quollen, zu Tage kamen.

Ich habe diese Beamtin nie kennengelernt, weil sich die Geschichte kurz vor meiner Einstellung ereignet hat. Doch hat man mir von der durchgedrehten Kollegin schon am ersten Arbeitstag erzählt. Jedesmal, wenn ich an ihrem früheren Zimmer vorüberkam, gruselte mir. Niemand wollte in dem Spukzimmer arbeiten, und man hat schließlich ein Sportzimmer daraus gemacht, wo in den Pausen Tischtennis gespielt werden kann.

Später, als ich mit dem Alltagsleben der Beamten vertrauter geworden war, habe ich mir überlegt, ob es diese durchgedrehte Beamtin wirklich je gegeben hat. Vielleicht handelt es sich auch nur um eine Legendengestalt, die zur Sorgfalt im Umgang mit den Akten ermahnen soll. Falls man das, worauf die Beamten ihren Dienst verrichten, wirklich als einen Teppich bezeichnen wollte, dann ist es jedenfalls ein von Hoffnungen und Befürchtungen gleichermaßen durchwirktes Gespinst.

Es stimmt schon, daß der Arbeitsanfall etwas Unvorhersehbares, sich plötzlich wild Überschlagendes haben kann. Dennoch gibt es gewisse Gesetze, nach denen sich die Aktenströme ihren Weg durch die Behörden brechen. So kann der Ehrgeiz eines Vorgesetzten für seine Untergebenen dem Ausheben eines neuen Flußbetts nahekommen. Unten, wo die Akten gelesen werden müssen, sind die Zuständigkeiten und das Ansehen noch zwei ganz unterschiedliche Begriffe. Aber weiter oben ist das ein- und dasselbe. »Was für ein Draufgängertum«, denken die unteren Beamten von einem Minister, der ein zusätzliches Ministerium an sich reißt, »wir kleinen Sachbearbeiter schaffen es kaum, auch nur einen einzigen im Urlaub befindlichen Kollegen zu ersetzen.«

Gott sei Dank halten sich die Vorgesetzten mit ihrem Ehrgeiz gegenseitig in Schach. Nur wenn ein Vorgesetzter aus beruflichem oder privatem Unvermögen seine Wehrhaftigkeit verloren hat, gelingt es seinen Kollegen, ihm seine Aufgaben völlig wegzunehmen. Dennoch wird natürlich an dem großen Ehrentuch der Zuständigkeiten ständig gezupft und gezerrt. Gerade unter den hohen Vorgesetzten geht es dabei manchmal zu wie in einer Schulklasse, wo man sich zwickt oder mit dem Lineal auf den Kopf schlägt, sobald der Lehrer nicht schaut.

Wenn ich meinen Schreibtisch betrachte, wie da oft die Akten, Zeitschriften und Mitteilungen durcheinander liegen, daß ich allenfalls vom ganz obenauf Befindlichen errate, was es sein kann – ganz schwindlig wird mir dabei. Ein Minister dagegen, dessen Macht aus unzähligen, von Akten übersäten Schreibtischen gebildet wird, kann wegen der ungeheuren Zusammenfaßkraft, mit der die Idee seines Amtes hervorgebracht wird, ein ganz anderes Stabilitätsgefühl entwickeln. Unbesorgt könnte er die Backe an meine Weltkarte legen. »China«, würde er denken, »was ist das schon? Gestern erst bin ich dort gewesen.«

Mit welcher Leichtigkeit sich ein eingeführter Begriff wie der vom Regieren aussprechen läßt. Und ist nicht überhaupt das Begreifen etwas, bei dem Sorglosigkeit und Gewohnheit zu helfen vermögen? Früher das Nicken auf den Bänken, wenn der Dorfpfarrer Wörter wie »Heilige Dreifaltigkeit« oder »Unbefleckte Empfängnis« in die Gemeinde hinuntergerufen hat. Jetzt Begriffe wie »Regierungsgewalt« oder »Regierungswechsel«, die den sich davon ernährenden Journalisten geglaubt werden. Dabei muß man sich nur einmal eine riesige Beamtengruppe in voller Bewegung vorstellen, um zu verstehen, daß das Regieren bloß eine menschliche Sehnsucht ist.

All diese Begriffe, wie sie im Denken die schönsten Berge und Täler bilden – man kommt kaum dagegen an. Gerade als Beamter halte ich es eigentlich nur aus, weil ich mir die Ordnung als einen im freien Weltmeer abwechselnd ein- und auftauchenden Walbuckel denke. Welche Kraft und wieviel Frische, wenn das hochkommt, stets gut abgespült, damit kein Fischgestank entstehen kann. Eine andere Möglichkeit, die schreckliche Gewalt der Begriffe einzuschränken, besteht darin, daß ich mir die Grenzen ihrer Geltung vor Augen halte, die Köpfe nämlich, so wie sie auf den Leibern tagtäglich herumgetragen werden.

Ich flechte solche Bilder hier nur deshalb ein, weil sie in

ihrer Eigenheit die Vorherrschaft, die das persönliche Empfinden über die nackte Wirklichkeit ausübt, recht gut wiedergeben. Jeder hält nur einen Krümel in der Hand, den er drehen und wenden oder auf den unendlich großen Haufen der Tatsachen zurücklegen mag. Natürlich gibt es auch so etwas wie das Herrschen und Regieren, auf dem Gebiet des Fühlens ist alles möglich, und daher erlebt sich jeder als Herr oder Knecht, ganz wie er verfaßt ist und der Tag vergeht.

Vielleicht hätte ich eine höhere Meinung von den Möglichkeiten der Macht, wenn wir in unserer Registratur nicht so riesige metallene Aktenschränke hätten. Fast sieben Meter sind die hoch. Jeder, der seine Briefe mit einer Leidenschaft an eine Behörde schickt, als würden die dort erwartet, sollte einmal in eine dieser Hallen mit den Aktenschränken geführt werden. Falls ihm der Glaube an die eigenen Rechte noch nicht jedes feinere Gespür geraubt hat, müßte er dort auf die Knie fallen und weinen. Bin ich also nur ein Sandkorn auf dem Grunde des Ozeans? Ach was, wenn die Astronomen hundert neue Galaxien entdecken, wird dir davon die Hose auch nicht enger.

Erst sieht man in einer Tabelle nach, dann gibt man die richtige Zahlenfolge in eine Tastatur ein. Was für ein Ächzen, Schnarren und Klappern, bis die Reihe mit der richtigen Akte die sieben Meter hochgestiegen und wieder herabgekommen ist, um mit einem schnappenden Schlag, der alle Akten erzittern läßt, in Nasenhöhe stehenzubleiben. Der Gehorsam der Schrankmonster ist bloß ein gerechter Ausgleich für den Schrecken, den sie einem mit ihrer Größe einjagen. Besonders gerne sehe ich den Reihen zu, auf denen die Akten noch nicht so dicht aneinanderhängen. Sobald sich der Schrank in

Bewegung setzt, flattern sie, als handele es sich um aufgereihte tote Vögel.

Der Gedanke an etwas aufgehängtes Totes ist überhaupt sehr passend für die Registratur. Noch bevor ich sie betrete, strömt mir der Geruch von sich zersetzendem Papier entgegen, ein trocken-süßlicher Geruch, der einen zu ersticken droht. All die Registraturbeamten, wie halten sie es in diesen Räumen nur aus? Wenn eine der älteren Akten in mein Zimmer kommt, muß ich tagelang lüften und mir immer wieder die Hände waschen. Besonders beim Blättern strömt der Geruch des verwesenden Papiers. Manche Beamte behaupten, sie könnten daran den Jahrgang der Akte erkennen, doch das ist bestimmt eine Übertreibung.

Gerade in ihrer Widerlichkeit vermögen mich die alten Akten immer wieder zu rühren. Wie sich in ihnen die Geschichte der Schreibmaschinen widerspiegelt, oder die schneidigen Schriftsätze von mittlerweile vergreisten Vorgesetzten, die wie Kinderfotos ihre frühere Jugend beweisen. Besonders wenn ich das Haar eines vielleicht schon Verstorbenen oder die Brösel einer vor vielen Jahren eingenommenen Brotzeit zwischen den Blättern finde, legt sich die Melancholie auf mich. Dann höre ich das Klappern des Fahnengestänges oben auf dem Dach und denke daran, daß einstmals auch meine Brösel, die ich oft absichtlich zwischen die Aktenblätter streue, vielleicht von einem jetzt noch nicht Geborenen betrachtet werden.

Leider ist der Eintritt dieser Möglichkeit nicht sehr wahrscheinlich. Da sich die Registratur schon über mehrere Hallen und sämtliche Kellerräume erstreckt, überlegt man, ob die Akten nicht abgeschafft und alle Aktenvorgänge im Computer gespeichert werden können. Ein Beamter ohne Akten, was für ein Gedanke! Die Vorstellung, das die menschlichen

Sachverhalte sinnlich wiedergebende vielblättrige Aktenleben solle in Zukunft eine bloße Stromexistenz führen, die nach Belieben an- und ausgeschaltet werden kann, versetzt mich jedesmal in Wut. Zählt denn die Idee, daß die riesigen Schränke mit den verwesenden Akten ein riechbares, anfaßbares, unfaßbares Beispiel für das Zusammenspiel von Macht, Liebe und Tod sind, gar nichts?

Es ist typisch für die Dummheit der niederen Beamten, daß gerade sie, die mit ihren leicht ersetzbaren Tätigkeiten am stärksten von den Computern bedroht sind, sich über deren Einführung besonders freuen. Ständig sind sie mit Computerspielen beschäftigt, vernachlässigen ihre Arbeit und erhöhen so die Gefahr ihrer eigenen Abschaffung. Mit ungeheurem grafischem Aufwand gestalten sie die Einladungen zu ihren täglichen Kaffeerunden, bevor sie sie über das Computernetz versenden. Einer versucht den anderen zu übertrumpfen, ich kann es manchmal sehen, wenn ich aus Versehen eine der monströs-barocken Einladungen erhalte.

Daß die niederen Beamten für Elektropossen besonders empfänglich sind, muß nicht wundern, sie sind eben der Spiegel des gesellschaftlichen Lebens. Schnickschnack genügt, ein ängstliches Gefühl für die Zerbrechlichkeit des Weltganzen ist nicht nötig. Gewiß, der Gebrauch der Sinne ist die einzige Möglichkeit, um gegen das Grauen des Nichts ein wenig anzukämpfen, doch den niederen Beamten genügt schon ein bloßes Augengeflimmer, und das Grauen vor dem Nichts halten sie für den Schluckauf einzelner Verrückter.

Außerdem, was ist denn mit der Verantwortung? Nichts ist im öffentlichen Leben wichtiger als die Verantwortung, sie ist ja praktisch die Voraussetzung für dasselbe. Und dennoch glauben viele, man müsse mit den Computern nur die Menschen aus dem Beamtenwesen heraustreiben, dann verschwände es. Als ob nicht der Schrecken des Beamtenwesens gerade im Außermenschlichen und Verantwortungslosen liege. Beamte haben wenig Verantwortungsgefühl, Computer gar keines.

Warum das Verantwortungsgefühl eines Menschen nach seiner Verbeamtung so stark nachläßt, weiß ich auch nicht. Es ist wohl wie mit dem Regieren, der einzelne scheitert an der Größe der Aufgabe. Ein Außenstehender, der vergeblich auf die Bearbeitung seines Falles wartet, denkt bloß an all die Kaffeekannen, die der Beamte austrinkt, bevor er eine neue Akte, diese lästige Ablenkung, anfaßt. Doch in den Augen der Beamten sind die Akten keine lästigen Ablenkungen, sondern gefährliche Fallgruben. Wie oft habe ich es erlebt, daß Beamte aus Angst, etwas Falsches zu tun, geradezu krank geworden sind. So gut wie nie wird ein Beamter für einen Fehler zur Rechenschaft gezogen, und dennoch bringt ihn die Angst davor fast um.

»Faulenzen allein reicht denen also nicht«, heißt es dann, »auch Angsthasen müssen sie sein.« Wer in der Geschäftswelt arbeitet, begreift nicht, warum ein Mensch, bloß weil er auf Aktenbergen lebt, sich immerzu vom Lähmungstod bedroht fühlt. »Je höher das Gebirge, desto frischer die Luft«, denkt der Geschäftsmann und trifft im Hochgefühl eines Helden seine Entscheidungen. Gerade uns Aufsichtsbeamten macht es das furchtlose Bankenvolk ja täglich vor, wie man sich die Milliarden über die Abgründe hinweg zuwerfen kann, ohne in Ohnmacht fallen zu müssen. Trotzdem können solche Beispiele wenig bei uns bewirken. Für das Leben in der Geschäftswelt ist der Leichtsinn so etwas wie eine Vorbedingung, in der Beamtenwelt hat er nichts zu suchen.

Wie groß die natürlichen Unterschiede zwischen der Geschäfts- und der Beamtenwelt sind, sieht man auch daran, daß in jener durch Abwarten selten etwas zu erreichen ist, während es in dieser ein Erfolgsrezept darstellt. Ich habe es noch nie in einer wichtigen Angelegenheit erlebt, daß die Entscheidung eines einzelnen Beamten eine Entscheidung gebracht hätte. Alles geht immer irgendwie weiter, erst in den Behörden, dann vor den Gerichten. Ein Außenstehender mag ergriffen an einer riesigen Behörde vorübergehen und glauben, die Wucht der dort beschlossenen Maßnahmen müsse mit der Größe der Gebäude in einem Zusammenhang stehen. Überhaupt kann ja der Außenstehende an keine Behörde denken, ohne ein großes, wuchtiges, festungsähnliches Gebäude vor sich zu sehen. Daß außer einer Gruppe ineinander verkeilter Menschen in solchen Bauwerken nur Luft ist, wird vergessen.

Ich möchte manchmal auflachen, wenn mich jemand, der kein Beamter ist, anruft und nach dem Stand seines Verfahrens fragt. Diese Frische, dieser Schwung in der Stimme, »ja, ja«, würde ich am liebsten sagen, »rufen Sie mich ab jetzt täglich an, damit von Ihrem Lebensmut ein wenig auf mich übergeht«.

Alle Verfahren, besonders die wichtigen, sind von dem, was mit Wucht oder Schwung zu tun hat, weit entfernt. Schließlich muß jeder Vorschlag überprüft und mit anderen, stets eifersüchtigen, vielleicht schon zu Feinden gewordenen Referaten, Abteilungen, Ministerien abgestimmt werden. Zwar gibt es auch geschickte Beamte, die sich mit den Urlaubsplänen der Vorgesetzten gut auskennen und den günstigsten Zeitpunkt für die Absendung einer Akte berechnen können. Doch der Weg der Akten ist lang, und wer weiß schon, was nicht noch alles passieren kann, empfundene Beleidigungen vielleicht, plötzliche Wutanfälle einzelner Vorgesetzter, das Kleinste reicht, und die Arbeit von Monaten ist zunichte gemacht.

So schlimm, wie es klingt, ist es aber nicht. Nur wenige Verfahren müssen tatsächlich zu Ende geführt werden, die meisten erledigen sich von selbst. Draußen im Leben ist die Zeit etwas Schreckliches, dem man hilflos ausgeliefert ist. Doch drinnen in den Amtszimmern ist sie ein guter Freund, der einem aus jeder Patsche hilft. Manchmal erschrecke ich sogar über die unheimliche Macht der Zeit. »Dieser neue Fall«, denke ich, »ist zu wichtig und zu dringend, als daß er sich von allein erledigen könnte.« Und dennoch geschieht es. Wirklich, gerade die wichtigsten und dringendsten Fälle erledigen sich fast immer von selbst. Sie sind wohl zu wichtig und dringend, als daß man eine Entscheidung der Beamten abwarten könnte.

»Wozu Beamte, wenn das Wichtigste ohnehin an ihnen vorbeiläuft?« So fragen die Kritiker der Beamten. Ebensogut könnten sie fragen, warum Gesetze, wenn sich jeder an sie hält? Es läuft doch nur deshalb an den Beamten vorbei, weil sie da sind. Was wäre denn, wenn sich das wilde, zu allem bereite Geschäftsleben nicht mühsam um die das Schlimmste verhindernde Phalanx der Beamten herumschlingeln müßte? Tür und Tor wäre den Geldgeiern geöffnet, und gerade die mächtigsten unter ihnen, die Banken, trieben ihre Geschäfte mit einer alles bedrohenden Heftigkeit.

Nicht durch blinden Aktionismus sorgen die Beamten für die erforderliche Stabilität, sondern durch Bedachtsamkeit und langes Abwägen. Leicht ist das nicht immer zu erreichen. Wie gerne beauftragen die Banken geübte Anwälte, die nach dem Stand der Fälle fragen sollen. Selbst getrauen sie sich nicht, weil sie es sich mit den Beamten nicht verderben wollen. Doch ihre Anwälte kennen keine Rücksicht, ständig rufen sie an und bohren. Gott sei Dank gibt es Gegenmittel. »Diesen Fall kenne ich nicht«, sage ich ins Telefon, »ich verbinde Sie.« Die meisten Beamten machen das so, man muß nur alles, vor allem den eigenen Namen, undeutlich aussprechen und darf sich auf kein Gespräch einlassen. Die erfahrenen Anwälte kennen den Trick natürlich und fangen an zu drohen. Aber am Telefon sind sie machtlos. »Gerade beginnt eine wichtige Sitzung«, sage ich, oder »Moment, ich hole die Akte und rufe gleich zurück.« Einen Teufel tue ich, schließlich machen es die Anwälte genauso. Niemand ist unverschämter als die Anwälte, nur gegenüber ihren Mandanten tun sie liebevoll.

Bevor ich als Beamter eingestellt wurde, habe ich mich gefragt, ob ich vielleicht selbst ein Anwalt werden muß. Es gibt solche Fälle, in denen ein Mensch seine innere Bestimmung verfehlt. Man wird ein Widerling, ohne je selbst davon zu erfahren. »Ich tue es für meine Mandanten«, sagt der Anwalt und begeht die gröbsten Gewissenlosigkeiten. Auch die Beamten bleiben nicht verschont. Wie eine hydraulische Flüssigkeit pressen sich die Anwälte in die kleinsten Löcher, um das Ergebnis der Beamtenarbeit platzen zu lassen, und Löcher gibt es immer, das ganze Recht ist ja im Grunde nichts anderes als eine aufgeschäumte Ansammlung kleiner Hohlräume.

»Auf so etwas«, rufen sie ihren Mandanten zu und schwenken die behördlichen Schreiben, »kann nur ein Beamter kommen.« Als sei das Recht vor ihren Bauch geschnallt und dürfe dort von den Beamten zwar betrachtet und bewundert, niemals aber abgerissen werden, versenden sie die unverschämtesten Schriftsätze. Jeder weiß, daß mit unverschämten Schriftsätzen kein Beamter zu gewinnen ist. Doch die Schriftsätze sind auch gar nicht zur Gewinnung der Beamten, sondern zur Belustigung der Mandanten geschrieben. Gemeinsam bejubeln sie dann die neuesten Beschimpfungen der Beamten und stoßen mit dem vom Mandanten zu bezahlenden Champagner darauf an.

Dieser ewige Eifer, das Unrecht mit den Mitteln des Rechts erkämpfen zu wollen! Selbst wenn sie, was Gott sei Dank ständig geschieht, einen Prozeß verlieren – nie würden sie sich, wie ich es nach Mißerfolgen tue, reuevoll und wehmütig dem Klappern eines Fahnengestänges hingeben. »Nicht ich«, sagen sie, »mein Mandant hat verloren«, und springen mit ihm in noch gefährlichere Abenteuer. Die Unberechenbarkeit des Rechts, das ist ihr großer Trumpf. Solche Anwälte sind das deutlichste Anzeichen, daß gar kein Recht existiert, sondern nur der Kampf darum.

Sehr geehrte Advokaten! Seid ihr denn wirklich derart große Lumpen, daß ihr mit euren Gaunereien einen Empfindsamen, dessen ganzer seelischer Besitz im Vertrauen auf das Zarte und Ordnungsmäßige besteht, nackt ausplündern wollt? Überlegt euch das! Das Recht als ein freies, jederzeit an sich reißbares Stück Fleisch, nein, das darf nicht sein! Hat man sich dafür solche Mühe gegeben, daß jetzt das Dschungel- und Savannenleben früherer Zeiten in grauen oder dunkelblauen Anzügen fortgesetzt wird? Also bitte! Entzieht euch diesem schrecklichen Machtwirbel, der die Menschenherzen stark bewegt, aber in ihnen auch viel Schaden anrichtet. Ihr müßt ja deswegen nicht gleich wie ich in ein abgelegenes Dachzimmer umziehen. Doch wäre ein wenig mehr innere

Ruhe schon angemessen. Dann hätte ich auch wieder Lust, euch den Arm um den Hals zu legen und meinen Kopf an den euren anzulehnen. Wir könnten dabei die durch unser Wesen gehenden Risse bedenken und gemeinsam die schreckliche Ungewißheit über das Ziel unseres Lebens empfinden – eine Lust, die ihr, so pausenlos, wie ihr bisher gelebt habt, gewiß noch gar nicht kennt.

Natürlich gibt es auch schon ein paar besonnene Anwälte, die den Beamten nicht mit roher Streitsucht gefährlich werden, sondern durch ihre Klugheit, die bei ihnen freilich nur eine andere Form der Willenskraft darstellt. Ich merke es sofort, nach drei, vier Sätzen erkenne ich es, wenn ich einem dieser Unbezwingbaren in die Hände gefallen bin. Da kann man als Beamter nur noch einpacken. Tag und Nacht brüten sie in ihren Kanzleien, stöbern bisher nicht existierende Urteile auf, locken in faszinierende, aus dem Nichts auftauchende Gedankenlabyrinthe und feilen so lange an einem einzigen Begriff, bis man gegen diesen nichts mehr unternehmen kann. Solche Anwälte, die eigentlich Wirklichkeitsschöpfer sind, vermag ein einzelner Mensch natürlich nicht zu bezahlen. Wir Beamten, sobald wir von ihren Honoraren hören, verlieren jeden Mut, aber für die Banken ist es nur ein Klacks.

Auch die Richter sind in solchen Fällen machtlos. Manchmal genügt schon ein einziger berühmter Name auf einem Gutachten, und die Richter verdrehen verzückt die Augen. Dann blicken sie uns Beamte kalt an: »Was seid ihr für Tölpel, und ihr vertretet den Staat!« Dabei sind sie selbst genauso Beamte wie wir. Der Hochmut der Richter ist grenzenlos, obwohl ihr Ansehen auf einem Betrug beruht. Damit die Öffentlichkeit die Beamten leichter erträgt, heißt es, Richter seien keine Beamten, sondern halten diese in Schach. Auf Aktenbergen residieren, unbegreifliche Gesetze verstehen wollen, endlose, sinnlose, von höheren Instanzen zu verwerfende Arbeit verrichten – alles wie bei uns! Und dennoch sollen die Bürger im Agieren der Richter keine Ausweitung der Beamtenwirtschaft, sondern eine Eindämmung derselben sehen.

»Die Gewaltenteilung«, sagt man. Aus einem einzigen Schwert drei blitzende Dolche machen. Natürlich kann man die Gewalt auf mehrere Ausübende verteilen – als ob sie sich auf der Brust dessen, gegen den sie gerichtet ist, nicht wieder vereinigen würde. Für mich sind die Richter die wirklichen Beamten, denn sie haben ungeheure Freiheiten und das letzte Wort. Wenn ich aufspringe und sie mit ihren schwarzen Roben stolz in den Gerichtssaal einziehen sehe, fühle ich mich wie ein armseliger Nennbeamter. Doch wie selten geschieht es, daß ich überhaupt vor den Richtern erscheinen darf. Nur die zähsten Fälle, es sind die unwichtigsten, am wenigsten dringlichen, schaffen es, ohne sich von selbst zu erledigen, all die Jahre zu überstehen, die bis zur Anberaumung einer mündlichen Verhandlung vergehen. Beschweren kann man sich nicht darüber, denn die Richter haben ja recht, wenn sie sagen, daß es sich um zähe, wenig dringliche Fälle handelt, denen ein paar Jahre offenbar nichts anhaben können.

Heute, wo die Geschäftswelt so erfolgreich ist, träumen viele davon, ihre Prinzipien auf die Beamten- und Gerichtssphäre vielleicht auch einmal übertragen zu können. Als ob sich das Recht wie Geld vermehren ließe. Nein, die Portion steht fest, für alle Zeiten, und hat in etwa die Größe eines Handtuchs. Jeder zerrt daran, immerzu würde aufeinander eingeprügelt, wenn nicht die Beamten die Prügelenergie in die Amtsstuben ablenken und in ewige, letztlich sinnlose Verfahren verwickeln würde. Soll doch die Geschäftswelt die Menschen in ihren überspannten Wünschen und Hoffnungen verrückt werden lassen, die Beamtenwelt bringt sie schon wieder zur Räson.

»Warum denn nur?« frage ich mich, wenn ich in den Bankzeitschriften solche Überschriften lese wie »Europa auf dem Weg zur cashless-society« oder »Megatrends im Retail Banking: Brand Management sichert den Marktauftritt«. Die drehen ihre Runden wie ein aus Menschenmasse gekneteter Uhrzeiger, vom bloßen Zusehen wird einem schwindlig. Hört mal! Wozu diese Hast, wenn ohnehin niemand jemals irgendwo ankommen wird? Aber es ist wohl auch gar keine Hast, sondern nur ein selbstvergessener Zustand.

»Nun kommt doch auch einmal«, möchte ich ihnen am liebsten zurufen, »in mein Dachzimmer und achtet auf das Klappern des Fahnengestänges. Da könnt ihr hören, was das Leben ist und immer sein wird.«

»Nein«, würden sie antworten, »allenfalls das Flattern einer Fahne zögen wir in Betracht, doch im Grunde sind wir selbst dafür zu nervös.«

Selbst in die Beamtenschaft dringen solche Leute neuerdings ein, die meinen, man müsse die ständige Erregung in der Bankenwelt auch in die Sphäre von deren staatlicher Beaufsichtigung tragen. Sie sind unfähig, an einer alten Akte zu riechen und zu sagen: »Ja, das ist wie wir, muffig, kriechend, fast leblos, aber gegen den Widersinn des Lebens gut gerüstet.« Nein, solche Leute brauchen Bewegung und verzehren sich darin, nur recht bald zum Licht gelangen zu dürfen, hinauf in die Scheinwelt des Regierens, dort wo die Flugzeuge fliegen und die Telefone klingeln.

Alle können freilich nicht gleich hinaufgelangen. Da fangen sie dann schon in den untergeordneten Abteilungen an zu randalieren und bringen alles durcheinander. Ihre Türen lassen sie offenstehen, immerzu, seht herein, ich habe nichts zu verbergen, hier werden keine mitgebrachten Privatbücher gelesen, hier wird kein Kopf zu philosophischen Zwecken an die Weltkarte gelegt, hier ist man bereit, jederzeit. Der schönste Segen des Beamten, ein verschließbares Zimmer, ein eigenes Reich – ohne Not aufgegeben! In die Zimmer hineinschauen, aus den Zimmern herausschauen, telefonieren, möglichst laut, das Tippen an den Computern, hin- und hereilen, diskutieren, der ganze Gang voller Leute, wie auf einem Flughafen soll es zugehen, hier schon, wo die Regierungswelt noch weit weg ist.

Wie froh war ich, als man mir das Dachzimmer zugewiesen hat. Sollen sich die jungen Streber dort unten austoben, mir ist das gleich. Sie müssen das im Kino gesehen haben, die Bankzeitschriften allein können es nicht gewesen sein. Ganz entziehen kann ich mich dem neuen Leistungsgefuchtel freilich nicht. Ohne Aktenmappe gehe ich nicht mehr aus dem Zimmer. Es sind nur leere Blätter drin, doch wenn ich damit durch die Flure eile, sehe ich aus wie alle anderen. Neuerdings nehmen wir die Aktenmappen sogar mit auf die Toilette. Früher wäre das unmöglich gewesen. »Das Schwein«, hätte man über einen Kollegen gedacht, der mit einer Aktenmappe am Pissoir steht. Doch den Jüngeren scheint es nichts auszumachen, Toilettengang mit Aktenmappe, für sie ist das etwas Selbstverständliches.

Auch wagt man kaum mehr, wie früher bei Gesprächen in den Fluren herumzustehen. So wie die jüngeren Kollegen mit ihren Aktenmappen an einem vorüberjagen, ist es dort nicht lange auszuhalten. Am besten flicht man laufend Fachbegriffe in die Gespräche ein oder ruft: »Diese ungeheure Arbeit, man kommt zu nichts mehr!« Es gibt eine ganze Reihe solcher Redensarten und Behauptungen, die sich in letzter Zeit herausgebildet haben. Besonders mag ich das Bild vom unter der Arbeitslast durchgebogenen Schreibtisch, weil es so anschaulich ist. Oder das vom Aktensee, in dem der Beamte bis zur Unterlippe eingetaucht steht. Das Aufreißen des Mundes, etwa durch den Anblick eines frisch hereingebrachten Aktenstapels ausgelöst, genügt, und der Beamte ertrinkt. In den Ministerien soll es sogar noch schlimmer sein. Niemand würde sich dort erlauben, pünktlich nach Hause zu gehen. Nur einige Verzweifelte schleichen sich, ohne Mantel und für alle Fälle eine Aktenmappe in der Hand, schon am Abend leise über die Treppe hinaus. Das Licht in ihrem Zimmer lassen sie brennen, denn die Vorgesetzten und Kollegen pflegen beim Weggehen noch einmal von außen auf das Gebäude zu schauen.

Dieses gegenseitige Belauern ist schlimm und schwächt letztlich nur die Arbeitskraft der Beamten. Äußerlich ist das schwer zu erkennen, denn die Akten vermehren sich heutzutage in einem Tempo, wie es früher nicht für möglich gehalten wurde. Die nun überall eingeführten Statistiken beweisen es, noch nie haben die Beamten so viel geschrieben. Auch kopiert wird in unvorstellbarem Ausmaß, ich sehe es an den Schlangen vor den Kopiergeräten, an jeder Ecke steht eines. Noch vor wenigen Jahren gab es keine Computer und Kopiergeräte, und man fragt sich, wie der Staat trotzdem existieren konnte. Freilich ist der Staat nichts, was sich anschauen und begreifen läßt, doch weil die Unbegreiflichkeit und Unsichtbarkeit des Staates eine allzu gespenstische Vorstellung ist, klammert man sich an die Kraft, mit der er Akten hervorbringen kann.

Die Leistungsstärke eines Staates am Umfang der von den Beamten verrichteten Arbeit messen zu wollen, ist freilich eine die Beamten überschätzende Wunschvorstellung. Manche Beamtenkritiker glauben wohl, zur Erhöhung der Eierproduktion müsse man bloß in den Hühnerstall gehen und ein paarmal in die Hände klatschen. Da sehen sie dann die Hühner mit großem Geschrei wild durcheinanderhüpfen und freuen sich, daß sie den Laden in Schwung gebracht haben. Na was, und Prüfbeamte schicken sie uns, die sich in den Fluren hinter die Ecken stellen, um uns beim Faulenzen zu ertappen. »Hier haben wir viel Spielraum entdeckt«, schreiben sie dann in ihren Prüfberichten, »freilich müßten wir zur präzisen Ermittlung noch genauere Prüfungen anstellen, wofür eine kompromißlose Aufstockung des Prüfpersonals sowie eine höhere Besoldung der Prüfbeamten unumgänglich scheint.«

Beamten nachweisen wollen, daß sie überflüssig sind, natürlich kann man das. Dazu ist die menschliche Phantasie schließlich da, daß sie über das Mögliche hinausdenkt und mit einer großartigen Idee die Lebenslust wie an einem Hau-den-Lukas hinaufschießen läßt. Doch so, wie man mit dem Bau von Gefängnissen nur die Zahl der eingesperrten Verbrecher erhöhen, nicht aber das Verbrechen abschaffen kann, läßt sich auch das Beamtenwesen durch keine gegen die Beamten gerichtete Maßnahme beseitigen. Das Beamtenwesen ist schließlich kein Ding, das man einfangen und wegsperren könnte, sondern Ausdruck menschlicher Eigenschaften und Bedürfnisse. »Verdammte Beamte!« heißt es. »Ihr seid für das Scheitern des Urchristentums und für die Unmöglichkeit des Sozialismus verantwortlich.« Was soll das? Als ob die Aussichtslosigkeit, uns jemals loszuwerden, kein ausreichender Gegenbeweis wäre. Etwas, was niemals sein kann, *ist* eben auch nicht, und jetzt Schluß damit.

Das mag schon sein, daß wir eng aneinandergestellt einem großen Apparat gleichen. Man kann ja auch ein paar tausend tote Tiere so aufeinanderstapeln, daß sie von weitem aussehen wie ein riesiger Kraftwagen. Wir, denen der lüsterne Aktenmund das Leben aus dem Kopf aussaugt. Wir, deren innere Kraft so klein geworden ist, daß sie unter einen Fingernagel paßt. Diese ewige Qual des Vergeblichen, jahrhundertelang. Die niederen Beamten erkennen es nicht, sie fühlen es nur. Die niedrigsten Beamten sind die Boten. Dreimal täglich kommt einer bei mir vorbei und bringt neue Akten. Meist bin ich darauf vorbereitet, weil ich von weitem das Quietschen der Rollwagen höre, auf denen sie die Aktenberge durch die Gänge schieben. Manchmal aber schleichen sie sich an und reißen plötzlich die Tür auf. Sie sind die einzigen, denen das zusteht. Eigentlich ist es eine Unhöflichkeit, nicht anzuklopfen, und ein unerhörtes Privileg, das zu dürfen. Doch sie treten ja auch nicht als Person ein, sondern nur als Aktentransportmittel.

Trotzdem grüßen einige oder schauen mich frech an, wenn sie keine neue Akte für mich haben und bloß Zeitungen bringen. Eigentlich sollten sie sich als bloße Boten gar keine Gedanken darüber machen, was sie transportieren. Auch ist ihnen das Hineinschauen in die Akten untersagt. Doch ihr Gesicht ist mir jedesmal ein Kommentar zu meiner Arbeit. »Unerhört!« denke ich dann und ärgere mich. Natürlich kann ein König dem Diener befehlen, daß er den Nachttopf aus dem Zimmer trägt. Wie aber verhindern, daß der Diener draußen in den Topf hineinsieht und dabei das Gesicht verzieht wie über die Schuld eines anderen? Einen besseren Trost als die Ohnmacht der Mächtigen gibt es nun mal für die Machtlosen nicht.

Für die höchsten Beamten, die ja keine Akten mehr bekommen, spielen die Boten keine Rolle. Hier herrschen Sekretärinnen, die Anrufe entgegennehmen, und Chauffeure, die durch die Stadt fahren und zum Flughafen bringen. Auf den ersten Blick sehen sie wie Diener aus. Doch in Wirklichkeit sitzen sie ihrem riesigen Herrn wie schlaue Zwerge auf der Schulter und müssen nur einmal aufblicken, um ihm auf den Hinterkopf zu schauen.

Trotz allem sind die Boten meistens unzufrieden und melden sich gerne krank. Leider sind auch sie ein Opfer der materialistischen Denkweise. Ihr niedriges Gehalt steht ihnen ständig vor Augen, nicht die Botenehre. Dabei, wie sehr sind sie um den Titel eines Boten zu beneiden. Wir Regierungsräte und Oberregierungsräte sind ja bloß eine Erfindung des letzten Jahrhunderts. Doch die Boten gab es schon, als Alexander der Große sie von, sagen wir, Babylon nach Athen geschickt hat. Solche Vergleiche interessieren unsere Boten allerdings nicht. Das Gehalt ist wichtiger und die Tatsache, daß wir höheren Beamten immerzu Zeitung lesen dürfen.

Sie sagen es zwar nie, das dürften sie gar nicht, aber ich bin sicher, daß die Zeitungsstapel, die sie den Beamten von Zimmer zu Zimmer bringen müssen, eine Provokation für sie darstellen. Schließlich ist für sie eine Zeitung etwas ganz anderes als für uns. Sicher, auch unter uns höheren Beamten gibt es viele, die sich mit Fußballergebnissen beschäftigen. Das ist kaum zu vermeiden, das geistige Niveau in den Behörden ist nicht sehr hoch. Doch das Entscheidende bleibt der Wirtschaftsteil. Ohne ihn könnten wir Aufsichtsbeamte gar nicht leben. Woher denn etwas wissen, wenn nicht aus der Zeitung? Es herrscht unter den Nicht-Beamten ein lächerlicher Irrtum, wenn sie glauben, die Regierenden und ihre Beamten hätten ganz andere Informationsquellen als sie selbst und wüßten alles viel früher. Die Nachrichten sind heutzutage so schnell, da bleibt keine Zeit für Vorabinformationen. Im Gegenteil, man kann als Beamter froh sein, wenn man bei all den Meldungen überhaupt noch mitkommt. Leider sind es meist nur veraltete Zeitungen, die mir gebracht werden. Manchmal sind sie schon zwei Monate alt.

Es ist ein Nachteil der Dachzimmerbeamten, daß sie die Zeitungen erst zuletzt bekommen. Dafür erhalten sie ein ungefähres Bild über den Wissensstand und die Denkweise der Kollegen. Man kann den Zeitungen nämlich ansehen, welche Seiten die Beamten am liebsten lesen. All die Kaffee- und Butterbrotflecken oder die Kringel und Männchen, die, besonders beim Telefonieren, auf die Zeitung gemalt werden. Manchmal bilde ich mir sogar ein, ich könne ihre Aktiendepots erraten, weil sie immer dieselben Aktienkurse unterstreichen.

Auch die Gesinnungen werden gerne mitgeteilt. Ausrufe- oder Fragezeichen werden gemacht oder ganze Sätze unterstrichen. Manchmal, wenn ein Beamter politisch sehr erregt ist, schreibt er sogar einen Kommentar an den Rand. Zwar unterschreiben diese Beamten ihre Kommentare nicht und bilden sich ein, sie könnten anonym bleiben. Doch läßt sich an der Ausdrucksweise und der Farbe des Kugelschreibers meist erkennen, wer das wieder gewesen ist.

Auch in den Sammelmappen, mit denen die wichtigsten Schreiben und Akten des Monats in den Umlauf gegeben werden, finden sich immer wieder Randbemerkungen der Kollegen. Wie bedrückend für einen Beamten, der endlich einmal mit einem Aktenstück in diese Bestenliste des Monats hineingekommen ist, wenn er die Schadenfreude bemerkt, mit der die Kollegen seine Schreibfehler gefunden und angestrichen haben. Manche kreuzen auch ganze Absätze an und schreiben abfällige Behauptungen wie »Gequatsche!« oder »Rindvieh!« daneben. Einmal hat es fast einen Prozeß deswegen gegeben.

Daß es zu solchen Rangeleien unter uns Beamten kommt, mag dem Außenstehenden, für den ein Amt etwas in sich Festes, Unteilbares ist und der ja leicht vergißt, daß der Name einer Behörde bloß die Zusammenfassung eines Gewimmels unzähliger Einzelvorgänge darstellt, als überflüssig und unnötig kostspielig erscheinen. Doch muß man die durch die ununterbrochene Aktenbearbeitung hervorgerufene Reizbarkeit der Beamten schon in Rechnung stellen. Daß zwei Beamte sich anschreien oder tätlich angreifen, kommt fast nie vor. Die Auseinandersetzungen werden schriftlich geführt, ganz so, als handele es sich um einen neu eingegangenen, besonders wichtigen Fall. Die jüngeren Beamten beachten die vorgeschriebene Form und schreiben Aufsichtsbeschwerden, doch die älteren wissen, daß dabei nichts herauskommt. Wie die Klageschriften vor den Gerichten liegen die Beschwerden nur in der Personalstelle herum, und die Verfahren werden, falls der Antragsteller nicht endlich aufgeben will, eingestellt, möglichst mit einem Unentschieden, das die Beschwerde als nicht völlig erfolglos, aber ziemlich überflüssig erscheinen läßt, wobei uneindeutige Formulierungen zu benutzen sind, um nicht neue Beschwerden zu provozieren.

Ergiebiger sind die formlos ausgetragenen Fehden, üble Beschimpfungen etwa, die nach Feierabend an Türschilder geschrieben werden, oder Rundschreiben, mit denen die Niedertracht einzelner Kollegen bekanntgemacht wird. Mehr als der Ärger der Feinde ist damit freilich auch nicht zu erreichen. Als durch die Einführung des Computernetzes die Möglichkeit einer allgemeinen Kommunikation entstand, nahmen die verleumderischen Nachrichten derart überhand, daß alle Privatmitteilungen vom Amtsleiter verboten werden mußten.

Auch die Liebesbeweise, zu denen Beamte untereinander fähig sind, werden schriftlich erbracht. Fast jede Woche finde ich in den Umläufen eine Postkarte, die ein Kollege aus seinem Urlaubsort an unsere Abteilung geschrieben hat. Besonders die pensionierten Beamten versuchen, wohl aus Furcht, bald vergessen zu sein, sich auf diese Weise in Erinnerung zu halten. *Liebe Kolleginnen und Kollegen*, heißt es dann, *nach kurzem Zwischenaufenthalt in Deutschland ging's gleich weiter hierher. Den Höhenunterschied zur Meereshöhe in Südamerika habe ich gut überstanden, ebenso die 200 Pistenkilometer, die der Raum Galtür-Ischgl bietet. Bisher war es schön, doch heute schneit es, und auf den Abfahrten wird es wegen der sogenannten Energieferien eng. So, jetzt geht's gleich wieder los. Herzliche Grüße an alle, Ihr Johann Stuhrmann (der Pensionär).*

Manchmal, wenn solche Karten allzu schwärmerisch die Vorteile des Urlaubslebens preisen, bilde ich mir ein, sie seien dazu geschrieben, uns zu ärgern. Vom Urlaub wird unter Beamten ständig geträumt. Auch die immer wieder festzustellende Tatsache, daß die Beamten nach ihrer Pensionierung geistig rasch verfallen, zeigt, daß die Beamtenaktivität offenbar etwas ist, was trotz allem über die bloße Bequemlichkeit eines reinen Privatlebens hinausgeht. »Nur wenn das Nichts gut gegliedert und numeriert ist, können wir tiefer in es eindringen« – das ist der Schlachtruf der Beamten. Gebrüllt werden darf er nicht, das würde nur alles verderben, aber geflüstert werden sollte er schon.

Was für eine große Bedrohung den Beamten die Einsamkeit ist, davon weiß die Außenwelt viel zu wenig. Mit wem lebt man denn zusammen? Die Akten sind kaum mehr als ein alter Stock in der Wüste. Ich spreche nicht von den niederen Beamten, die ihre Aktenaufgaben selten ernst nehmen und die Einsamkeit vielleicht zu Hause bei ihrer Frau und den mißratenen Kindern, nicht aber in ihren vom Kollegenlärm stets erfüllten Amtszimmern kennenlernen. Auch die wirklich hohen Beamten, die immerzu telefonieren oder im Flugzeug sitzen, haben wenig Anlaß, sich einsam zu fühlen, schließlich ist die Einsamkeit keine notwendige Folge des modernen Herumwirtschaftens, sondern das ungelegene Produkt eines Nachdenkens.

Jetzt reicht das aber! Auch noch einsam wollen die Beamten sein, wo es doch so viele von ihnen gibt? All die Weihnachtsfeiern und Amtsausflüge, jedes Jahr finden die statt! Aber bitte, sehen Sie sich doch einmal die Beamten an, wenn die sich, von den Akten abgekappt wie von Rettungsschläuchen, vor Verlegenheit krümmen. Manchen Käfersorten kann man die Flügel ausreißen, ohne daß sie ihr Leben ändern müssen, nicht so den Beamten. Vor allem die Vorgesetzten laufen bei solchen Gelegenheiten verwirrt umher oder klammern sich vergeblich an die ihnen als Haufen zusehenden Untergebenen. Ein Amtsleiter im Blouson, das ist ein schreckliches Erlebnis.

Oder all die Witzbücher über Beamte, die sich die Beamten bei persönlichen Feiern einander schenken. »Immerhin, es ist ein Buch«, sagen sich die Beschenkten und stellen es zur

Sammlung der schon erhaltenen Witzbücher. Nein, laut muß die Verzweiflung nicht sein, auch still wie eine Schildkröte kann sie herumkriechen und dabei grinsend ihren Kopf hin- und herschwenken.

Da ich so etwas nicht mit ansehen kann, nehme ich an keinen beruflichen Freizeitveranstaltungen mehr teil. Möchte ich das Scheitern der Leidenschaften empfinden, krieche ich lieber unter mein Bett. Von klein auf habe ich das getan. Zuerst war es der Gedanke, daß die Elternliebe Grenzen hat, der mich in diesen Zufluchtsort hineintrieb. Später, als ich begriff, daß es sich um ein weiterreichendes Phänomen handelt, wurde meine Lust an der dunklen Stille und am Eingezwängtsein sogar noch größer. Siebenundzwanzig Zentimeter sind jetzt für mich genau die richtige Höhe. Der Kopf darf nicht mehr drehbar sein, zumindest sollte bei einer Drehung die Nase schmerzhaft eingedrückt werden. Das war gar nicht einfach, es in einem Bettengeschäft auszuprobieren.

Natürlich ist es eine Qual, bis man an die richtige Stelle gekrochen ist. Doch dann, wenn ich angekommen bin, den Kopf seitlich auflege und weiß, daß ich mich ab jetzt nicht mehr bewegen darf, beginnt etwas Großartiges. Das Gefühl für meinen Körper verläßt mich, auch das Denken hört fast auf, und ich höre nur noch das eigene Horchen. Was? So groß bist du dir, daß du dich an der riesigen Fläche der Ewigkeit mißt? Ja, weil ich spüre, wie sie mich durchschneidet, und weil ich es in der Unwahrheit nicht aushalte.

Eine Hand, die nach Zuneigung und Anerkennung tastet, greift ja die meiste Zeit ins Leere. Wenn sie doch lieber einmal nach der Leere tasten würde. Die meisten glauben, der Schmerz werde am sichersten dann nicht empfunden, wenn man ihn meidet. Aber wer ist denn am ehesten immun gegen den Schmerz? Ein gut im Training stehender Fakir. Sich seinem Unglück mit Lust hingeben, deshalb bin ich Beamter.

Vielleicht hätte ich statt ein Beamter auch ein Wissenschaftler werden können, natürlich nur ein Geisteswissenschaftler. Strohhalme, gut verflochten, ergeben ein schönes Nest. Jeder Satz, jeder Begriff ist fragwürdig, aber weil alles ineinandergreift, trägt es. Man muß bloß einmal in eine große Universitätsbibliothek gehen und den Geruch mit dem in unserer Registratur vergleichen, oder man beobachtet die Geisteswissenschaftler, wie sie unermüdlich in den Büchern blättern, um selbst welche schreiben zu können – ihre Nähe zum Beamtentum ist viel größer, als sie wahrhaben wollen. »Die Beamten«, denken die Geisteswissenschaftler, »sind Knechte, die zur Bewältigung der Verwaltung eingestellt wurden. Wir Geisteswissenschaftler atmen dagegen die freie Luft des Forschertums, mit dem das Unverständliche im Leben verständlich gemacht wird.« Ja, ja, das ist das Kräftige am Denken, daß es sich, wie ein Baum vom Wind, durch Wünsche hin- und herbiegen läßt. Erst am Ende zappeln wir alle im selben Netz. Natürlich gibt es unter den Geisteswissenschaftlern regelmäßig Erfolge, auch bei den Beamten gibt es diese zyklischen Genugtuungen, doch was taugen Wegmarken auf einem Weg, der endlos ist.

Die Unbeliebtheit der Beamten ist bekannt. Auf mich wirkt der Haß auf die Beamten wie ein Selbsthaß. Allerdings ist er ein Selbsthaß, wie ihn die psychologische Lehre gar nicht kennt, nämlich ein berechtigter Selbsthaß. Man ist es gewohnt, die Selbstliebe als die einzige Möglichkeit innerer Gesundheit anzusehen. Wenn das richtig wäre, müßte ein Mensch, der gesund sein will, sich bei der Beschreibung seiner Wesensart ständig belügen.

Wie oft sitze ich in meinem Dachzimmer neben der riesigen Weltkarte und frage mich, warum alles so ist, wie es ist. Früher, als ich noch in einem anderen Dienstzimmer saß, hatte ich das Gefühl, es handele sich um eine unvergitterte Gefängniszelle. Einmal wurde das Gefühl so stark, daß ich mit einem Lineal rhythmisch an die Heizung schlug. Irgend jemand antwortete mir, und es entwickelten sich Klopfzeichen, denen sich immer mehr Beamte anschlossen. Vielleicht hätte sich die gesamte Abteilung beteiligt, denn der Spieltrieb unter den Beamten ist groß. Doch plötzlich stürmte jemand, der wohl gerade an einem schwierigen Fall gesessen war, in mein Zimmer und schrie mich an, ob ich mit diesem Blödsinn angefangen hätte. Ich gab vor, mich dem kollektiven Klopfen bloß angeschlossen zu haben, und zwar deshalb, weil ich an eine allgemeine Überprüfung der Heizungsrohre geglaubt hätte.

Diese Unaufrichtigkeit im Umgang mit Kollegen ist typisch, nicht nur für mich, fast alle Beamten lügen und betrügen, wenn sie über ihre Arbeit sprechen. Schlimm ist das nicht, eher bewirkt es eine innere Kräftigung, ganz ohne Geheimnis zu leben, ist nämlich für niemanden ein Spaß. Zu den größten Geheimnissen des Beamtenlebens gehört seine Trostlosigkeit. Das heißt aber nicht, daß gar nicht darüber gesprochen wird. Besonders das ewige Versagen der Vorgesetzten ist ein sehr gängiger Redestoff, fast ist es schon eine Begrüßungsformel.

Im Grunde bleibt es gleich, in welche der beiden Lügen ich mich hineinflüchte, in die der Anwesenheit des Sinns oder in die seiner Abwesenheit. Als sei sie ein sicheres Grab für die eigene Mut- und Freudlosigkeit, wird die Legende vom Sinn gepflegt, überall habe er zu tun, der Sinn, jeden Tag, jede

Nacht, höchstens in den Dienstzimmern von Beamten treibe er sich nie herum. Ob wir Beamten die Aufmerksamkeit verdienen, eine so auffällige Ausnahme zu sein, bezweifle ich, eher sind wir eine Zuspitzung, wobei die Öffentlichkeit unseres Amtes der Spitzer ist. Falls es einen Sinn wirklich gibt, jeder muß sich beim Aufbau seines Wortschatzes entscheiden, dann vermag er die Beamten genausowenig zu meiden wie Atome die Materie. Aber was hilft das, auch die Atome sind ja bloß eine ausgedachte Behelfsgröße.

Nein, das mag ich nicht dulden, wenn der Beamtenbereich als die Folterkammer im Zauberpalast des Lebens bezeichnet wird. Auch eine Eiterbeule ist das nicht, eher ein exklusives, den Machtausübenden vorbehaltenes Schwimmbecken, in dem die aus dem menschlichen Gesamtkörper überall austretenden Bremssäfte aufgefangen werden. Wie soll sich denn da das Gefühl einer höheren Menschheit entwickeln? Nein, das Licht und die Zierde des Jahrhunderts sind wir Beamten gewiß nicht, doch als ein matter Spiegel des Daseins haben wir durchaus einen Wert. »Bruder, hör«, so möchte ich am liebsten jedem entmutigten Beamten ins Ohr flüstern, »eine Erlösung gibt es nirgendwo, selbst nicht im Paradies« – doch das geht natürlich nicht. Daß der Nachweis der absoluten Unmöglichkeit eines Trostes zugleich auch die absolute Unmöglichkeit der Trostlosigkeit beweisen würde, davon bin ich überzeugt. Freilich ist das nur eine theoretische Überlegung, denn ein kleiner Trost ist immer möglich, und daher auch die Trostlosigkeit.

Woher mein Drang zum Ins-Ohr-Flüstern kommt, weiß ich nicht. Früher hatte ich ihn nicht. Im Gegenteil, mein Ekel vor fremden Menschen war so groß, daß ich ihre Fingernägel ohne Lust zum Erbrechen gar nicht betrachten konnte. Meine

Feinde sah ich am liebsten nackt auf einem Hinrichtungsgerüst knien, wobei ich selbst es war, der dem mit einer schwarzen Gesichtsmütze bekleideten Henker durch beiläufiges Nicken den Befehl zum Kopfabhacken gab. Um eine wirklich perverse Veranlagung handelte es sich aber nicht, denn ich wendete mich, nachdem der Scharfrichter ausgeholt hatte, sofort ab.

Heute sind diese Tötungsphantasien bei mir zur Ausnahme geworden, nur bei großer Nervosität komme ich dazu. »Die Beamten«, sagt ein altes Sprichwort, »faulen nicht, sie trocknen höchstens aus.« Solche abschätzigen Redensarten werden benutzt, um über sie lachen zu können, untersucht man sie näher, zeigt es sich aber schnell: Die Wahrheit ist etwas viel zu Ernstes, als daß sie sich in den Sprichwörtern nur mit der fröhlichen Flüchtigkeit eines Witzes zeigt. Das allmähliche Austrocknen eines Menschen ist zwar lächerlich und entsetzlich, aber es ist auch nicht ohne Nutzen.

Auf einen Unbekannten zutreten und ihn umarmen – das ist der Gedanke, der mir jetzt ständig durch den Kopf geht. Jemandem seine Hinneigung zeigen, indem man sich mit allem, was dazu hilft, den Armen und Händen nämlich, an ihm festhält, beweist das nicht, daß die Liebe ein Verzweiflungsschritt ist? Übrigens spüre ich den Drang zur Umarmung eines Unbekannten besonders dann, wenn ich neben einem Vorgesetzten stehe und wir uns gemeinsam über eine Akte beugen. Sich gleichzeitig im selben Aktenstoff zu verlieren – ein unbeschreibliches Gefühl. Als ob wir dasselbe Gehirn hätten. Nur für einen winzigen Augenblick, wie Gefühle eben sind, näher kann man sich nicht kommen, nicht einmal im Bett. Ohne Ankündigung trete ich mit einer Akte ins Zimmer und rufe: »Sehen Sie nur, was da steht!« Unverhofft aus den eigenen

Gedanken herausgerissen, beugt sich der Vorgesetzte über die Akte. Unsere Köpfe, sonst leben sie getrennt, nun berühren sie einander fast, und ich sehe die Worte, auf die ich deute, dem Vorgesetzten in die Augen fliegen. Oft dauert es lange, bis sie etwas bewirken, einfache Stellen suche ich nie aus.

Wie prickelnd, auf ein fremdes nahes Gesicht zu schielen, die winzigen Bartstoppeln, der halb geöffnete Mund, die schlecht gewählte Brille. »Mein Vorgesetzter«, denke ich dann und spüre, wie alles, das Gute und das Böse, das Schöne und das Häßliche, so sehr ineinandergreifen, daß sie eine Einheit bilden, in der auch ich selbst gut aufgehoben bin.

Der Trieb zur Auflösung der Gegensätze ist mein Schicksal. Mit einer solchen Einstellung wäre ich draußen, im normalen Erwerbsleben, längst umgekommen. Oder aus mir wäre ein anderer geworden. Kann man das? Falls ja, so wäre es, obwohl sehr aufwühlend, nur ein weiterer Beweis für die Einheit der Gegensätze. Wer bin ich, und wäre ich, wenn ich, schließlich gibt es Zufälle, ein anderer wäre, trotzdem immer noch ich? Auch derartige nicht ernsthaft durchdenkbare, aber oft gefühlte Ideen sind es, die mich dazu anregen, einen neben mir stehenden Vorgesetzten, selbst wenn er dumm und häßlich ist, zu umarmen und ihn vielleicht sogar zu küssen.

Natürlich weiß ich, daß die Einheit der Gegensätze nicht wirklich existiert. Sie ist bloß eine Folge des Denkens, genauso wie die Gegensätze selbst. Ausgedacht ist ja alles, auch meine Umarmungen und Küsse, oder sagen wir besser: empfunden. Na ja, das sind so Erklärungsbemühungen, auf der Stufe des Alltagslebens bleibt mein Gegensatz zu den Vorgesetzten jedenfalls vollgültig erhalten, manchmal hasse ich sie sogar. Doch was heißt das schon? Auch die Kinder hassen ihre Eltern immer wieder, selbst wenn sie sie in Wirklichkeit lieben. Das Alltagsleben hat eine ungeheure Macht über jeden, der sich ihm hingeben muß, zu einer endgültigen Klärung der Gefühle findet sich nie die Gelegenheit, höchstens wenn jemand gestorben ist.

Von diesem Kunstgriff mache ich übrigens häufig Gebrauch. Sobald mich mein Haß gegen einen Vorgesetzten so stark ergreift, daß ich ihn umbringen möchte, stelle ich mir vor, der Vorgesetzte liege bereits im Sarg. Sieh nur, wie der Leichnam in seiner Steifheit bei jeder Bewegung wackelt, ein überraschender Stein unter dem Fuß des linken hinteren Sargträgers, ein kleiner, hopp, Wurf nach oben – solchen Unfug macht der Vorgesetzte mit, ohne Widerstand zu leisten? Deutliches Zeichen, daß er nicht mehr existiert.

Na, die Gedanken, weder gibt es etwas Aufregenderes noch etwas Befriedenderes. Wie oft springe ich, besonders an bedrückenden Tagen, plötzlich von meinem Stuhl auf, stelle mich neben die Weltkarte und denke an den Begriff des Menschlichen sowie die ungeheure Kraft, die er aus der Niedrigkeit seines Gegenübers, des Tierischen, gewinnt. Wenn nur diese Kraft die mit der Weltlenkung Beschäftigten stärker herumwirbeln würde. Aber das ist schließlich auch ein Unterschied, ob ein mitten in den Kämpfen Befangener die Gültigkeit von Gegensätzen empfindet, oder ob ein Dachzimmerbeamter seine Vorgesetzten rein gedanklich in einem Sarg hin- und hertragen läßt, welche Maßnahme ja ausschließlich dazu dient, den Vorgesetzten die Schrecklichkeit zu nehmen, mit der sie ihren Untergebenen entgegentreten.

Der Feind, diese Wand, gegen die man anrennt, der Freund, diese Wand, an die man sich anlehnt – Wand ist Wand und zu klein das Leben, auch das erträumte, als daß nicht alle Bestandteile zusammengehörten. Sogar mit den größten Schuften der Weltgeschichte mache ich es manchmal so. Ich ziehe sie, das Denken ist eine geeignete Pinzette, aus den Zusammenhängen und lege sie, damit sie endlich einmal auch für sich allein etwas sind, vor mich hin. »Ist das alles?« frage ich dann. »Ein übler Hausmeister ist kaum weniger.«

Daß es aus der Sicht langjähriger Beamter keine Dämonen gibt und auch keine echte Macht, sondern nur Aufgeregtheit sowie die aus ihr folgenden Schäden, liegt gewiß an dem von ihnen geführten ruhigen Gedankenleben. Den Sturm des Daseins in aktenfähige Sachverhalte umarbeiten zu wollen, scheint tolldreister Wahnsinn, aber im Hinblick auf das Renommee des Geistes sollte dem Beamtenmut die Anerkennung nicht versagt werden.

Mut? Nur die Feigheit ist allgemein bekannt, die aus den Beamten tüchtige Verschanzungsingenieure macht. »Zu unserer Deckung dürfen die Paragraphen frei bewegt werden, sonst aber nie«, so rufen sie dem vergeblich anrennenden Publikum zu. Ein schöner Beamter, der, gut riechend, höflich vor dem Antragsteller niederkniet, davon läßt sich nicht einmal träumen. Warum nicht? Die Ausdauer, mit der Wünsche erzeugt, nicht erfüllt, nochmals erzeugt und wieder nicht erfüllt werden, alles das ist für das Leben sehr typisch. Manchmal, unterm Bett, gelange ich an einen Punkt, wo ich mir das Nichts vorstellen kann. Eine klare Vorstellung ist das nicht, eher ein Verdacht und auch das nicht.

Wenn wir Beamten, so wie das Publikum glaubt, ein einziger Beamter wären, der vervielfältigt wurde, wie herrlich fügte sich alles zusammen. Unsere Allmacht bestünde dann nicht nur nach außen. Auch innerlich wären wir ein Ganzes. Fröhlich säßen wir in unseren Zimmern, zu jeder vollen Stunde würde ein Beamtenlied angestimmt, und alle sängen mit. Doch die Begriffe täuschen, in Wahrheit gibt es die Beamten nur als ein unbestimmtes, sich ständig widersprechendes Nebelgeräusch.

Einzelne Beamte hängen sich, wie erst kürzlich mein Referatsleiter in der Toilette, sogar auf. Wie kommt das? Den niederen Tieren, die keine Begriffe verwenden, ist die Enttäuschung so fremd wie ein Selbstmord. Man muß schon von der Begriffslust besoffen sein, um zu glauben, daß es einen Staat geben könne, kernig und zuverlässig, etwa so, wie es einen Stuhl oder ein Bett gibt, und nicht nur einzelne, ausgewählte Ratlose, die sich in den sogenannten Dienstzimmern zur eigenen Erwärmung einen Beamtenschal um den Kopf gewickelt haben.

Selbst ich, der es wirklich besser wissen müßte, vermag mich kaum in der Nähe von Dienstgebäuden aufzuhalten, ohne ein leises Brummen zu hören. So groß ist die Begriffsgewalt des Staates noch, daß sie mir die Dienstgebäude wie Schaltwerke erscheinen läßt, in dem der unversiegbare Stromfluß der Macht hörbar wird. Oder nehmen wir den auf ein amtliches Schriftstück gestempelten Adler – wer kann ihn sich, übermütige Jugendliche ausgenommen, ohne leichten Schauer ansehen?

Freilich werden die Stempel immer seltener benutzt. Die ungeheure Vermehrung und Vervielfältigung der Schriftstücke hat dem Wert des Stempels geschadet. »Wir sind alle gleich«, wird gesagt, jeder erhält jetzt Schriftstücke, so viele er will, wozu noch Stempel? Niemand soll mehr erschreckt werden, wie der Brief eines Freundes soll das Amtsschreiben aussehen. Was aber heißt das, wenn eine Macht auf ihre Insignien verzichtet? Wird sie unsichtbar gemacht, damit sie ungestörter ausgeübt werden kann?

O Macht, Verführschlingel, Droh- und Haufaust, überall bist du zu spüren, von wem wirst du ausgeübt, oder brauchst du dafür niemanden? Früher, als der Staat noch ein großer Berg war, aus dem die Macht wie ein klarer Quell hervorzusprudeln schien, mußten sich die Staatsgelehrten auf keine Lauer legen, um zu wissen, wer zum Schöpfen kommen darf. Jetzt aber, wo die Übersicht verlorengeht, wird man bald an den Dienstgebäuden wie an fröhlichen Mietshäusern vorbeilaufen können, ohne Ehrfurcht, ohne Abscheu. Hurra, die Beamten sind weg. Doch wo sind sie hin? Waren sie, in staatlichen Behörden eingefangen, nicht ungefährlicher?

Aber was heißt schon Macht? Nur wenn es eine Ursache gäbe, die sich als keine Wirkung entpuppen läßt, lohnte es sich, ernsthaft davon zu reden. Dazu müßte man das wissenschaftliche Denken abschaffen, kaum denkbar, zu sehr hat man sich daran gewöhnt. Allenfalls die Gefühlswelt vermag der Existenz der Macht einen sicheren Untergrund zu bieten. Was geschieht mit mir? Wer ist schuld? So wird gefragt, und wirklich, es besteht genug Anlaß, sich zu empören.

Aber bedenke doch, wärst du zum Beispiel ein Amtsleiter, würdest du dich über deine Ohnmacht noch stärker ärgern als sonst, weil sie so überraschend wäre. Nun, das ist meine persönliche Einstellung. Hat man sich erst einmal hochgeackert und durchgeboxt, mag man das anders empfinden. Einen unter dem Schmerz der Wunden aufschreienden Krieger wirst du niemals davon überzeugen können, daß der Krieg auch nur so ein Wort sei.

Ach, die Gefühlswelt. Alles andere sind doch eigentlich nur Unterbrechungen, bei wem sind sie länger als bei den Beamten? Dabei, wie gern würde auch ich, nachdem ich, seltener Zufall, ein gelungenes Schriftstück ohne ruinierende Änderung durch die endlose Kette meiner Vorgesetzten bringen konnte, den Flur entlangrennen und mit einem überall hörbaren Schrei an die Decke springen. Oder ich dürfte in einem mit Totenköpfen illustrierten Brief schreiben: »Ihr Kredithalunken von der X-Bank, seit Jahren beobachte ich, wie ihr den Leuten das Geld aus der Tasche zieht.« Undenkbar, natürlich. Allenfalls denjenigen, die gegen gesetzliche Vorschriften verstoßen, darf ich schreiben. Doch wie selten kommt das vor. Nur die Dümmsten unter den Schurken verstoßen gegen Vorschriften, die Klugen wirken bei ihrer Einführung mit.

Ein Beamter, der die Beherrschung verliert, wäre im Grunde gar kein Beamter mehr, sondern nur noch ein Mensch. Nicht daß das nicht vorkäme, es gibt Vorgesetzte, die toben dauernd. Andere schwirren eher, weil sie, sobald sie an ihre eigenen Fähigkeiten denken, sich ihren eigenen Huldigungen hingeben und in einer endlosen Folge von Luftschrauben oder Mehrfachsalti befangen erleben. Auch habe ich einmal einen Boten gesehen, der mit einem Aktenwagen, als sei das ein Kinderroller, den Flur entlanggerast ist, so daß ich fast davon überfahren wurde. Ein solches Sichherauslösen aus dem beamtenmäßig Einwandfreien kommt immer wieder vor, auch dauerhaft wiederkehrend, bestes Beispiel sind die vielen Alkoholiker, die in meinem Amt arbeiten.

Wollte man den Alkoholismus aus der Beamtenschaft wegdenken, müßte man einen aberwitzigen Gehirnsprung machen, was natürlich möglich ist, aber wenig Sinn gibt, denn Alkoholismus heißt nichts anderes als Schwäche und Verzweiflung, Zustände, in denen ein Beamter sich wie zu Hause fühlt. Gleich neben unserem Dienstgelände befindet sich ein Getränkemarkt. Er lebt hauptsächlich von den niederen unglücklichen Beamten, die höheren kaufen ihre Flaschen woanders und schmuggeln sie in der Aktentasche ein. Einmal, als ich hinter einem Referatsleiter die Treppe hochstieg, stolperte dieser, vielleicht fühlte er sich von mir verfolgt, und seine Aktentasche schlug auf den Boden. Es klirrte und tropfte, doch der Referatsleiter sagte nur: »Oh, oh!« Das Treppenhaus roch zwei Tage lang nach Schnaps.

Vor einigen Jahren hat man, nachdem der Amtsleiter auf einer der Herrentoiletten von einem betrunkenen Beamten geduzt worden war, einen Suchtbeauftragten ernannt. Die Ernennung von Beauftragten ist in den Behörden die zur Bewältigung unlösbarer Probleme übliche Verfahrensweise, und so nahm diese neue Beauftragung eines Kollegen niemand ernst. Doch der Kollege, er hieß Rindfleisch, was seine Autorität anfänglich wenig erhöhte, stellte sich als ein nicht mehr für möglich gehaltenes Beamtenwunder heraus.

Es fing mit harmlosen Rundschreiben an, in denen Rindfleisch den Alkoholikern seine Hilfe anbot. Offenbar meldete sich niemand, was kaum verwunderlich ist, denn Beamte sind solche privaten Zutraulichkeiten im Dienst von den dazu Beauftragten nicht gewohnt. Dann begann Rindfleisch, es hieß, er habe in einem Suchtzentrum Fortbildungskurse gemacht, die Mitarbeiter zur Benennung von betrunkenen Vorgesetzten aufzurufen. Hierdurch entstand eine erste Unruhe, besonders unter den Vorgesetzten, weil sie Denunziationen und Racheakte von Untergebenen befürchteten. Rindfleisch reagierte darauf, indem er die Vorgesetzten zur Namhaftmachung betrunkener Untergebener anhielt, was aber die allgemeine Unruhe nur vermehrte. Der Personalrat schaltete sich ein, und die Aufrufe mußten zurückgenommen werden.

Jeder erwartete, daß Rindfleisch nun klein beigeben und

sich dem Verhalten all der anderen Beauftragten anpassen würde, die, ohne sich jemandem aufzudrängen, still die ihnen eingeräumten Privilegien genossen. Rindfleisch hielt aber an seinem Auftrag fest und änderte nur die Taktik. Plötzlich erhielten wir nahezu täglich Kopien von Zeitungsberichten, in denen das unsere Gesellschaft auf das schlimmste belastende Alkoholproblem genau beschrieben wurde. Die darin genannten Zahlen waren unerträglich hoch, besonders diejenigen, mit denen die volkswirtschaftlichen Schäden beziffert wurden. Auch die Zusammenhänge mit der ständigen Erhöhung von Steuern und Krankenkassenbeiträgen wurden geschildert.

Dieser immerzu brennende Scheinwerfer, den Rindfleisch mit Hilfe von täglichen Zeitungsausschnitten auf das dringend zu lösende Alkohol- und Abgabenproblem richtete, sorgte immer mehr für eine Bereitschaft zur Prohibition. Es hieß, der Alkoholgenuß bei im Amt veranstalteten Geburtstags- und Abschiedsfeiern solle untersagt werden. Schließlich standen eines Morgens vor den Türen einiger Beamter Schnapsflaschen. Erst lachte man darüber oder hielt es für einen geschmacklosen Scherz, doch bald schon waren unterschiedliche Listen mit den Namen derjenigen Kollegen im Umlauf, bei denen eine Schnapsflasche vor der Tür gestanden haben soll.

Freilich sind solche Gerüchte über irgend jemanden, der irgend etwas gemacht oder erlebt haben soll, in einem Amt nichts Besonderes. Der größte Teil der unter den Beamten geführten Unterhaltungen besteht aus der Weitergabe solcher Gerüchte. Irgendwann wären Rindfleisch die Zeitungsausschnitte ausgegangen, das war klar, und sein Beauftragtenschweiß wäre wie jeder andere Schweiß im weiten Beamtensand versickert. Da aber schnitt sich unerwartet ein älterer Beamter zu Hause in der Badewanne die Pulsadern auf.

Ob es wirklich stimmt, daß, wie es kurz darauf hieß, auch vor seiner Tür eine Schnapsflasche gestanden habe, bezweifle ich. Später wurde behauptet, sein Selbstmord stehe mit einer Ehetragödie in Verbindung, letztlich wußte niemand etwas wirklich Sicheres. Dennoch reichten die Gerüchte aus, um die Stimmung umschlagen zu lassen. Jetzt wurde so oft von einer Pogromstimmung gesprochen, für die Rindfleisch verantwortlich sei, daß tatsächlich eine Pogromstimmung entstand, aber eine, die sich gegen Rindfleisch wandte.

Den kümmerte das nicht, er startete sogar eine neue Kampagne. Ich wurde von ihr überrascht, als ich eines Tages eine Aktenmappe aufschlug, die ich aus einem vom Boten gebrachten Aktenstoß herauszog. Zuerst bekam ich einen furchtbaren Schreck, ungefähr so wie ein Bäcker, der wie jeden Tag in den Mehlsack greift und plötzlich eine gefährliche Schlange in der Hand hält. Die über meine Akten hingebreitete glitzernde, gelb-rote Riesengeschwulst sah so eklig aus, daß ich mich fast erbrechen mußte. Unter dem Foto stand in kleinen, handgeschriebenen Buchstaben »Leber eines Alkoholikers«. Vielleicht, dachte ich später, ist es ja die eines Wals gewesen, Rindfleisch war inzwischen alles zuzutrauen.

Eine Leber, was ist das schon? Gebraten wird sie sogar gegessen. Und doch, für mich bleibt eine plötzliche Gegenüberstellung mit dem eigenen Inneren stets etwas Verwirrendes, Erschreckendes. Einmal war ich als Student zu einer Leichenöffnung im gerichtsmedizinischen Institut eingeladen. Ich weiß nicht, warum ich da hingegangen bin. Vielleicht trieb mich die Vorstellung, ich könne den Schrecken bezwingen, indem ich ihn mit einer überraschenden Armbewegung umklammere.

Schon auf dem Weg dorthin glaubte ich plötzlich, einen Leichengeruch in der Nase zu verspüren. Hätte ich nicht mit drei anderen Studenten im Auto gesessen, ich wäre gewiß umgekehrt. Vor Grusel kichernd betraten wir das Gebäude. Jeder Türgriff, den ich anfaßte, fühlte sich wie ein Leichenteil an. Das ist schon merkwürdig, wie sich in der Feuchtigkeit eines aufgeregten Gefühls die unterschiedlichen Begriffe miteinander verkleben können. Dann stellte sich heraus, daß wir im falschen Gebäude waren.

Als wir endlich im richtigen ankamen, hatte ich fast vergessen, wo wir hin wollten. Wir hatten unterwegs eine Studentin getroffen. Sie war auch zur Leichenöffnung eingeladen und lief schräg vor mir, so daß ich die weiche Linie ihres Halses und den Nacken betrachten konnte. Wie sich dort einzelne nicht mit hochgesteckte Haare kräuselten, so reizvoll und lieblich, als sei das Leben eine Woge. Gerade wenn ich in einer ungenauen, träumerischen Stimmung bin, neige ich zu solchen Verallgemeinerungen. Erst als wir in einem der Gänge an einem alten leeren Handwagen vorbeikamen, auf dem sonst vielleicht die Toten herumgefahren werden, erfaßte mich wieder das unangenehme Leichenöffnungsgefühl. Heute, wenn ich an diesen Wagen zurückdenke, höre ich sogar ein Rollgeräusch. Dabei stand er doch. Auch waren die trampelnden Schritte einer sich gruselnden Studentengruppe womöglich schlimmer als all die sonstigen Geräusche, die in einem gerichtsmedizinischen Gebäude üblich sind.

Der die Leichenöffnung durchführende Professor machte pausenlos Witze. Wie sie lauteten, weiß ich nicht mehr, nur daß sie im Grunde unnötig waren, weil der Professor selbst einen den besten Wortwitz leichthin übertreffenden Leibwitz darstellte. Wir hatten von diesem Professor und seinem komischen Aussehen schon gehört, doch so überraschend, wie er plötzlich vor uns stand, winzig klein, dick, mit unsymmetrischer Glatze, grünlicher Hornbrille und einer Quietschstimme, als habe er sich ein Kinderspielzeug in den Hals gesteckt – darf *der* denn Leichen öffnen? Aber ja, dieser Professor war für das öffentliche Vorzeigen von Leichen geradezu geboren. Wie ein Lehrer die fröhlichen Kinder, führte er uns in den eisigen Kachelraum, in dem die Leiche lag.

Ein Mann, der eines Morgens auf einer Parkbank gefunden worden war. Er mußte dort wohl schon am Vortag gesessen sein, anders war die Leichenstarre nicht zu erklären, die diesen Unglücklichen, Beine im rechten Winkel, noch jetzt im Liegen sitzen ließ. »Solche plötzlich gestorbenen Männer«, ergänzte der Professor, »müssen unbedingt geöffnet werden. Wer weiß, vielleicht wurden sie ermordet. Faule, irrende Hausärzte! Erst vorgestern kam ein Bestatter zu mir. Herr Professor, schrie er aufgeregt, sehn Sie mal die Leiche, elf Einstiche, und auf dem Leichenschein steht jäher Herztod!«

Die Arme unserer Bankleiche stakten ein wenig in die Luft. Die bläulichen Finger mit den dunkelbraun gewordenen Nägeln waren eingerollt. Vermutlich hatte er sich an die Bank gekrallt, in den letzten Sekunden nicht unüblich. Erstaunlich nur, daß der da so lange sitzen konnte, keine fünfzig Meter von einem Kinderspielplatz entfernt. Na dann jetzt Schnitt, schon quillt das gelbe Fett heraus.

Leber, Milz und Magen – wie ängstlich die sich aneinanderdrängen. Kein Wunder, so grob, wie hier nach ihnen gegriffen wird. Schnitt, Griff, Schnitt. Dazwischen kurz etwas in die helle Luft gehalten, Gewebsprobenschnippel, und ein paar

Geheimworte ins Diktaphon gemurmelt. »Scheint ja insoweit alles in Ordnung zu sein. Ein wenig viel geschluckt, das Bürschchen, das schon. Aber seht euch doch nur mal diesen Gallengang an, ein Prachtexemplar! Und der Darm, wer von euch hat's gewußt? Sechs bis sieben Meter, ach, wie das stinkt! O ihr Studenten, als ich jung war wie ihr. Schluß jetzt, ihr Spitzbuben! Wer von euch raucht? Du da, nimm die Lunge!«

Nun, so läßt sich das ertragen. Selbst die Sitzleiche schien ihre Ausplünderung zu genießen. Als fühlte sie sich gekitzelt, wippte sie bei jedem Griff vor und zurück. Einmal noch im Mittelpunkt sitzen, ist das so schlecht? Paß nur auf, du, sogar eine Studentin sieht dir zu, schräg vor mir, da steht sie ja. Das gleiche Fleisch, die gleichen Organe, nur daß sich ihr am Nacken die Haare kräuseln, als sei sie unsterblich. Ist denn das Unendliche bloß ein Gefühl? So wie das Endliche. Diese Ruhe, diese Sehnsucht, ich blickte dem Toten ins Gesicht.

Halt, wart nur mal, das kriegen wir schon. Augen raus, Stirnschnitt, die Haut, gar nicht leicht zu fassen mit Gummihandschuhfingern, und ratsch – fertig ist der Totenkopf. »Ich gebe zu«, quietschte der Professor, »geschähe das nicht zu medizinischen Zwecken, wäre es nicht erlaubt.« Weil's so gut geklappt hat, dasselbe, wie unter Indianern, in die Gegenrichtung. Und nun das letzte Geheimnis. Sirrr: keine Kreissäge, eher ein Dosenöffner, schnell wie ein Hackbeil. Voilà, so also lernt man das Innere eines Menschenhirns kennen. Übrigens könnte man auch ein gutes Buch lesen oder mehrere, je nachdem, wie man auf Differenzierungen aus ist. Das war's. Mehr ist wirklich nicht drin. Kein Ich, keine Seele, nichts.

»Also bitte, ihr zukünftigen Richter und Staatsanwälte, niemals die Sezierungsanordnung vergessen! Glaubt ihr vielleicht, mit den paar Parkbanktoten können wir ausbilden?

Die hingeschiedene Mutter, der heimgegangene Bruder, jeder kommt dafür in Frage. An die Formulare, ein Kreuz genügt!«

Rindfleisch verschwand bald aus unserem Amt, weil das Ministerium auf ihn aufmerksam geworden war. Geübt, wie sie dort zu sein pflegen, hatten sie erkannt, daß Rindfleisch gar kein Beamter, sondern ein Politiker war, und ihn zu sich geholt. Von unseren Alkoholikern hat er niemanden geheilt, doch seine Begabung, etwas tot Unbewegliches als etwas lenkbar Mobiles erscheinen zu lassen, wirkte wie ein seltenes Kapital, von dem der Minister unmittelbar profitieren können sollte.

Die äußere Biegsamkeit des Daseins, so wie sie sich dem Ehrgeizigen darbietet, stellt freilich eine riesige Herausforderung dar. Mit den Beinen springen und den Armen rudern – die wunderbare, stets frische Idee von der Gestaltung bleibt dem Kopf, was die Bewegung dem Körper. Ist denn aber das Regungslose des inneren Weltkerns nicht auch etwas Schönes? Manchmal unterm Bett, besonders an den Wochenenden, werktags nach der Arbeit wäre ich zu müde, frage ich mich, wodurch das Nichts seinen Schrecken verursacht. Nicht daß ich ein Buddhist sein möchte, das Exotische ist der Ruhe viel zu abträglich, aber ein großer Gong, der alle fünf Stunden ertönt, damit in den Zwischenzeiten die Stille besser zu hören ist, wäre schon etwas. Alle verachten dich, du verdorrtes Nichts, ein einzelner Beamter, mehr hast du nicht erreicht. Wortloses Beten, stummes Flehen um Erlösung – die Vorteile aufrichtiger Demut liegen auf der Hand: Das Ich wird rund wie ein Tennisball, jetzt können die Schläge kommen.

Unter meinen Kollegen gibt es viele, die über eine laute Stimme verfügen. Verfügen ist der falsche Begriff, denn das klingt, als handle es sich um eine Fähigkeit. Jetzt in meinem Dachzimmer habe ich nur noch wenige Nachbarn, die meisten der oberen Räume werden als Abstellkammern verwendet. Aber damals, als ich noch weiter unten arbeitete, drangen manchmal die Stimmen durch mehrere Zimmer hindurch zu mir. Besonders wenn sie miteinander telefonieren, schreien manche Beamte, als trauten sie der Fernsprechtechnik nichts zu. Natürlich schreckt mich dieser Lärm auf und lenkt mich vom Aktenstudium ab. An manchen Tagen war es so schlimm, daß ich mein Ohr immerzu an die Wand legen mußte.

An die Wand – woher denn nun schon wieder diese Lust? Bilde ich mir ein, der schreiende Beamte schwebe wild tretend auf einem Dreirad durch den Weltraum und glaube, eine ferne Galaxie noch zu Lebzeiten erreichen zu können? Überhaupt scheint mir jede übertriebene Bemühung wie ein im selben Moment eingetretenes Scheitern. Was für eine schreckliche Einheit, Gott sei Dank ist sie auch komisch.

Eines Tages hörte ich ein Weinen aus dem Zimmer neben mir. Ich wußte, daß dort vor einiger Zeit eine Frau hineingekommen war. Sie gehörte einer anderen Abteilung an, ich hatte mir nie Gedanken über sie gemacht. Im Grunde begriff ich erst in dem Moment, als ich sie weinen hörte, daß sie existierte. Ich versuchte, mich an ihr Gesicht zu erinnern, was mir aber nicht gelang. Ich hatte sie immer nur von hinten gesehen, wie sie, übrigens ohne Aktenmappe, auf die Toilette huschte. Auch war sie klein und hatte ungewöhnlich dichte, pelzartige Haare, die meine Aufmerksamkeit von ihrem Gesicht ablenkten. »Die weint«, mußte ich denken und hielt mein Ohr an die Wand.

Zuerst schien mir das unfaßbar, daß man in seinem Dienstzimmer weint. Ich erklärte es mir mit einem privaten Vorkommnis, vielleicht war ihr Vater gestorben, oder der Freund hatte sie verlassen. Bald hörte das Weinen auf, so daß ich glaubte, die Privatangelegenheit sei zurückgedrängt und die Dienstwelt habe jetzt wieder die Oberhand. Doch am nächsten Tag hörte ich das Weinen wieder, und sogar viel länger. Zum Teil war es auch kein Weinen mehr, eher ein Schluchzen, also etwas sehr verzweifelt Klingendes. Immer wieder trieb es mich mit dem Ohr an die Wand. »Ist da«, fragte ich mich, »etwas Sensationelles?«

Schon am dritten Tag war ich so weit, daß ich mitweinte, denn ich glaubte den Grund ihres Weinens immer deutlicher in mir selbst zu empfinden: Eine in einem Dienstzimmer täglich aufflammende Verzweiflung konnte kaum private Gründe haben. Wie gerne wäre ich einmal zu ihr hinübergegangen und hätte ihr schweigend die Hand auf die Schulter gelegt. Das Bild, das mir dabei vorschwebte, war, daß wir, ich stehend, sie sitzend, gemeinsam zum Fenster hinaussehen. Doch ich ging nicht zu ihr, aus Angst, sie könne bei meinem Eintreten »Was wollen Sie, sofort hinaus!« rufen.

Nach einiger Zeit habe ich ihr Weinen auch gar nicht mehr bemerkt. Zwar war es da, aber es unterschied sich kaum von dem Seufzen einer alten Wasserleitung, das ich von einer anderen Ecke des Zimmers her oft hörte. Wenigstens bin ich ehrlich. Kein Ereignis ist so schrecklich, daß es nicht durch die Häufigkeit seines Vorkommens an Schrecklichkeit verlöre. Wenn zum Beispiel mein Dienstzimmer neben einem Hinrichtungsraum läge und die dort befindliche Guillotine ein einziges Mal, sagen wir am ersten Tag meines Dienstes, benutzt worden wäre, könnte ich das grauenhafte Geräusch vermutlich mein ganzes Leben lang nicht vergessen. Wenn die Guillotine aber wie ein Pausenzeichen dreimal täglich angewendet würde, erschiene sie mir wohl bald als eine in Maschinenform gefaßte Lebensbedingung.

Später, als meine Nachbarin nicht mehr da war, wurde noch einiges über sie geredet. Man sagte, sie habe das Amt verlassen, da sie wegen einer großen Erbschaft nie mehr arbeiten müsse. Wenn ich die Kollegen so von ihren eigenen Träumen erzählen höre, werde ich leicht wütend. Doch was sagen? Mich in die Kantine stellen und schreien: »Meine Nachbarin hat es nicht mehr ausgehalten, nach monatelangem, mir sehr begreiflichem Weinen hat sie gekündigt.« Aufgelacht hätten sie: »Gekündigt? Beamte dürfen gar nicht kündigen, sie müssen um ihre Entlassung bitten.«

Wer es nur vom Hörensagen kennt, dem erscheint das Beamtenleben als etwas Märchenhaftes. Man erzählt davon wie von einer entzückend aberwitzigen Welt, will aber selbst lieber nicht in ihr vorkommen. Doch der Beamte hat keine Wahl.

Er darf sich an seiner Existenzform festhalten und wird von ihr untergetaucht. Wozu sich an etwas festhalten, wenn man davon untergetaucht wird? Wozu etwas lieben, was man haßt? Was weiß ich. Würde man die Lust am Denken als einen Hammer ansehen, der eine Glaskugel zerschlägt, um ihren Klang zu hören, dann spiegelte der Versuch, Begriffe wie Splitter zusammenzusetzen, das Ergebnislose dieser Lust recht gut wider.

Ich sehe es nüchtern, ein menschlicher Zustand ist wie ein zu großer, starker Fisch, der an der Angel zappelt, sich aber niemals an Land ziehen läßt. Heute Ohnmacht und Verzweiflung, morgen ein Luftsprung, übermorgen lieber wieder Gleichgültigkeit – so vergeht die Zeit, auch die Arbeitszeit. Wären wir Beamten wirklich so ausgetrocknet, wie behauptet wird, wie könnten wir dann unser Amt als eine solche Last empfinden? Nein, nein, ohne inneres Geflacker, ohne häufiges Hin und Her ist ein tieferes Leiden gar nicht denkbar.

»Diese Hunde«, denkt vielleicht ein Bergmann, »ich mit dem Bohrer im Stollen, und oben an den Schreibtischen jammern sie.« Ach, ihr mit den staubigen Gesichtern und Lungen, was wißt ihr schon davon, wie groß in der wesenlosen Aktensphäre die Sehnsucht nach dem Körperlichen werden kann. Schwarze Fingernägel, die muß man bürsten, aber das ist doch auch ein schönes Gefühl, die Welt auf so anschauliche Weise in Ordnung gebracht zu sehen. Der Berg der Beamten ist eine kleine Geisteserhebung, mehr nicht, und die Schätze, die wir daraus hervorholen, sind bloß ausgedachte. Allein die abgefeimten Gesichter und vergrauten Seelen beweisen, daß auch wir am allgemeinen Leben teilnehmen.

Einmal, es ist schon lange her, versuchte die Behördenleitung, uns zur äußeren Bewegung zu ermuntern. Es gab eine Art Programm gegen den hohen Krankenstand. Golf oder Tennis, wie es die höheren Bankangestellten spielen, kam für uns aus Kostengründen nicht in Frage, doch Tischtennis war möglich. Daher wurden einige leerstehende Dienstzimmer zu Tischtenniszimmern erklärt. Am Anfang war der Enthusiasmus groß. Die Vorschrift, daß nur nach dem Dienst und in den Dienstpausen gespielt werden dürfe, wurde häufig mißachtet. Heute, wo man sich ohne Aktenmappe kaum mehr auf die Toilette zu gehen getraut, erscheint jene Zeit wie eine Urzeit.

An solchen Äußerlichkeiten kann man erkennen, daß es eine Geschichte des Beamtenlebens gibt, obwohl sein innerer Kern unveränderlich bleibt. Schon im ältesten ägyptischen oder sonstigen Reich gab es die Beamten als Garanten der Ordnung. Mich hat diese vertikale Identität immer fasziniert. »Wir Beamten«, denke ich dann und pfeife auf die ganze moderne Phase. Ach was, modern, der Begriff ist so alt wie alle anderen, auch wenn man noch viel mit ihm machen kann,

»moderner Beamter«, selbst das ist grammatikalisch möglich. Den jüngeren Beamten darf man solche Ausdrücke aber nicht verderben. »Wozu sind wir geboren«, würden sie fragen, »wenn schon alles entschieden ist?« Und nicht einmal als Frage würden sie das verstanden wissen wollen, höchstens als unwiderlegbaren Einwand.

Ich habe mich schon oft gefragt, was letztlich besser ist, sich als das Opfer seines Lebensweges oder sich als das Opfer seines Geborenwerdens zu betrachten. Wenn ich den Namen meines schlimmsten Vorgesetzten nennen müßte, würde ich Erlenkötter sagen. Doch wozu? Eigentlich ist er mir nur eingefallen, weil ich das Wort Opfer benutzt habe. Erlenkötter war mein erster Vorgesetzter überhaupt, weshalb er mir als Erlenkötter zunächst gar nichts bedeutete. Erst als ich später andere Vorgesetzte erhielt, löste sich der Begriff des Vorgesetzten von Erlenkötter ab, und Erlenkötter wurde für mich zu Erlenkötter.

Ein Außenstehender, der von einem schlimmen Vorgesetzten hört, mag an jemanden denken, der seine Untergebenen anbrüllt und sie bis zum Umfallen arbeiten läßt. Solche Vorgesetzte gibt es nur in unterhaltsamen Militärfilmen, in wirklichen Behörden wären solche Vorgesetzte in kürzester Zeit erledigt. Die furchtsamen Untergebenen würden vor Angst, die kecken vor Lachen nicht mehr arbeiten können. Nein, Erlenkötter hat niemals geschrien. Auch Arbeit hat er uns höchstens dann gegeben, wenn es unvermeidlich war.

Anstatt zu arbeiten unterhielten wir uns. Erlenkötter konnte tagelang von früher erzählen. Früher, das waren die Urzeiten unseres Amtes, aber auch die Urzeiten Erlenkötters. Jede Straße habe ich noch im Kopf, die Erlenkötter, damals in den Nachkriegsjahren, als Lehrling einer Bank mehrmals täglich auf und ab laufen mußte, um die Überweisungsformulare von der Filiale zur Zentrale zu bringen. Ein langer Fußweg, tatsächlich, ich habe ihm das jedesmal mit ehrlicher Bewunderung bestätigt. Doch ist das ein Grund, diese Straßen mit einer Wut aufzuzählen, als habe man ihn damals in bewußter Ignorierung der zukünftigen Möglichkeiten elektronischer Datenübermittlung auf den Weg geschickt?

Damit hat Erlenkötter mich an meinen Vater erinnert, der mir von seiner russischen Kriegsgefangenschaft nur in einem Ton berichten konnte, als sei es das Schlimmste an dieser ganzen Gefangenschaft gewesen, daß er sie über Jahre hinweg, ich sie aber keine Minute lang erleiden mußte. Meiner Meinung nach sind derartige über die Zeiten verteilte Ungerechtigkeiten so selbstverständlich, daß sie gar keine Ungerechtigkeiten darstellen. In manchen afrikanischen Ländern heben sie heute noch zu Tausenden riesige Löcher mit winzigen Schaufeln aus. Ist denn ein einzelnes, die Menschenleben aufzehrendes Loch nichts wert, bloß weil ein europäischer Baggerführer in ein paar Stunden fünf solche afrikanischen Löcher ausschaufeln kann?

Erlenkötters Bitterkeit bezog sich auf vieles, vielleicht sogar auf alles. Oft sah ich ihn mit einem Kollegenfreund an einem der Flurfenster stehen. Dieser Kollegenfreund, er hieß Melissus, verschlimmerte nur noch Erlenkötters Hang zur Verdrossenheit. Melissus hatte mit dem Amt völlig gebrochen und schon mehrere Anträge auf Frühpensionierung gestellt, die aber zurückgewiesen worden waren. Hätte er seine Anträge nur einmal ordentlich begründet. Doch es machte ihm Spaß, unzureichende Gründe wie Überarbeitung, einen verdorbenen Magen oder seinen Tennisarm anzugeben. Jeder gab ihm den Rat, er solle eine psychische Krankheit geltend machen, wenn er schon keine physische habe. »Das könnte denen so passen«, antwortete er, ohne daß man wußte, wen er mit »denen« meinte. Später, als er es einfach nicht mehr aushielt, hat er dann doch noch einen mit einem psychischen Defekt begründeten Pensionierungsantrag gestellt, der auch sofort bewilligt wurde.

Erlenkötter und Melissus – trotz der Jahre, die schon vergangen sind, sehe ich die beiden, den gedrängten Erlenkötter mit trotzig verschränkten Armen, den langen Melissus, durchgebogen, mit der Hand den Öffnungsgriff des Fensters umklammernd, immer noch wie gestern in einem der langen Flure stehen. Nur wenn jemand hinter ihnen vorbeilief, drehten sich die beiden Köpfe, um zu sehen, ob etwas geschieht, so gleichzeitig, als wären sie fest miteinander verbunden.

Erlenkötters Hobby war das Hüten von Schafen. Das klingt komisch und wie ausgedacht, aber es war so. Seinen Urlaub verbrachte er bei einem Bekannten in der Rhön, der einen Schafzuchtbetrieb hatte. Erlenkötter konnte stundenlang von Schafsrassen und Schafsgewohnheiten erzählen. Von der Schafsintelligenz sprach er, als dürfe man sich davon ruhig ein paar Scheiben abschneiden. »Du dummes Schaf«, das hätte mal jemand in seiner Anwesenheit sagen sollen. »Hin zu den Schafen!« hätte man rufen müssen, doch das brachte niemand über die Lippen.

Erlenkötter der schlimmste Vorgesetzte? Nur weil er mit Melissus am Fenster stand und lieber unter Schafen als unter Beamten gewesen ist? »Da hast du aber noch Glück gehabt«, wird man mir sagen, »von den schlimmsten Kalibern bist du offenbar verschont geblieben.« Nein, nein, bin ich nicht. Nur, wie soll ich sagen, das Schlimmste ist gar nicht das Schlimmste. Denn das Schlimmste ist, daß alles gleich schlimm ist:

Habe ich einen Vorgesetzten, der, die Keule seiner Unarten in der Hand, mir die Tür zum glücklichen Leben zu versperren scheint, so kann ich ja vom Leben hinter der Tür träumen. Habe ich aber einen Vorgesetzten wie Erlenkötter, der für mich die Tür weit aufreißt, damit ich meinen Irrtum auch deutlich genug sehe, ist es ja nicht besser.

Das Leiden erzeugt das Hoffen, das Hoffen das Leiden. Manchmal glaube ich, daß das Leben nur deshalb in Bewegung zu sein scheint, weil wir uns für die immer selbe Tätigkeit unterschiedliche Begriffe ausdenken. Erlenkötter flüchtete zu den Schafen, ich unter mein Bett. Obgleich er das Amt haßte, ist Erlenkötter immer eine Stunde vor Dienstbeginn da gewesen, weil er, wie er behauptete, zu Hause nicht schlafen könne. Er brauche, sagte er, sich nur ins Bett zu legen, schon beginne das Nachdenken. Ich dagegen schlafe im Bett sofort ein. Zwecklos, mich zum Nachdenken ins Bett zu legen, nur *unterm* Bett ist das möglich.

Überhaupt hat die Nervosität meiner Meinung nach höchstens dann einen Sinn, wenn man sie beherrscht. Ich liebe es, nervös zu sein, doch die Gelegenheit muß passen. Zum Beispiel bei wichtigen Telefongesprächen, oder sagen wir bei scheinbar wichtigen, denn tatsächlich wichtige führe ich nie. Manchmal drücke ich mich aus Nervosität wochenlang vor solchen Telefongesprächen. Besonders wenn ich mit dem Gericht telefoniere. »Ein falsches Wort«, denke ich dann, »und der Prozeß ist verloren, vielleicht auch mehrere oder sogar alle Prozesse.«

Bei Telefonaten mit anderen hohen Ämtern, dem Ministerium etwa, geht es mir ähnlich. Schon im Einleitungssatz kann alles danebengehen, denn unser Amt hat einen langen Namen, bei dem man sich leicht versprechen kann. Beginnt das Gespräch mit einer solchen Katastrophe, würde ich am liebsten gleich auflegen. Aus Erfahrung weiß ich, wie sinnlos es ist, gegen ein sofort erkennbares Verhängnis ankommen zu wollen. Aber ein abruptes Abbrechen des angefangenen Gesprächs ist natürlich nicht erlaubt. »Sie sind wohl verrückt«, würde es heißen, »nur weil die Begrüßung mißlungen ist, darf man nicht auflegen.«

An diese ganze äußere Bedrängnis, die das innere Gefühl für das Richtige ermattet, sind die Beamten natürlich gewöhnt. Immerhin lassen sich die Gespräche, die ich einleiten muß, aufschieben, wodurch sie meist bald überflüssig werden. Doch wenn ich plötzlich selbst angerufen werde, was dann? Angerufen werden, heißt schließlich, einen eigenen äußeren Wert zugesprochen bekommen. »Vogel!« rufe ich so streng wie möglich in die Sprechmuschel. Privatpersonen muß man gleich einschüchtern, sie nutzen jede zu früh gezeigte Freundlichkeit eines Beamten aus. Höhere Amtspersonen rufen mich selten an, also kann ich das riskieren.

Manchmal geschieht es aber doch. Ein Kollege, der eine ähnliche Nummer wie unser Amtsleiter hat, wurde sogar schon vom Minister angerufen. Solche Versehen können passieren, kein Wunder, daß wir bei jedem Telefonklingeln nervös sind. Manche versuchen sich zu beruhigen, indem sie die Telefonapparate so einstellen, daß statt eines aufschreckenden Klingelns eine liebliche Melodie ertönt. Aber hilft das? Um so schlimmer, wenn es dann doch der Minister ist. Anstatt den Minister mit dem Amtsleiter zu verbinden, kappte der Kollege, aufgeregt, wie er war, die Leitung. Und bitte, ein Minister darf zwar keinen einzelnen kleinen Beamten entlassen, aber er kann, wenn er wütend ist, ein ganzes Amt auflösen. Nein, in der Haut dieses Kollegen möchte ich nicht gesteckt haben.

Dabei wird es wirklich immer schwieriger, sich mit den Telefonen auszukennen. Jedes Jahr bekommen wir neue, immer kompliziertere Apparate, bloß weil wir einen Telefonnarren in der Materialbeschaffung sitzen haben. Einmal habe ich aus Wut über die hohen Ansprüche, die von den Geräten an ihre Bediener gestellt werden, mit den Fingern planlos in die Zahlentastatur gehackt. Daraufhin passierte etwas Merkwürdiges. Plötzlich sprach eine Frau zu mir und stellte mir eine Frage. Noch bevor ich etwas sagen konnte, war die Frage von einer anderen Frauenstimme beantwortet.

Ich war in ein fremdes Gespräch gelangt, eine harmlose Unterhaltung über einen alten Küchenvorhang. Mutter, Tochter und ich – sich heimlich hinzuzugesellen, eine Grobheit ist das. Schon, aber das Alleinsein in den Dienstzimmern ist auch eine. Stimmen sollten sein, sonst nichts. »Seid ihr auch aus unserm Amt?« – wie mir das auf der Zunge lag. Doch das hätte bloß unsere wundervolle Einheit zerstört. »Wer spricht denn da?« hätte es zurückgerufen, und der Traum vom Wesenlosen aller Ichs wäre zerplatzt.

Natürlich habe ich das mit dem Telefon noch öfter ausprobiert. Es gelang nicht immer, manchmal, wenn mir vom Hakken die Finger wund waren, habe ich die Versuchung verflucht und eine Akte übers Telefon gelegt. Doch dann mußte ich die ganze Zeit auf die Akte sehen. Eine Welt ohne Körper, wie mich das anzieht. »Blind zu sein«, denke ich manchmal, »würde vielleicht schon genügen.« Natürlich müßten dann alle blind sein, ohne Ausnahme, damit nicht der Schatten eines Mangels auf die neuen Möglichkeiten fiele. Die menschliche Entwicklung hätte einen anderen Weg eingeschlagen, wahrscheinlich würden wir aus Sicherheitsgründen nur kriechen. »Wie gut«, würde man zueinander sagen, »daß wir kriechen können«. Vom Gehen wäre keine Rede, und das Tasten würde als die leichteste Möglichkeit, die Welt zu begreifen, ständig geübt. Der Beruf der Nägelklopfer wäre einer der wichtigsten, wobei die Nägelklopfer ihre Nägel in verschiedenen Formationen auf Holzbretter klopfen, die von den anderen Blinden, besonders in der Freizeit, nein, ich glaube, das Blindsein würde mir nicht genügen, lustvoll abgetastet würden.

Übrigens habe ich die Versuche, in fremde Telefongespräche einzudringen, eines Tages aufgegeben. Ich belauschte gerade zwei Beamte, die sich über einen Rechtsfall unterhielten. Wie zwei Schnecken, die einander in den Schwanz beißen wollen, kreisten sie um den Fall herum, solche Dienstgespräche sind das Langweiligste, was man sich vorstellen kann. »Davon«, hätte ich am liebsten ins Telefon gerufen, »steht genug in den Akten, sprecht lieber über das sonstige!« Ich schwieg aber lieber und klopfte nur einmal, als ich es nicht mehr aushielt, an die Sprechmuschel. »Wer klopft denn da?« fragte daraufhin der eine. »Ach was«, antwortete der andere, »das liegt an der Leitung.« Doch der eine, wohl von Natur aus mißtrauisch, horchte während des weiteren Gesprächs ganz genau hin, und dann, als ich, es war nur ganz leise, seufzte, schrie er plötzlich: »Da ist doch einer in der Leitung!« Was für ein Schock das für mich war. Ich legte auf und hab es nie wieder probiert. Das kann ich nicht ertragen, dieses Deuten auf einen Nackten.

Was für ein gefährliches Wunder das Telefonieren ist, habe ich auch einmal erlebt, als ich von einer englisch sprechenden Frau angerufen wurde. Zuerst dachte ich, sie sei von der Weltbank. Genau konnte ich es nicht verstehen, sie sprach viel zu schnell. Dennoch spürte ich, daß dieser Anruf etwas

Ungewöhnliches, fast Phantastisches war. Ich fragte mehrmals nach, plötzlich begann die Frauenstimme zu stöhnen. Zuerst lachte ich, dann bekam ich einen Schreck und legte schnell auf, weil ich mich an einen Zeitungsartikel erinnert hatte: Mit einem technischen Trick gelinge es Betrügern, in wenigen Sekunden unbezahlbar hohe Telefonrechnungen zu erzeugen, die von den Angerufenen zu begleichen seien.

Als erste würden die Personalbeamten davon erfahren. Sie kontrollieren die Telefonrechnungen und sind die Reinsten unter uns Beamten, denn sie verwalten ausschließlich Beamte, während uns, den von ihnen verwalteten Beamten, ja auch von außen ständig etwas zugesteckt wird. Sie betrachten die Akten, die sie über uns führen, als den Brennpunkt des gesamten Beamtenwesens und nehmen darin, wann immer sie wollen, Eintragungen vor. *Telefonierte für zweihundert Mark mit einer Prostituierten*, schreiben sie zum Beispiel oder: *War unhöflich zu einem Personalbeamten*. Zwar hat jeder Beamte das Recht, seine Personalakte einzusehen und Unrichtigkeiten zu monieren. Doch niemand wagt, es in Anspruch zu nehmen, weil das ein Zeichen des Mißtrauens wäre, für das sich die nachtragenden Personalbeamten gewiß rächen würden.

»Ein neuer Bürostuhl? Was denn, den alten schon abgesessen?« Über alles entscheiden sie, Anstellungen, Beförderungen, Versetzungen, Umsetzungen, Fortbildungen, Dienstreisen, Urlaube, Dienstzimmer, Beamtenwohnung – mehr als das Schicksal des Bürgers in der Hand des Beamten, liegt das Schicksal des Beamten in der Hand des Personalbeamten. Zum Glück wird die Personalbeamtenmacht wie jede andere Macht durch ihre eigene Größe begrenzt: Zu viele Beamte sind in Schach zu halten. War es dieser da, der mich neulich nicht freundlich genug gegrüßt hat, war es jener, der mir vor drei Jahren widersprochen hat? Leicht verliert man die Übersicht, immerzu sind Entscheidungen zu fällen, da hat der Zufall der Gerechtigkeit gegenüber der Lust an der Ungerechtigkeit eine gute Chance.

Wenn es nur eine Möglichkeit gäbe, sich unerkannt gegen die verhaßten Personalbeamten zu wehren, eine Art Schinkenklopfen etwa. Natürlich wissen die Personalbeamten von dem gegen sie angesammelten Haß in der übrigen Beamtenschaft. Einzeln wagen sie sich aus der Personalabteilung kaum heraus. Pünktlich um halb zwölf kann man sie wie eine große Schulklasse zum Kantinengebäude hinziehen sehen. In der Mitte ihr Chef, wie alle Dicken sieht er äußerlich ganz gemütlich aus, unter dem Hemd soll er aber überall tätowiert sein. Wie junge Füchse hüpfen seine Untergebenen um ihn herum und lachen. An der Fröhlichkeit, so ihre Strategie, soll man die Stärke der Personalbeamten erkennen. Dabei weiß doch jeder, daß ihre Witze ausschließlich aus der Personalarbeit stammen.

Da die Personalbeamten über jede Art der Verteilung in den Behörden entscheiden, sitzen sie in den besten Dienstzimmern und wohnen ausschließlich in Beamtenwohnungen. Ob das gut für sie ist? Ein wirkliches Erleben der Beamtenwelt gibt es für sie gar nicht mehr, weil sie außer der Beamtenwelt nichts kennen. Sie wohnen unter Beamten, kennen nur Beamte und können daher auch nur Beamte heiraten. Wenn jemandem das Leben und das Beamtenleben zu etwas Identischem zusammengewachsen sind, hört für ihn beides gewissermaßen auf. Es entsteht, was bei der Vereinigung von Gegensätzen immer entsteht, ein Nichts, aber natürlich nur ein gedachtes, denn in der Wirklichkeit gibt es weder etwas Identisches noch das Nichts.

»Erkenne«, heißt es seit der alten griechischen Zeit, »dich selbst.« Ich mache das seit vielen Jahren. In einer Beamtenwohnung wäre es nicht möglich. Schließlich sind Beamte keine Schweine. Diese müssen sich ständig selbst riechen und finden dennoch Trüffel. Dem Beamten fehlt eine solche natürliche Gabe. Er braucht ein Loch, um zu wissen, was er ist, ein Loch in der äußeren Beamtenwand, durch das er nach draußen starren kann. Meine Wohnung fand ich durch Zufall. »Wir nehmen Sie«, sagte der Personalbeamte am Telefon, und ich fuhr sofort hin, um mir in der neuen Stadt eine Wohnung zu suchen. Ich fand sie auf einem Zettel, der an einem Baum steckte. *Nachmieter für schöne helle Wohnung gesucht*. Heute, wenn ich an dem Baum vorbeigehe, muß ich stets an die ungeheure Wirkungskraft des Zufalls denken, dieses großen Gestalters und Vernichters der Lebenspläne. Einmal suchte ich nach den Löchern, in denen damals, als ich den Zettel sah, die Reißnägel gesteckt haben müssen. Ich fand sie nicht. »Zumindest das Unglück«, sagte ich daraufhin zum Baum, »sollte Spuren hinterlassen.« »Dummkopf«, antwortete er, »das Prinzip der Spurenlosigkeit ist doch gerade das größte Unglück.«

Natürlich könnte ich aus der Wohnung wieder ausziehen, die fünfjährige Mietbindungsfrist, die mich anfangs fast verrückt werden ließ, ist längst abgelaufen. Nur, was heißt das, ich könnte? Könnte ich nicht auch um meine Entlassung als Beamter bitten? Könnte ich mich nicht auch umbringen? Ich tue das nicht, weil ich weiß, daß das Wünschen frei beweglich und das Schreckliche etwas Eingebildetes ist, genauso wie das Wunderbare.

In der Wohnung über mir lebt eine ausländische Familie, vielleicht sind es auch mehrere Familien, ständig begegnen mir neue Gesichter im Treppenhaus. Vor allem die Kinder vermag ich nicht auseinanderzuhalten, aber das ist gleich, für mich sind sie ohnehin nur ein bestimmtes, fast rhythmisches Geräusch: ein Lärmen, das sich bis zu einem Punkt steigert, an dem ein Fluch und ein klatschender Schlag zu hören sind, dann ein winziger Moment der Stille, schließlich das Aufheulen der Kinder.

Unter mir wohnte bis vor drei Jahren ein Alkoholiker, der, außer betrunken vor dem Fernseher zu sitzen, keine weitere Existenzform mehr für sich in Betracht zog. Selbst nachts lief der Apparat. Zuerst versuchte ich, den Lärm als ein Naturgeräusch aufzufassen. Wenn einer am Meer wohnt, muß er schließlich den Radau des Wassers auch hinnehmen. Es gelang aber nicht, vielleicht waren die zu mir heraufdringenden Fernsehstimmen noch zu menschlich. Wollte ich schlafen, mußte ich zu ihm hinuntergehen und an seine Tür klopfen. Geöffnet hat er nie, er stellte nur den Apparat für einige Zeit leiser. Irgendwann ging ich dazu über, ihn anzurufen. Er hob nie ab, beachtete aber meinen Anruf. Alles spielte sich gut ein. Sobald ich nachts aufwachte, drückte ich, meist im Halbschlaf, einen Knopf auf dem am Bett stehenden Telefonapparat, schon wurde es unten leiser. Es geschah so automatisch, daß ich am nächsten Morgen nicht mehr wußte, wie oft ich während der Nacht den Knopf gedrückt hatte.

Eines Tages war der Fernsehapparat nicht mehr zu hören. Ich wunderte mich, unternahm jedoch nichts. Daß etwas Gewohntes plötzlich weg sein kann, auch daran bin ich längst gewöhnt. Als ich eines Nachmittags, es war zwei Wochen später, nach Hause kam, bemerkte ich ein Siegel an seiner Tür. Oben wartete ein Mann auf mich, der behauptete, er sei von der Mordkommission. Mein Nachbar sei in seiner Wohnung tot aufgefunden worden, er müsse schon länger gelegen haben. Da eine Kopfwunde vorhanden sei, ermittle die Mordkommission.

Von dem Fernseh- und Telefonverhältnis, das ich mit dem Nachbarn hatte, erzählte ich nichts. Schließlich wollte ich als Unschuldiger nicht unnötig in die Ermittlungen verstrickt werden. Später stellte sich heraus, daß der Nachbar an Herzversagen gestorben und die Kopfwunde durch den Aufprall des Schädels auf den Fernsehapparat entstanden war.

In so einer Wohnung lebst du also, oben das Schlagen der Kinder, unten das Verwesen eines Alkoholikers. Und dennoch habe ich das Gefühl, die Rückseite der Ordnung könne auch nichts anderes als eine Ordnung sein. Die Wohnung des toten Alkoholikers stand lange leer, wahrscheinlich wegen des Gestanks. »Was für eine Stille«, dachte ich in dieser Zeit und preßte das Ohr an den Boden. Unterm Bett – wie von einer tonnenschweren Last schien ich befreit. Und zugleich kam mir die gewonnene Leichtigkeit wie eine unerträgliche Leere vor. Wirft nicht die Tatsache, daß der Haß und die Liebe bloß zwei Unterformen der Wollust sind, das ganze menschliche System über den Haufen? Diese grauenhafte Vollständigkeit zu spüren, ist für mich das Höchste, auch wenn mir dabei so schlecht wird, daß ich es selten lange aushalte.

Vor einigen Jahren hatte ich einmal ein Dienstzimmer, das ganz nah am Zimmer des Abteilungsleiters lag, was zur Folge hatte, daß wir dieselbe Toilette benutzen mußten. Es war eine große Toilette, auf der mehrere Personen gleichzeitig ihr Bedürfnis verrichten konnten. Der Abteilungsleiter strotzte, Abteilungsleiter tun das immer, vor Selbstbewußtsein, und es machte ihm nichts aus, sich neben mich zu stellen, wenn er mich am Pissoir überraschte. Er sprach dabei sehr laut, der ganze Raum hallte. Entweder schimpfte er über ein Kreditinstitut, oder er kritisierte einen meiner letzten Entwürfe. Es war klar, daß es ihm auf das Gesagte nicht ankam, nur daß in diesem Moment irgendeine Beziehung zwischen uns herrschte, war wichtig.

Da ich mich dabei jedesmal so sehr verkrampfte, daß ich mein Bedürfnis nicht mehr verrichten konnte, mied ich das Pissoir und schloß mich lieber in einer der Kabinen ein. »Hier bist du sicher«, dachte ich, doch sobald ich jemanden in die Toilette kommen hörte, erstarrte ich. Der Abteilungsleiter? Das Öffnen des Reißverschlusses, ein Seufzen, das Rieseln – jedes Geräusch wurde plötzlich wichtig, ich wagte nicht, mich zu rühren. Besonders schlimm war es, wenn jemand in die Nebenkabine ging. Zwei wildfremde Menschen, vielleicht der Abteilungsleiter und sein Untergebener, nur die dünne Pappwand trennte uns – manchmal kommen mir alle großartigen Begriffe, vom Boten an aufwärts, wie etwas vor, was man nur durch ein falsch herum gehaltenes Fernglas erkennen kann.

Natürlich ist ein erfolgreicher Abteilungsleiter mit einem Säufer, der es außer zu einer ungeheuren Fernsehleistung in seinem Leben zu nichts gebracht hat, nicht zu vergleichen. Wie kommt es dann, daß sich solche Linien in meinem Kopf überschneiden? Hat das Denken eine solche Eigenmacht? Es ist mir sogar schon passiert, daß ich leise meine Kabine öffnen, dem am Pissoir stehenden Abteilungsleiter von hinten die Hände über die Augen legen und ihn fragen wollte, wer ich bin. Eine Verrücktheit, sicherlich, vielleicht sollte man auch nur sagen: »Ein kindischer Impuls«. Doch frische starke Wörter, die alles erledigen, helfen nicht weiter, das selbstherrliche Ineinandergleiten der Begriffe ist eine Tatsache. Wie kommt es denn, daß ein Mensch, ich hab es selbst schon erlebt, mitten in der wichtigsten juristischen Prüfung, bloß weil er die Aufregung nicht mehr aushält, den Raum verlassen und, ein Lied pfeifend, nach Hause hüpfen kann? Die Natur läßt das zu. Ohne Rücksicht auf die Vernunft.

Schluß jetzt damit. Was ich sagen will, ist folgendes. Oft muß ich nicht einmal unter mein Bett kriechen, um die Raum- und Zeitlosigkeit des Denkens zu empfinden. Das Denken ist einfach da, das ist alles. Daß es einmal nicht mehr da ist, werde ich nicht erleben. Warum also dieses Auseinanderziehen in die Höhe und die Breite, als befände ich mich in einem großen, bleibenden Raum und sei nur ein winziger, bald verglühter Punkt darin?

Der Schwindel des Nichts, wie der einen täuschen, taumeln lassen und die Lebenssucht begründen kann. Und auch die Ordnung, egal jetzt welche, schwimmt, falls sie etwas taugt, ganz gut auf dem Nichts. So ein unerklärliches Wunder, viel zu selten wird darüber gestaunt. Die Arbeitszeiten, um nur mal auf die Beamtenarbeit zurückzukommen, sind bei uns genau festgelegt. In der Mittagspause streune ich gern durch das Villenviertel, in dem unsere Behörde liegt. Besonders im Sommer, wenn ich die Menschen in ihren Gärten sitzen sehe, kommt mir mein Spazieren wie ein Freigang vor. Als könnte ich jetzt fliehen, so schreite ich aus, rieche den Duft der Pflanzen und höre die Vögel oder die Hunde.

»He, da bin ich!«

Ja, da kommt er wieder, der Beamte in seiner Mittagspause. Dabei betrachtet er die schönen alten Häuser. »Hier möchte ich wohnen«, ruft er voll Übermut aus, »nein, dort.« Höchstens wenn mir plötzlich ein Kollege begegnet, zum Glück geschieht es selten, die Beamten ziehen das Kantinengespräch dem Spaziergang vor, verläßt mich die Kühnheit.

Wie da manchmal die Küchengerüche und Bratpfannengeräusche auf die Straße hinausdrängen, am liebsten würde ich durch eines der Fenster klettern, in fremde Hausschuhe schlüpfen und mich an den Eßtisch setzen. Jeden Tag ein neues Haus, jeden Tag ein anderes Essen, aber ja, Wiederholungen sind das, was ein entflohener Beamter am wenigsten braucht. Ein Wintergarten, trinkt man dort Tee? Gibt es Kinder, Geschwister, Geliebte? Sind Sie Erbe, Geschäftsmann oder ein Mörder? Schon fange ich an zu hüpfen, denn meine Sehnsucht, Folge ihres übermäßigen Vorhandenseins, befriedigt sich an ihren eigenen Erdichtungen.

Früher habe ich in der Mittagspause die fremden Menschen sogar verfolgt. Nicht diejenigen mit dem Dackel an der Leine, nicht diejenigen mit den Einkaufstüten in der Hand. Den unsicher oder verzweifelt Aussehenden, denen also, deren Leben geheime Öffnungen zu haben scheinen, bin ich gefolgt. Lange dauerte das selten. Ein paar Straßen, und sie traten für immer aus meinen Gedanken heraus in ein Haus hinein. Manchmal aber liefen sie auch sehr weit, so daß sich in mir das Gefühl einer engen Verbundenheit mit ihnen entfalten konnte. »Du und ich«, sagte ich dann, »sind jetzt eins geworden.« Einmal lief ich lange einer jungen Frau nach, die mir, obwohl ich sie nur von hinten sah, unendlich schön vorkam. Ich unterließ jede Vorsicht. Da drehte sie sich plötzlich um, trat auf mich zu und schrie: »Hau ab, sonst ruf ich die Polizei!«

Seit diesem Vorfall verfolge ich niemanden mehr. Es reicht aus, zu wissen, daß es mehrere Arten von Lebensläufen gibt. Eine Hausfrau, um nur mal eine beamtennahe Existenzform zu nehmen, kennt von Anfang an ihr gesamtes Leben, auch wenn die Haushaltstechnik immer wieder überraschende Fortschritte macht. Das liegt, denkt man, an einer zu übersichtlichen geistigen Herausforderung. Doch hat es der Philosoph besser? Die größte aller geistigen Aufgaben zu erledigen, aber beim Aufzählen von Erlebnissen rangiert er noch hinter der Hausfrau und dem Beamten. Schön, dann eben lieber ein Seemann sein, überall ist der gewesen, den Hafen und die Frauen von Rio kennt er, den Hafen und die Frauen von Kalkutta, den Hafen und die Frauen von Manila, ist das nichts?

Ein erfülltes Leben, denke ich mir, ist im Grunde gar nicht zu verfehlen. Selbst ein Jäger, der auf den Mond zielt, ist poetisch gesehen kein Versager. Ich will mir also nichts vorwerfen, der Beamtenberuf hat seine Nachteile, aber die Nachteile rühren bloß von einer übergroßen Sehnsucht her, und diese bleibt, unstillbar wie sie ist, auch etwas Schönes. Ein Symbol für den Willen zu einer klaren, festen Ordnung zu sein, das genügt mir. Erlebnisse sind auch wichtig, gewiß, doch muß man die Kraft ihrer inneren Struktur nicht überschätzen.

Um die Idee vom nutzlosen Erlebnis auf die Spitze zu treiben, stelle ich mir manchmal vor, ich sei ein in die Erdumlaufbahn geschossener Kopf, der von oben das gesamte Geschehen genau beobachten kann. Die Vorstellung vom Genuß einer solchen unvorstellbar hohen Summe an Erlebnissen ist natürlich etwas Großartiges. Aber mehr als ein einzelnes Gesamterlebnis wäre das auch nicht. Man kann eben nur eine der unzähligen Wahrheiten in der Hand halten, die anderen müssen warten, bis die Hand wieder frei wird.

Mit Flügeln aufsteigen in das Reich des Großen und Bedeutenden, mache das dreimal täglich, und es wird so aufregend wie das Sitzen auf einem Stuhl. Daß das Sitzen auf einem Stuhl unterschätzt wird, auf mehr will ich gar nicht hinaus. Der Beamte am Schreibtisch, höchstens ein ausgestopftes Tier wirkt lebloser, und dennoch findet sich hier derselbe Beweis für die Freiheit des Willens wie auch sonst überall. Natürlich sind die Akten, so wie sie sich, aufgeschlagen oder nicht, den Augen präsentieren, dem stets magnetisierten Beamtengehirn eine Art Nordpol. Ein völliges Abstrahieren von den Akten ist nicht möglich, sonst aber alles. Das Betrachten der Pflanzen auf dem Fensterbrett, das Belauschen des Heizkörpers, das Einatmen des von den Amtsmöbeln ausgesendeten Geruchs.

Das heißt doch nicht, daß wir Beamten keinen Sinn für das Große, Übergeordnete haben. Im Gegenteil, dieser Sinn ist vorhanden, sonst müßte man sich um die Gefahr seines Abstumpfens nicht so viele Gedanken machen. Leider ist diese Gefahr eine der größten überhaupt. Gewohnheit und Wiederholung, wenn man diese Begriffe mitsamt dem damit Gemeinten aus dem Dienst entfernen könnte – ich würde es tun. Freilich wäre der Dienst dann bald kein Dienst mehr, sondern ein ständig neues Erlebnis, was ja, streng gesehen, auch nur eine Form der Wiederholung wäre. Nein, die Wiederholung ist etwas, womit man sich abfinden muß, sie gehört zum Denken einfach mit dazu.

Einmal, es war ein ganz gewöhnlicher Arbeitstag, bildete ich mir plötzlich ein, ich könne gegen diesen unüberwindlichen Zwang aus eigener Kraft ankommen. »Du tust«, sagte ich mir, »etwas Unvorstellbares, und zwar jetzt.« Dann warf ich meine Monatsmarke für die U-Bahn weg. Weil ich gerade von der Arbeit zur U-Bahn ging, auf einer tristen, langweiligen Straße, fiel mir einfach nichts anderes ein. Was das für ein Gefühl war, eine gültige Monatsmarke in einen schmutzigen Abfallkorb zu werfen! Zu vollgerotzten Taschentüchern und ausgespuckten Essensresten, jetzt, wo der Monat noch gar nicht um war. Ein neuer Mensch, ein anderes Leben – so fand ich. Es war eine herrliche Fahrt. »Kommt doch!« rief ich den Fahrscheinkontrolleuren zu, aber sie kamen nicht.

Am nächsten Morgen hatte ich die Sache mit dem Fahrschein vergessen. Erst als ich auf der Fahrt zur Arbeit das Einstiegssignal hörte und die Türen des U-Bahnwaggons zuschlugen, dachte ich wieder daran. »Die Fahrscheine!« Höre ich das Signal und das Zuschlagen der Türen, höre ich auch immer den Ausruf der Kontrolleure. Warum, weiß ich nicht, so oft wird gar nicht kontrolliert. »Aus einer dummen Stimmung heraus«, dachte ich in diesem Moment, »hast du gestern den Fahrschein weggeworfen.« Dann stellte ich mir vor, daß die Kontrolleure an der nächsten Station einsteigen.

Obwohl ich noch nie etwas Schlimmes getan habe und auch nicht aussehe wie ein Verbrecher, muß ich beim Anblick eines Polizisten sofort an die Möglichkeit meiner Verhaftung denken. Warum? Meiner Meinung nach hilft es nichts, die Beamtenarbeit als eine menschliche Tätigkeit zu durchschauen. Es gibt da eine Last, die niemand abwerfen kann. Als wir an der nächsten Station ankamen, war mir schlecht. Hätte ich gewußt, daß die Kontrolleure wirklich kommen – ein Verbrecher, der gefaßt wurde, ist ja keiner mehr, sondern ein Erlöster. Erst wenn er nochmals zu hoffen anfängt, auf die Flucht oder ein geringes Strafmaß, setzt sein Lebenskampf wieder ein.

Jeder, der in den Waggon eintrat, konnte ein Kontrolleur sein, denn die Kontrolleure kommen in Zivil. Das Signal, die

Türen, der Schrei: »Die Fahrscheine!« Nein, jetzt nicht, das nächste Mal, so zermürben wir ihn. »Keinen Fahrschein?« Dann flüstern wir ihm zu, er solle mit uns aussteigen. Jeder sieht es, dieses Flüstern, das erhöht die Wirkung. »Was haben Sie sich gedacht! Daß wir Sie nicht finden? Ha! Haben Sie nicht gestern auch zwei Mädchen ermordet?«

Bei der nächsten Station stieg ich aus. Unmöglich, das länger zu ertragen, ich kaufte einen Fahrschein. Du bist ausgeliefert, auch dir selbst. Freiheit – wenn das irgend etwas bedeuten soll, dann höchstens ein ausgelassenes, übermütiges Gefühl. Natürlich hat das jeder, auch der Beamte, aber nicht oft. »Unauffällig sein«, sagt er sich die meiste Zeit über, »mehr kannst du gegen die bestehenden Gefahren nicht tun.« Daß das ein verzweifelter Gedanke ist, wird jeder, der den natürlichen Geltungswunsch des einzelnen berücksichtigt, zugeben müssen.

Will man wirklich das innere Empfinden der Beamten stärken, müßte man zu ganz anderen Mitteln greifen. Soll ich mir den Kopf darüber zerbrechen? Ein Nachdenken über das allgemeine Beamtenwohl überstiege meine Kräfte, ich wäre schon froh, wenn ich von mir selbst eine klare, reine Vorstellung hätte. »Du bist du«, sage ich mir, »und alles andere ist Spekulation.«

Daß die Spekulation etwas Wunderbares ist, darauf muß ich aber auch hinweisen. Vielleicht ist sie sogar das Wunderbarste überhaupt. Dieses entschlossene Hinausgreifen ins Nichts, ein bloßes Herumwedeln meine ich nicht, stellt für mich die mutigste Art des Nachdenkens dar. Sind nicht gerade die Dümmsten oft die Mutigsten? Schon, aber die Dümmsten denken ja nicht nach, also kann ich diesen Einwand nicht gelten lassen. Es geht mir nicht um diejenigen, die irgend etwas daherreden, etwas, was sie selbst gerade erst gehört haben. Es geht mir um Beamte mit eigenem Vorstellungsvermögen. Ob Mühlberger ein solcher Beamter ist, darüber bin ich mir noch nicht im klaren.

Das erste Mal bin ich ihm an einem der Kopiergeräte begegnet. Ich kopierte gerade eine Akte und genoß die frohe Stimmung, in die mich das Kopieren versetzte. Eine so leicht erreichte Verdopplung der Schriftstücke! Doch von der Seite her spürte ich plötzlich einen Blick, als wolle mir jemand ein Loch in die Backe brennen. Ich sah auf.

»Sie lächeln mich ja an.«

»Es ist ein Experiment«, antwortete Mühlberger und verstärkte noch sein Lächeln.

»Das ist kein normaler Beamter«, dachte ich und brach das Kopieren ab. Später begegnete ich Mühlberger in einem der Flure. Fast erkannte ich ihn nicht, er hielt mich jedoch fest und deutete auf eine Akte, die er unter dem Arm hielt. »Meine Lieblingsakte«, sagte er, vermutlich wollte er mich damit neugierig machen. Ich ging nicht darauf ein. Was für ein aufdringlicher Mensch, das mag ich nicht, lieber allein bleiben, lieber in der Wüste des Beamtenseins verdursten, als sich mit Kinderwasser bespritzen lassen.

Leider ist es schwer, einen solchen Vorsatz immer durchzuhalten. Einmal, als ich besonders niedergeschlagen an einer der Teeküchen vorbeikam, sie heißen Teeküchen, es wird aber ganz normales Essen darin gekocht, bat er mich, in seinen Topf zu sehen. »Ein Spinatgericht«, sagte er, »wollen Sie probieren?« Wie ich es hasse, dieses persönliche Kochen in der Mittagspause, der Essensgeruch schwebt durch die Flure in die Dienstzimmer. Ich fühlte mich aber zu elend, um etwas Grundsätzliches dagegen vorzubringen. »Nein danke«, sagte ich bloß und blickte in Mühlbergers Topf. »Glauben Sie«, flüsterte er, »daß es unser Amt noch lange geben wird?«

Es gibt Fragen, die können ein Leben verändern. Die von Mühlberger gehört wahrscheinlich nicht dazu, trotzdem empfand ich das damals so. Das Ende meines Amtes, von einem Mühlberger am Kochtopf für möglich gehalten – eigentlich hätte ich über die Frage lachen sollen. Doch das kommt manchmal vor, daß man, ich weiß nicht warum, eine von irgendwoher zugeworfene Befürchtung für eine Hoffnung hält und in diesem Durcheinander der Gefühle den Boden unter sich arbeiten spürt.

Dynamik der Märkte, globale Verknüpfungen, korrupte Beamte – der Zusammenbruch, so Mühlberger, einer mittelgroßen Bank genüge, um die in einer weltweiten Finanzkatastrophe endende Kettenreaktion auszulösen. Die staatliche Beaufsichtigung sei eine gute Beruhigung in der Zeit vor dem Fiasko, verhindern könne sie es nicht. Man müsse doch nur einmal unser Amt ansehen, ob ich glaube, daß mit der Aktenbearbeitung, wie sie hier betrieben werde, endlos, stumpf und unergiebig, die Gefährlichkeit moderner Finanzinstrumente zu bekämpfen sei?

»Bisher«, wand ich ein, »ist es gutgegangen.«

Bisher? Aus einem Wunder der Vergangenheit dürfe man nicht auf weitere zukünftige Wunder schließen. Solange die Bankvorstände die Folgen ihrer Geschäfte noch überblicken konnten, habe es nicht geschadet, daß die Beamten zu nichts in der Lage seien. Inzwischen hätten jedoch sogar die Spezialisten die Übersicht verloren. Erst neulich habe ihm, Mühlberger, das Vorstandsmitglied einer Großbank gesagt: »Würden wir verstehen, was wir tun, wären wir keine Menschen mehr.« Noch, so Mühlberger, sei das Vertrauen in die Beamtenschaft groß wie jedes andere Vertrauen in etwas Riesiges, Hartes, Starres. Nach dem Zusammenbruch des Bankensystems würden die Politiker, um die Wut der Öffentlichkeit abzulenken, unser Amt aber gleich abschaffen, und daß es zu diesem Zusammenbruch kommen werde, sei so sicher wie jedes andere Ende eines Tigerrückenrittes.

Nach dem Gespräch mit Mühlberger bin ich in mein Zimmer hinaufgestiegen. Ein Gefühl der Unruhe ergriff mich, ohne daß ich wußte, ob es unangenehm war. Das Klappern der Fahnenstange klang anders als sonst. Es erinnerte mich an etwas Verrostetes, Kaputtes, bald Abmontiertes. Nichts von Ewigkeit, nichts von Unbegreiflichkeit – es gab eine Zeit, und die jetzige war die vor der Katastrophe. Verwirrende Gesetze, Berge von Akten und Vorgesetzten – die ganze Beamtenwirtschaft bekam plötzlich, was sie nie hatte, einen Sinn: Gewiß, auch ohne sie gäbe es einen Abgrund, aber mit ihr wird er verständlich.

Zusammenbruch, was bedeutet das? Ich nahm ein Blatt Papier und schrieb mit einem dicken Filzstift GLOBALES FINANZSYSTEM darauf. Ich umkastelte den Begriff, strich ihn mit zwei kräftigen Strichen durch, beachtete die Wirkung, und für einen Moment hatte ich das Gefühl, ich könne das begreifen. Sich wie damals in der Schulzeit an dem Wort auf der Tafel, am Sprechen des Lehrers und Nicken der Mitschüler festhalten wie an einer verlockenden Familienkraft – nein, diese niedrige Form einer sinnlichen Gewißheit durfte hier nicht genügen. Ich wollte es verstehen, wirklich verstehen.

Vom Aktenbock nahm ich eine der Bankzeitschriften. Die Vorstandsmitgliedsgesichter ohne Lächeln, ihre Anzüge zerrissen, die Hochhäuser mit zerbrochenen Fensterscheiben und große schwarze Vögel, die – mehr konnte ich mir nicht vorstellen. Was ich daraus schließe? Daß es eine Zukunft für uns nicht gibt. Außer dem ständigen Empfinden von Hoffnungen und Befürchtungen, also der nackten, blanken Gegenwart, ist nichts da. »Du ignorierst es«, sagte ich mir, »sonst erdrückt es dich, ohne daß du genau weißt, was es überhaupt ist.« Die elende alte Beamtenwirtschaft und das neue, blinkende, blitzende globale Finanzsystem, bald waren sie für mich wieder zwei voneinander unabhängige Begriffe, die, sich gegenseitig achtend, frei und fröhlich für immer nebeneinander herschweben können.

Mühlberger fehlt diese Fähigkeit zur Konzentration auf das Verstehbare. Er eilt nicht wie die anderen mit den Akten durch die Flure, er schleicht umher, und sobald er mich sieht, zieht er mich in eine Ecke. »Haben Sie«, flüstert er, »schon gelesen? In Hongkong ist der Immobilienmarkt zusammengebrochen.« Oder er zieht ein Papier aus der Tasche und sagt: »Eine Liste, auf der steht, was man tun muß, um das globale Finanzsystem an die Wand zu fahren. Vor fünf Jahren schrieb ich sie, es wurde alles eingehalten!« Auf die Rückseite kritzelt er dann zusätzlich Begriffe wie »Handelsüberschüsse« oder »Blasenökonomie«, umkastelt sie und versieht sie mit Verweispfeilen. »Das habe ich auch schon ausprobiert«, würde ich am liebsten dazu sagen, aber ich traue mich nicht, der Verrückte heißt er bei den anderen Beamten. Ich nenne ihn lieber einen Beamten mit Vorstellungsvermögen, als Schicksal ist das schlimm genug.

Daß das spekulative Denken niemals die Hauptbeschäftigung der Beamten werden darf, darin stimme ich der allgemeinen Sorge um das Staatswohl zu. Jedem Beruf sein Schwerpunkt, mit dieser Forderung hat die Idee von der Arbeitsteilung bisher fast nur Triumphe erlebt, doch ist ja das frei herumschweifende, von keinem Auftrag eingefangene Denken eine menschliche Versuchung, die jeder Amtsgewalt trotzt. Wie oft muß ich etwa mitten in der Aktenarbeit an die Unverwüstlichkeit des Beamtenwesens denken, ein Gedanke, der in keiner Dienstvorschrift vorkommt. »Du«, denke ich dann, »und deine persönliche Beschäftigung mit der Akte, ihr seid nur ein Sinnbild, im Grunde aber nicht einmal das.« Oder ich denke an meinen Körper. »Bist du da?« frage ich ihn geradeheraus, und er antwortet mit den Schlägen des Herzens. Was für ein schreckliches Gefühl das ist, einerseits dieses Kräftige, Wiederkehrende, Pumpenhafte, andererseits der Gedanke: »Hört es auf, fällst du tot vom Stuhl.«

Eine nutzlose, nervenaufreibende Angewohnheit, man kann nur jedem raten, niemals damit anzufangen. Leider zeigt sie, wie sehr das Denken den Zwängen seiner eigenen Vorstellungen ausgesetzt ist. »Freies Denken« – so ein Begriff gehört mit zum Höchsten, was sich gedanklich hervorbringen läßt. »Alles scheint mit allem zusammenzuhängen« ist dagegen ein Satz, der, obwohl viel Weisheit in ihm steckt, zur Steigerung der Leidenschaften wenig beiträgt.

»Glück!« – manchmal öffne ich mein Dachzimmerfenster und rufe es einfach in die frische, kühle Luft hinaus. »Das hilft doch nichts!« würden meine Beamtenkollegen sagen, falls sie es bemerken würden. Trotzdem. Was für ein herrliches Gefühl das ist, mit verschränkten Armen über das riesige Amtsgelände hinwegzublicken und alles für möglich zu halten. »Vielleicht«, denke ich dann, »gibt es sogar die Macht.« Im Sommer verdirbt mir leider die Hitze die Lust am Fensteröffnen, und wenn doch, dann rufe ich höchstens: »Verdammte Hitze!«

Zu jedem Motto ein Gegenmotto. Denn nur derjenige, dessen Prinzipien sich widersprechen, vermag vernünftig zu leben. Nirgendwo erlernt man diese die Logik entehrende Weisheit leichter als bei juristischen Studien. Beweglichkeit durch Verdopplung der Starre – eigentlich gründet das gesamte Recht auf der Kraft des Widerspruchs. »Entscheidend«, heißt es zum Beispiel, »ist der subjektive Gesichtspunkt. Ebenso der objektive.« Wieviel Freiheit eine solche Einschränkung verschafft. Wem? Überhaupt gilt ja das Recht als ein Stück höhere Weltfreundlichkeit und liegt doch nur in den Händen von Richtern und Beamten. »Wir haben's erlernt«, sagen sie, und alle anderen nehmen das hin in der Hoffnung, sie könnten einmal davon profitieren. Na ja. Richter und Beamte – daß man von ihrem Alltag und ihrer Arbeitsweise nicht viel weiß, ist eher ein Vorteil. Was der Gast im Schankraum zu sehen bekommt, ist das fertige Essen, er kann froh sein. Auch mir wäre früher, in den langen Jahren des Studiums, als sich das Recht mit schwer zu bestehenden Prüfungen bei mir Respekt verschaffte, die Idee, es könne in ihm vielleicht etwas aus den Eingeweiden Stammendes sein, nie eingefallen. Dabei kommt ja ein quirliges Leben auch sonst in der Natur nirgendwo ohne Ausscheidungen vor.

Das Recht mit der Natur in Verbindung zu bringen, scheint wohl wieder so eine schöne Lösung zu sein. Das Fragwürdige mit dem Guten verbändeln, da umarmen sich die Begriffe, beide nun gut und fragwürdig. Ein Recht gibt es in der Natur allerdings, vor allem für kräftige Raubtiere, nein, die Natur ist keine Hilfe für das Recht, eher der Grund für die Sehnsucht nach ihm.

Als am Himmel glänzender Leitstern wird vieles benötigt, nicht nur das Recht. Als Kompromiß zwischen dem Denken und Fühlen ist es jedoch einzigartig. Um einen Kompromiß im engeren Sinne handelt es sich zwar nicht, auch das Fühlen ist ja ein Denken. Aber daß ich aus innerer Kraft jederzeit eine Staat und Gesellschaft nicht ruinierende Lösung wie in einer Rechenarbeit aus gesetzlichen Wörtern herleiten kann, stellt eine ungeheure Leistung des im Willen aufgelösten Denkens dar. Wer mit seinen Wörtern nur so eben herumzuwerfen gewohnt ist, weil er meint, es gebe genug davon, was weiß der schon von der Eigenmacht des Begriffs? Der Beamte aber, der gegen diese Eigenmacht immerzu ankämpfen muß, weil er die gesetzlichen Wörter nicht vollständig ignorieren darf, kennt das Unendliche ihrer Labyrinthe. Wie ein mächtiges Heer, mit dem sich die Welt gut beherrschen läßt, bieten sie ihre Dienste an. Ein Heer, o weh – prächtig sind die Feldherren bei der Parade anzusehen, in der Schlacht aber ringen sie die Hände und bitten wie jeder andere Hans um Glück.

»Sieh nur«, meinen die vom Recht träumenden Laien, »wie Forscher ziehen die Richter und Beamten los, hoffentlich finden sie das Richtige heraus.« Als ob nicht das Herausfinden die kleinste Nebensache des Denkens überhaupt wäre. Herausfinden läßt sich alles, wie soll es da wichtig sein? Sensation – spektakulärer Gehirnfund am Schreibtisch! Ach was, die eigentliche Beamtenarbeit liegt im Preisgesang der Logik und in der Handhabung ihrer Beweglichkeit, nicht im Forschen und Herausfinden.

Was ist das denn? Ich meine die letzten Absätze. Eine die Ehre des Rechts mißachtende Rede? Dazu sage ich nichts. In einem Film habe ich einmal einen amerikanischen Richter gesehen, der einem Angeklagten ein Lied vorsummte. »Falls Sie wissen«, sagte der Richter, »woher es stammt, spreche ich Sie frei.« Der Angeklagte stand stumm da, verwirrt von der plötzlichen Aufgabe. Der Richter summte ein anderes Lied.

»Ihre letzte Chance«, sagte er und erhob sich, um das Urteil zu verkünden. »Matthäuspassion!« schrie der Angeklagte in letzter Sekunde. »Sie«, lächelte der Richter, »sind offenbar unschuldig.« Dann sprach er ihn frei.

»Falls«, mußte ich damals denken, »das ein deutscher Richter sieht, fällt er vor Schreck in Ohnmacht.« Warum denn? Verdammt! Heißt es nicht, daß das Recht und die Poesie aus einem Bett miteinander aufgestanden sind? Wie kommt es dann in die Hände von Beamten!

Einmal spontan das Fenster öffnen und hinausrufen: »Hiermit berufe ich die Vorstände der fünf größten Banken ab!« Eine Macht, die so etwas nicht darf, ist gar keine, auch wenn sonst immerzu telefoniert und mit dem Flugzeug herumgeflogen wird. Die bloße ewige Suche nach dem Richtigen kann freilich leicht mit der Ausübung von Macht verwechselt werden, denn die Gesten ähneln sich, ein nachdenklich aussehender Minister genügt. Und woher die ungeheure Kraft, Wut und Gier des öffentlichen Lebens? In der freien, endlosen Ebene wäre alles dahin, aber in der Geborgenheit einer Kammer kann sich die Leidenschaft gut entwickeln: die eine Tür, durch die sich die Probleme mit frischer Lust hereindrängen, und die andere, durch die sie, das Zimmer ist winzig, wieder hinausgedrückt werden. Auch die Minister versuchen sich so lange wie möglich im Zimmer zu halten, und weil sie von den Problemen schwer zu unterscheiden sind, gelingt es ihnen sogar für einige Zeit.

Ach was, Minister – ich kenne nur einen, der wirklich Macht besessen hat. Franz Kalies. Er war kein hoher Beamter, aber von den niederen der höchste und mächtigste. Die Aufsicht über Boten, Registraturbeamten und Handwerker führte er und verteilte die Zimmer. Kein technisches Problem war ohne sein Zutun zu lösen. Selbst die Abteilungsleiter und der Amtsleiter buhlten um die Zuneigung dieses Herrschers über den inneren Dienst, der die Grenzen des Möglichen bestimmte. »Glühbirnen? Sind alle.« Mehr mußte er nicht sagen, und die Beamten saßen in der Dunkelheit eines Wintertags.

Wie Kalies diesen ungeheuren Hort der Macht überhaupt anlegen konnte, bleibt ein Rätsel. Es genügte das Gerücht, man habe eine wichtige Akte verschlampt, schon erschien er und stellte einen zur Rede. »Wo ist die hingekommen?« rief er, obwohl er sich mit Akten gar nicht auskannte. Das Schriftliche lag ihm nicht, wie allen, die die Macht in ihrer Wirklichkeit erleben wollen. Sein Kopf lief dabei rot an, nicht sehr, nur ein bißchen, zu wenig, um einen auflachen zu lassen.

Franz Kalies machte den Eindruck, er genieße seine Macht. Um so mehr verfügte er über sie. Der Ärger, den ein Beamter durch die Zuteilung eines abgenutzten Möbelstücks oder gar durch die Zuweisung eines dem eigenen Rang widersprechenden Zimmers empfinden kann, ist seinem Ausmaß nach für einen Außenstehenden schwer begreiflich. Diese Mißachtung, diese Entehrung, diese Vernichtung alles bisher Erreichten – und warum? Franz Kalies, unerträgliche Quelle des Unrechts, hat entschieden, nicht nach Gründen, aus purer Lust, hör nur, hör: Quietscht es da nicht vor Vergnügen? O die ungeheure Macht der Macht.

Und warum wird die Heizung in meinem Dienstzimmer nicht repariert? Bei jedem anderen wäre es längst geschehen. Franz Kalies! Die Augen auf der Suche, die Arme gebogen, als gebe es dort unten für die schlimmsten Fälle einen Pistolengürtel, so streicht er übers Amtsgelände, und wirklich, da hängt ja ein Telefon am Hintern. Blitzschnell ist es gezogen, ein eigensinniger Beamter, der zur Abkürzung über den Fußballplatz gelaufen ist, genügt.

Von Banken weiß Franz Kalies nichts und von Beamten, die sie beaufsichtigen. Doch der Ort, wo solches geschieht, ist in seiner Hand. Wer meckert, wird – ach was, viel schlimmer, bei lebendigem Leib in ein kleineres Dienstzimmer gesteckt. Dieses Zappeln, dieses Nach-Luft-Schnappen. Wie viele Beamte sterben den Fischtod? Die meisten. Zurücksetzungen, dafür sind Beamtenlungen nicht gemacht. Die innere Verelendung eines Sauerstoffvergifteten, der erste Ekel vor den Akten, Erbrechen am Sonntag abend, Schüttelfrost beim Anblick des Amtsgeländes, schließlich das Melissus-Erlenkötter-Ende: Blickstarre an den Dienstfenstern.

Franz Kalies, Beamtenruinierer, was denkst du dir dabei? Deine Triumphe, glaubst du, beweisen die Existenz der Macht. Aber hast du dir auch schon überlegt, daß diese Macht nur das Doppelwort zum Begriff »Mitbeamte-Ärgern« ist? Ein Begriff, dem sich der allgemeine Sprachgebrauch noch nicht geöffnet hat, nun ja, bei der Geschichte der Begriffe wollen wir uns jetzt nicht aufhalten. Sich über die Macht ärgern – fehlt das eine, fehlt das andere, denn nichts ist so sehr darauf angewiesen, bemerkt zu werden, wie das Unsichtbare. Franz Kalies, Mann des Volkes, Opfer der Hausmeisterkrankheit, was, wenn ich mich nicht ärgere? Was, wenn ich dich, lieber F. K., in der höheren Idee eines Beispielfalls auflöse? Was, wenn ich – doch halt! Du bist ja tot. In einem der Treppenhäuser bist du zusammengebrochen, und ich war dein Mörder.

Es begann mit einer Kleinigkeit. Ein paar Akten in der Hand, war ich in einem der Flure Frau Kußmaul begegnet. Solche Begegnungen sind gar nicht zu vermeiden, unsere Flure sind endlos lang, manchmal hat man bei einem einzigen

Gang durch den Flur vier solche Begegnungen. Ich kenne Frau Kußmaul und kenne sie nicht, so wie ich die meisten anderen Beamten meiner Abteilung kenne und nicht kenne. Für eine Umarmung reicht es nicht aus, aber für ein bloßes Aneinandervorbeilaufen ist es zu viel. Jeder weiß, wie lästig das ist. Am besten, das Verhalten bei solchen Begegnungen wäre wie alles andere in der Geschäftsordnung geregelt.

Wenn es wenigstens alle zehn Minuten ein Pausenzeichen in den Fluren gäbe. Dann könnte man das widerwillig angefangene, nun aber nicht mehr enden wollende Flurgespräch mit einem kleinen Aufschrei abbrechen. »Oh, es klingelt«, könnte man rufen und lachend, winkend seinen Flurgang fortsetzen. So aber steht man zusammen, verhakt und verknotet mit den Schnüren des Dienstes und des allgemeinen Daseins. Selbst der strenge Blick der Vorgesetzten bringt uns manchmal nicht auseinander, nichts verbindet stärker als das Leiden.

»Nun, Frau Kußmaul, wie geht es Ihnen?«

»O je, o je, was sind denn collateralized mortgage obligations, dieses Amt ist ein Irrenhaus, höchstens unser Urlaub in Florida, vor allem Herr Gloß ist ein Depp.«

Ja, ja, endlos möchte ich diesen an meinen Strand schlagenden Wellen zuhören. Wie es braust, zischt, ausläuft, sich zurückzieht, und ich, mittendrin, Turnmeister des Festlandes, springe mit dem Mund, reiße die Augen, klatsche mit der Hand, dann, bloß zur Rast, den linken Fuß kurz an die Wand, bis es – hinter mir kracht: Was das denn solle, und ob ich vielleicht den neuen Anstrich bezahlen wolle. Der Anfang vom Ende des Franz Kalies. Nein, sagte ich, das wolle ich nicht. Dann solle ich so etwas gefälligst nicht mehr tun.

»Ja«, sagte ich, »ich verspreche es. Nie wieder, Herr Kalies, werde ich etwas für die Wände und, wie man sieht, letztlich auch für mich selbst derart Schädliches tun.«

Die Antwort war ihm zu bedingungslos, das war klar. Und dann auch noch Frau Kußmaul, die viel zu früh, Franz Kalies nicht außer Hörweite, mit dem Kichern begann. Dabei ist doch gerade das Kichern einer der häufigsten Verursacher von Verhängnissen. Das Entfaltungsgeräusch der Macht, laut muß das nicht sein. Franz Kalies, hätte er mich, wie bei natürlich lebenden Völkern üblich, unverzüglich mit einem Holzprügel erschlagen, er könnte noch leben. So aber fraß es. Er mußte mich nur sehen, von weitem genügte, schon fraß es wieder.

Ist denn der Mensch eine wunderbare Futterstelle, daß es ewig in ihm fressen kann? Jesus Christus machte bei seiner ersten Brotvermehrung fünftausend Männer satt. Freilich, das war ein Mirakel, wie es bei einem spontan handelnden Gott auch einmal vorkommen mag. Wie zart und vornehm dagegen die Organe des Leibes. Da frißt es sich nicht ewig. Ein Herz, ein Magen, eine Leber, schon ist der Schmaus vorbei. Man könnte die Lust auf die Macht auch als etwas Gefährliches bezeichnen.

Es dauerte noch einige Monate, bis der Fest- und Jubeltag des Franz Kalies kam. Zuerst das übliche Geplänkel, ein starker Abteilungsleiter nimmt einem schwächeren zwei Referate weg. Oben brach bereits wieder die Sonne durch, als es unten zu regnen begann. Wer muß das ausbaden? Ein Umzug? Hojotoho, Franz Kalies, du Nadelöhr, durch das alles hindurch muß, sattelst dein Pferd, besteigst es und wirbelst, jetzt endlich, endlich, mit dem Holzprügel. Der Vogel? Mein Herz, mein Herz, lang gequältes, erhebe dich. Springe und singe, denn der Vogel, Schande, Schande, muß jetzt in ein –

Lieber Herr Kalies, vielen Dank für das Dachzimmer. Immer habe ich mir gewünscht, fernab des durch Überreizung und Lebensgier verursachten Beamtengetrampels der stillen schönen Ewigkeit zuzuhören, das klappernde Fahnengestänge hilft mir dabei. Wie gerne zöge ich Sie einmal mit unter mein Bett, wo wir starr nebeneinanderliegen und von der unendlichen Kraft des Universums träumen könnten. Was ist schon ein Holzprügel? Mußte sich nicht sogar der große Alexander, nachdem er mit seiner lärmenden Truppe erfolgreich durch die staubigsten Landschaften gezogen, in Babylon einer Mücke ergeben, die ihm eher so nebenher das grüne Sumpffieber eingeimpft hat? Wir Beamten, die wir den Vorteil der gutgenährten Herde genießen, sollen auch wir aus Machtschwäche eine Gefährdung unserer Gesundheit riskieren? Warum nach Babylon? Unter dem Bett ist es still und sicher.

Keine sechs Monate hatte ich in dem Dachzimmer zugebracht, da war Franz Kalies tot. Es geschah an einem herrlichen Herbsttag. Manche lieben den Frühling, manche den Sommer, ich – dieses Licht! – den Herbst. Ich war gerade auf dem Weg zu meinem Referatsleiter und hüpfte mehr, als ich ging, denn ich hatte zwei Aktenbände dabei, in die ich mich, dicht an dicht mit dem Referatsleiter, vertiefen wollte. Da begegnete ich Franz Kalies.

»Guten Tag, Herr Kalies«, rief ich – wie gesagt, ich war in bester Stimmung – vielleicht ein wenig zu freundlich. Mehr tat ich nicht, ich schwöre es. Erst Stunden später erfuhr ich, daß Franz Kalies kurz nach unserer Begegnung im Treppenhaus tot zusammengebrochen ist. Ich war der letzte, den er lebend sah. Gewiß, es ist kein Mord im eigentlichen Sinne gewesen. Weder gab es einen Vorsatz noch eine Tathandlung, es war Zufall, mehr nicht – und dennoch kein unbegründbarer.

Daß der Zufall etwas sei, was unbemerkt von den sonst alles beherrschenden Naturgesetzen wie ein zwielichtiger Bruder existieren könne, ist der Glaube einer die Widersprüche nicht scheuenden Menschheit. Wer nur die Fall- und Bewegungsgesetze der Körper im mindesten kennt, weiß, daß die Roulettekugel nie anders fallen kann, als sie geworfen wurde.

Die Liebe aber überdauert alles. Völlig unerwartet und für uns alle unfaßbar hat Gott meinen lieben Mann, unseren lieben Vater Franz Kalies zu sich genommen. In tiefer Trauer und großer Bestürzung: Eva Kalies mit Christian und Wolfgang.

Meiner Meinung nach ist das so: Obwohl der Zufall ein bloßes Produkt des Gehirns ist und in der Natur nirgends vorkommt, fühlt man sich ihm überall ausgeliefert. Anders gesagt, das Leiden kommt erst durch das Denken in die Welt, also kann ich mich außer im Denken nicht von ihm befreien. Dieser wunderbare ewige Strom, der alle von ihm angeschwemmten Kleinigkeiten auch wieder mit sich fortzureißen vermag.

Heute muß ich, wenn ich den Namen Kalies höre, nur noch an einen alten Chinesen denken, der mir grinsend die Ursache für das Fehlen seiner Zähne nennt. Man braucht nicht Beamter zu werden, um glücklich zu sein. Die Wirkungslosigkeit der Macht zeigt sich auch an vielen anderen Stellen. Überall wird gekämpft, überall wird verloren. Dabei würde ein mäßiges Gedächtnis zur Überzeugung, der eigene Lebensplan habe sich verwirklicht, völlig ausreichen.

Daß das Glück nur ein besonders hoher Hopser beim Spaziergang der Gefühle ist, beweist auch das Sexualleben der Beamten. Dieses ewige Drängen und Drücken – wenn nur die ungeheure Kraft in einem riesigen Behälter eingesammelt und für den Fortschritt nutzbar gemacht werden könnte. Statistiken und Tabellen kann ich natürlich nicht vorlegen. Selbst wenn die Dienstzimmer genau überwacht würden, es blieben die Toiletten und all die dunklen Ecken und Gänge des Behördengeländes.

Früher, als mein Dienstzimmer in einem anderen Gebäudeteil lag, mußte ich eine Toilette benutzen, die einmal ein riesiger Duschraum gewesen war. Wie mag es da gehallt und gespritzt haben, als die jungen nackten Soldaten am frühen Morgen in ihn hineingeströmt sind. Jetzt aber kamen nur noch einzelne vollständig angezogene Beamte, die sich an die neu eingebauten Pissoirs stellten und dabei zum Zeitvertreib zu den immer noch vorhandenen Duschköpfen hinaufblickten. Das ist ein eigenartiges Gefühl, beim Urinieren an die Möglichkeit zu denken, von oben besprüht zu werden.

Ungemütlich, dieser Kachelraum, man konnte froh sein, aus ihm wieder herauszukommen. Um so merkwürdiger, daß ich dort jedesmal einen kleinen Mann mit zerzausten Haaren antraf. Immer stand er am selben Waschbecken. Sein roter Kopf und der fliehende Blick zeigten, daß er sich ertappt fühlte. Anfangs grüßte ich ihn, doch weil ich spürte, daß er meinen Gruß als eine zusätzliche Qual empfand, tat ich bald, als würde ich ihn nicht bemerken. Ich bemerkte ihn aber, sehr sogar, denn mir gruselte vor dem wilden Gesicht. »Vielleicht«, beruhigte ich mich, »ist es bloß ein Waschzwang, der ihn ans Waschbecken fesselt.« Wozu aber die verdrehten Augen? Warum diese Erregtheit? Oft hörte ich vor dem Betreten der Toilette sogar ein Stöhnen und kleine Schreie. »Besessenheit«, dachte ich, »hoffentlich fällt er mich nicht an.«

Das ist nun aber auch ungehörig, nur an die eigene Sicherheit denken zu wollen anstatt an die Ursachen der Not. »Hallo, ist Ihr Verhalten die Nebenfolge einer durch die Arbeit erlittenen Ernüchterung?« So hätte ich beim Betreten des Raumes fragen sollen. »Schließlich ist Ihr Körper von seiner Natur her gar nicht für eine fünfunddreißigjährige Aktenbearbeitung vorgesehen. Kein Wunder, wenn diese Natur, und sei es auf solche Weise, immer wieder ihr Können herausstreicht.«

Die aktenbedingte Verkrüpplung des inneren Lebensbaumes ist eine Tatsache, aber gerade in den Krüppeln tobt und kämpft es ja am meisten. Oh, wie oft fühle auch ich in mir diese Bilder hochschießen von der nackten Beamtin. Die Bluse zerrissen, die Haare aufgelöst, der Schreibtisch umgeworfen. Das unersättliche Betasten, das erlösende Rollen der Leiber, noch die ältesten Beamtinnen kommen dafür in Frage.

Welche übergroße, niemals endende Sehnsucht nach der Kraft und der Höhe. Die körperlichen Spiele am Waschbekken erscheinen wie das schmutzige Geschäft eines erfolglosen Mannes. Aber kommen denn die Gier nach Geschehnissen und die unstillbare Lust auf Beförderung nicht aus demselben Nervenrohr? Dieses ewige Drängen und Drücken, dieses herrliche Rutschen und Glitschen – daß er das Leben spürt, ist auch für den erfolgreichen Beamten eine ständig gefühlte Notwendigkeit. Übrigens habe ich mir das Waschbecken, dem der Beamte verfallen war, genau angesehen. Es war nichts Besonderes daran. Warum gerade dieses? Eine übertrieben ernst genommene Frage, wenn man bedenkt, daß sich auch Ehepartner oft nur durch Zufall finden.

Über das Tote am Beamtenhaften wird gelacht, nicht aber über das Lebendige, wie es sich unter dem Toten fortschleppt. »Wir tüchtigen Beamten« dürfen alle rufen, die der Enge ihrer Verhältnisse gewachsen sind. Manchmal, wenn ich über meinen Schreibtisch blicke, denke ich: »Es ist ja alles da; was fehlt, ist nur eine niemandem gehörende Hand, die ich von Zeit zu Zeit ergreifen kann.« Um mich zu beruhigen, nehme ich in solchen Momenten die große Schachtel mit Büroklammern, greife hinein und lasse die Büroklammern langsam durch die Finger in die Schachtel zurückgleiten. »So ein herrliches Rieselgeräusch«, sage ich dann zu mir, »niemand vermag es zu widerlegen.«

Oft verspüre ich auch das Bedürfnis, mich ans Fenster zu stellen und zu schreien. Nichts Bestimmtes, nur einen schrillen, langgezogenen Schrei möchte ich ausstoßen, so wie es bei kleinen Mädchen manchmal geschieht, wenn sie überprüfen wollen, ob sie noch leben. Natürlich habe ich das noch nie getan. »Im Büro?« würden meine Kollegen sagen, »das ist verboten.« Zumindest befürchte ich das. Wahrscheinlich würden sie aber wohl gar nichts sagen und nur so tun, als hätten sie sich verhört. Ich habe selbst schon oft solche Schreie in unserem Gebäude gehört und weiß, wie die anderen Beamten darauf reagieren. »Da hat wohl gerade jemand seine Beurteilung erhalten«, lachen sie oder: »Die Opernsänger üben.«

Darüber, daß die Wirklichkeit, so wie sie in die nach ihr Lechzenden einströmt, nur aus Bildern, Geräuschen und Gerüchen besteht, hätte man allen Grund, enttäuscht zu sein. Aber wer hat schon Zeit dafür? Die Beamten bestimmt nicht. »Stille«, denken sie, »haben wir genug, wichtiger wäre ein schönes äußeres Erlebnis.« Nirgendwo gilt das innere Erlebnis weniger als in den Behörden. Das, wozu man ständig Gelegenheit hat, erscheint einem wertlos, und diejenigen, die sich das innere Erlebnis zur Lebensgrundlage gemacht haben, gelten bloß als »die Verrückten«. Ich meine nicht nur Mühlberger. Die Verrückten – das sind viele, die meisten, könnte man sagen, wenn man die Korrespondenz berücksichtigt, die mit

Beschwerdeführern zu führen ist. Bei vielen Beamten macht sie den größten Teil der Arbeit aus, kein Wunder, daß Beamte die Absender von Briefen verachten. »Bloß ein Verrückter« – wie oft hört man das, wenn ein Beamter auf eine Akte hin angesprochen wird, die er durch den Gang trägt. Die Boten, die gar nicht wissen, worum es geht, aber gerne einen Witz über ihre Arbeit machen, schnappen das auf und rufen, wenn sie neue Akten in ein Dienstzimmer bringen: »Achtung! Ein Stapel Verrückte!«

Unten im Erdgeschoß gibt es einen Beamten, der das Prahlen mit seiner hohen Arbeitsbelastung stets mit einem Fluch auf die Beschwerdeführer verbindet. Seine Tür läßt er offenstehen, damit die vorüberkommenden Beamten in sein Zimmer hineinschauen. Da können sie dann Aktentürme sehen, die bis zur Decke reichen. Sobald man stehenbleibt, eilt der Beamte an die Tür, deutet auf die Türme und ruft: »Nur Verrückte!« Beim ersten Mal war ich beeindruckt, inzwischen ärgere ich mich aber nur noch darüber. »Was soll«, würde ich ihm am liebsten einmal sagen, »diese Spinnenfalle? Wissen Sie nicht, daß Akten, die gerade nicht bearbeitet werden, in die Registratur zu schicken sind?«

Beamte! Warum verachtet ihr die Verrückten? Nehmt euch lieber ein Beispiel an ihrer Energie, ihrem Glauben, ihrer Zuversicht! Entdeckt das Ich und seine Phantasie als wahre Quelle des Seins! Werdet Vulkane! Aber innere, und bedenkt, daß das äußere Leben immer nur eine Anregung zum inneren ist, denn als solches, pur sozusagen, bliebe es wertlos. Mir selbst sind die Verrückten schon längst zur Hoffnung und Inspiration geworden. In der Greuelmappe sammle ich ihre besten Leistungen.

Beschwerde!!!
Sehr geehrte Damen und Herren!
Auf Grund eines schweren unschuldigen Autounfalls ist mir der Kredit gekündigt worden. Solange ein Kunde noch einen Tropfen Blut hat, wird daran gesaugt! Auf halber Strecke dreht man mir den Hals rum. Ich verurteile das als Höchstmaß menschlicher Unmoral, deshalb weil ich stets ehrlich war und alles getan habe was in meiner Macht stand. Diese kleingedruckten Floskeln gehören unter das Waffenscheingesetz, denn sie sind für den Bankkunden tödlich. Sie machen mich verkaufsimpotent und ich kann nicht frei und fröhlich sprechen, weil dieser Dreck (Druck?) *mit dem Geld mich im Verkauf hemmt. Mit der Zuspitzung ihrer Geldhabgier bringt uns die Vernichtungsbank noch alle um. Aber das liegt auch an unserer Justiz, die unter den Tischen alles zusammenkehrt. Mein Zorn ist nicht mehr zu legen. Ich lasse die Sache jetzt ausschlachten von jedem, der sie will, wenn ich mir das gefallen lassen muß (Presse, TV usw.). Man verliert ja den Lebenswillen sonst! Ich bin einer der nettesten und tüchtigsten Menschen in W. Alles was ich brauche ist ein Commerzbank-Kredit wie früher.*

Volker Büchsenknecht

Flehen und Drohen – so könnte man die Lebensart der Verrückten zusammenfassen. Beides zusammen nimmt einander den Ernst, hebt sich gegenseitig auf und führt zu jenem freien Schweben, das der menschlichen Bestimmung seine tragische Größe verleiht. »Meine Wut!« schreit der Verrückte und flüstert dann: »ist ein Hilfeschrei.« »Ja, gut«, antworten die Beamten, »aber drängt euch nicht, jeder kommt dran, unsere Aktenschränke sind riesig.«

Niemand verzehrt sich stärker nach dem öffentlichen Leben als der Verrückte. Niemand sieht häufiger fern, niemand hört öfter Nachrichten und sieht sein persönliches Schicksal in das allgemeine verflochten. All die Hilferufe und schlimmen Prophezeiungen. All die Hände, die täglich, stündlich, bittend, flehend überall einander entgegengehalten werden. »Und ich?« fragt der Verrückte. Aber es kommt keine Antwort. Ein Staffellauf leidenschaftlicher Schreie, Todes- und Jubelrufe, gut gemischt gibt das einen schönen stabilen Pfeifton. »Das unheilvolle Geräusch«, so könnte man die Ausbeute des öffentlichen Lebens nennen.

Den Begriff »Greuelmappe« habe ich übrigens von einem Beschwerdeführer übernommen. Er bat mich *zum Tag der Menschenrechte* um Mithilfe gegen die *Regensburger Bankmörder. Anbei*, so schrieb er, *meine Greuelmappe, aus der Sie die ganze Entwicklung entnehmen möchten.* Seine Greuelmappe enthielt fast 300 Seiten, und es fiel mir wegen der großartigen Bizarrheit des beigefügten Materials schwer, mich auf einige exemplarische Blätter für meine Sammlung zu beschränken. Es geht mir schließlich nicht um Masse. Briefe wie den folgenden nehme ich zum Beispiel gar nicht erst in meine Greuelmappe auf:

Betreff: Brandeiliger Hilferuf!
Herr Finanzminister W.,
anhand der Bankunterlagen können Sie ersehen, daß die Sparkasse mir die 30 % in Abzug gebracht hat. Darüber habe ich mich sehr aufgeregt und sofort das Finanzamt angerufen. Das ist der Gipfel der Dummheit. Auf keinen Fall darf sie mir die Zinsen für das ganze letzte Jahr abziehn, denn nachträglich ist doch wohl nicht Ihre Anordnung. Die Bank versprach 6 %, und jetzt heißt es nach Abzug der 30 % nur noch 4 %! Sie Herr W.

wissen bestimmt nicht, was Sie mit Ihren Angehörigen und Freunden schlemmern sollen. Wie steht es aber mit den vielen Armen in unserem so vielgepriesenen Land? Das alles wird Sie Herr W. kaum stören, denn Sie bekommen ein hohes Gehalt und eben von den Steuernzalern. Begreifen Sie denn nicht, daß durch Abzug der 30% mehr Schaden als Nutzen entsteht? Wenn ich diese zufriedenen Gesicher der Abgeordneten im TV sehe, kann man nur abschalten, besonders wenn Sie oder Herr K. zu sehen sind. Ich werde 68, bin schwer krank, (Herzkrank, Bluthochdruch, grünen Star und Hornhauterkrankung). Soll ich jetzt noch zu den Bettlern auf die Straße, wie sie hier in T. immer wieder anzutreffen sind?

Erika Huhn

Von wegen Hilferuf. Ein aus einer Rentnerinnengalle ausgespuckter Verdrußspritzer ist das, mehr nicht. Sich mit so etwas befassen zu müssen, eine Verschwendung des Beamtenfleißes. Noch dazu ein steuerrechtliches Problem, für das wir gar nicht zuständig sind. »Wir«, wiederhole ich in solchen Fällen und überlege, was es bedeutet. Huhn, du, deinen Namen trägst du zu Recht. Was glaubst du eigentlich? Daß der in die Wolken ragende Koloß der Beamtenschaft in Wirklichkeit der Finanzminister W. ist? Parlament, Ministerium, wir – über drei Behörden und zwölf Beamte ist der Brief an mich gekommen. Derselbe Weg zurück für den Antwortbrief. Und dann gewiß wieder Frau Huhn. Und dann ein neuer Antwortbrief. Und dann – liebe Huhn, da müssen Sie sich nicht wundern über die in Ihr Vermögen beißenden Steuerzähne. Das, was ein Beschwerdebrief verursacht, kostet leicht das Hundertfache von dem, was in ihm gefordert wird. Oder dachten Sie vielleicht, Beamte arbeiten umsonst, bloß weil man von Ihnen etwas Nutzloses verlangt? Ein läppischer Brief, ohne tieferes Talent geschrieben, zwei, drei brauchbare Formulierungen, viel zu wenig, nein, fort, du Huhn, in meine Greuelmappe kommst du mir nicht hinein.

Oft kämpfe ich aber auch mit mir. *Es gibt eine Hölle! Sie heißt Dresdner Bank* – was mache ich zum Beispiel mit einem Brief, der so großartig einsetzt, sich dann aber in abgedroschenen Einzelheiten über Bankkonten, Sparbücher und angebliche Gesetzesverletzungen verheddert? Selten, daß ein hohes Niveau wirklich durchgehalten wird. Immer wird versucht, die eigene Verrücktheit als eine satzweise aufflammende Leidenschaftlichkeit darzustellen, die, falls die Beamten das wollen, noch beherrscht wird. Ich will das aber nicht, zeigt euren wilden Übermut, zeigt eure Raserei, die, aussichtslos, wie ihr vor der unüberwindlichen Bankenmacht steht, jetzt auch nicht mehr schaden kann.

»Sind wir nicht Brüder?« könnten die Verrückten die Beamten fragen. »Unser Ziel ist das Leben, doch unser Schicksal ist die Akte.« Sie fragen aber nicht. Das Fragezeichen kennen sie nicht, nur das Ausrufezeichen verwenden sie. Da müssen sie sich nicht wundern, daß niemand auf sie achtgibt, jemanden zum Zuhören sucht jeder. Stark empfundene Gedanken, kochendes, sprudelndes inneres Empfinden – im Grunde hat ein Verrückter damit schon viel erreicht. Wir Beamten können sie da nur beneiden. Das sollte ich mir einmal erlauben! Schon ein einziges von mir verwendetes Ausrufezeichen genügt, und mein Entwurf würde mir von den Vorgesetzten zurückgeschickt. »Sie lesen wohl zu viele Beschwerdebriefe«, stünde am Rand, »deshalb versuchten Sie, selbst einen zu verfassen.«

Hilfe! Hilfe! Hilfe!
Sehr geehrter Herr Direktor!
Hilfe! Seit 20 Jahren im Kampf gegen eine Verbrechergruppe aus der Unterwelt! Justiz und Anwälte: wir sind machtlos. Schlimmer noch: jetzt machen wir mit!! Aufgrund des heute so modernen skrupellosen Gesellschaftstreibens der hochgespielten Machtausübung Mieter/kommunenhafte Schwarz-Eindringlinge – ohne Mietzahlungen durch Ränke und Verleumder des Hauses wegen ihres Betrüger-Dranges! Unter unvorstellbaren Mühen und Kämpfen wurde dieses Gaukelspiel trotz der unglaublichsten Gegenmaßnahmen im Gegenkampf durchgefochten! Anstatt alle Querelen der Hausbewohner auszumerzen belastet der gerichtsbekannte Vermögensverwalter Kolossa zur ungerechtfertigten Bereicherung ALLER und in meinem Alter mein Anwesen! Mit ungeahnter Begünstigung der Gerichts-Rechtspflegerin Stützle sogar ein Notariat gefertigt! Mit Gerichtsstempel! Nun spiegelte sich die Kristall-Nacht in meinem Hause wider! Einbrüche Raub Plünderung Vernichtung meines Eigentums! Kolossa-Stützle-Perlhuber-Gustav-Plünderer! ...

Sehr geehrte Frau Wettig,
ich bestätige den Eingang Ihres Schreibens vom ... Leider konnte ich diesem Schreiben nicht den genauen Inhalt Ihres Anliegens entnehmen. Falls Sie sich über ein Kreditinstitut beschweren wollen, bitte ich Sie, mir weitere Einzelheiten zu benennen.
Mit freundlichen Grüßen
Im Auftrag
Vogel

Sehr geehrter Vogel!
Wegen Übergehung und Hintergehung der Deutschen Bank erhebe ich folgende Beschwerde: Mit dem Kunden jongliert nach ihrem Schema und niemals davon abweichen! Warum? Dieses Schandwerk so steht es wohl im Killergesetz soll und muß anerkannt übernommen werden! (?) Skrupellos! Ohne Erkundigungen eine Pflegschaftschande vom Zaum gebrochen! So stellen wir die schwerbeschädigte Eigentümerin kalt. Gar nicht angehört! Lieber gemauschelt! Überrannt! Eingenebelt! Geschludert! Verschludert!! – mein so ungeheurer Wiederaufbau. 1939 zugeteilte Nahrung! 1945 Hungersnöte! Wiederaufbau! Sparen! Sparen für den Wiederaufbau – der sich hingezogen hat bis zum Darlehn!! Erleichternd aufatmend! Nach so viel Einsatz! N E I N – durch Schergen aufgezwungenes J O C H gebietet weiteren Kampf und Entbehrung! –...

Natürlich wußte ich sofort, um was es ging. Elsbeth Wettig, psychisch krank und seit zwanzig Jahren unter Pflegschaft stehend, wollte es nicht dulden, daß eine Grundschuld auf eines ihrer Häuser bestellt wurde. Doch obwohl ich ihr nicht helfen konnte, schrieb ich ihr immer neue Briefe, in denen ich um zusätzliche Informationen bat. Ihr einzigartiges sprachliches Talent, ihre ungeheure Verzweiflungskraft – ich konnte einfach nicht anders. Als handele es sich um Mitteilungen, die ich mir aus der Zukunft heraus selbst zuschicken würde, so verrückt war ich nach den Briefen der Wettig. Leider wurden die Briefe immer kürzer und aufgeregter. Der letzte bestand nur noch aus zwei Sätzen:

Glasklar auf der Halde des Beamtenbetrugs!! RUHE jetzt!!

Es bedurfte wohl eines solchen Briefes, um mich zur Vernunft zu bringen. »v. A.« stand oben rechts drauf, mit grünen Amtsleitertinte geschrieben, was bedeutete, daß der Amtsleiter einen Verdacht hatte und die gesamte Akte vor Abgang meines Antwortschreibens sehen wollte. »Jetzt kommt alles raus«, dachte ich, »auch die vielen anderen Fälle.«

Damals hatte ich noch wenig Erfahrung und fand die Lösung mehr oder weniger durch Zufall. Erst nachdem die Akte infolge meiner Ratlosigkeit viele Monate unbearbeitet auf dem Schreibtisch gelegen hatte, begriff ich, daß es für ein Antwortschreiben längst zu spät geworden war. »Antwortschreiben infolge Zeitablaufs entbehrlich geworden«, schrieb ich in die Akte und sandte sie in die Registratur, wo sie als ein neuer toter Vogel in einem der großen Aktenschränke aufgehängt wurde.

Natürlich kann die Akte irgendwann wieder auftauchen. Leute wie die Wettig verschwinden nie für immer, sie wechseln bloß beim Schreiben ihrer Briefe die Adressen und kehren zurück, sobald sie alle Behörden durchhaben. Aber dann bin ich für sie nicht mehr zuständig, oder es herrscht ein neuer Amtsleiter, dem die Befehle seines Vorgängers nichts gelten, weil er ihn haßt. Alle Amtsleiter hassen ihre Vorgänger, ihre Vorgänger und ihre Nachfolger.

Eine andere Möglichkeit wäre es gewesen, die Akte einfach fortzuwerfen. Es geschieht oft, daß Akten, die gefährlich sein könnten, fortgeworfen werden. Niemand vermag das zu kontrollieren. »Das war«, kann man sagen, »der Bote, der hat sie wohl verschlampt.« Andererseits gibt es natürlich Obergrenzen. Als jemand zu gelten, der ständig Akten fortwirft, ist für einen Beamten mit das Schlimmste. Jeder versucht also, sich beim Fortwerfen auf das Wesentliche, das heißt auf die gefährlichsten Akten, zu beschränken. Leider sind es oft die ungefährlich erscheinenden Akten, die dann doch gefährlich werden. Deshalb habe ich noch nie eine Akte fortgeworfen. »Es hat keinen Sinn«, sage ich mir, »dafür bist du nicht klug genug, aber vielleicht hast du Glück.«

Es ist erschütternd was sich hier noch alles auftut. Sie können uns in dieser Lage wo uns das Wasser bis zu den Augen steht nicht das Fell noch über die Ohren ziehen! Kommt es bei mir zur Katastrophe (Selbstmord) weil das Blut kocht bis zum Überlaufen so wird es auf dem Grabstein heißen von der Sparkasse zu Tode gekocht!!

In solchen Formulierungen spiegelt sich das Komische, das wie eine ständig drohende Erklärungsmöglichkeit über dem Menschlichen schwebt, recht gut wider. Natürlich könnte man ebenso sagen das Entsetzliche, die Größe des Unterschieds täuscht, Begegnungen mit dem Überraschenden sind es ja beide, und auch das Scheitern hat zwei Seiten. Falls man, wie es üblich ist, die Summe aller Körper, so wie sie sind, als die reine Wirklichkeit betrachtet, erscheint das Denken wie ein bloßes hierzu mitgesummtes Lied. Die Lieder der Verrückten in ihrer ganzen Schönheit zu erkennen, mehr ist an Einsicht in die Doppelnatur, hier des Elends, vielleicht gar nicht zu gewinnen.

Wir Beamten bekämpfen die Leidenschaft, so gut es geht, doch gibt es einfach zuviel davon. Bestünde die Lust aus einem abgezählten Kontingent, es könnte noch so groß sein, unser Kampf wäre nicht aussichtslos. Aber sie wächst ja nach, jedes Jahr ein neuer Frühling, jedes Jahr junge neue Verrückte, die in den Banken oder gegen sie um die Macht ringen. Natürlich erreichen sie nichts, niemand kann jemals etwas erreichen, nur den Eindruck, den ein Beobachter des Gesamtgewimmels gewinnt, beleben sie.

»Die Draufgänger«, möchte man als Beamter die Verrückten betiteln. Schonung gegen sich selbst kennen sie nicht, keine Schlacht ist ihnen zu lang, keine Instanz zu hoch. Zu wissen, was man will, ist ihnen kein Problem, nur daß man es nicht bekommt, empört sie und hält sie in ständiger Bewegung. Immerzu wühlen sie in ihren Papieren, immerzu suchen sie nach neuen Gründen, um weiterzuleben. *Gnade!* schrieb mir einmal eine Verrückte, bei der es um eine Bankgebühr von zehn Mark ging, *sonst bin ich tot (vier Herzinfarkte hatte ich schon!!!).*

Einmal die Hände in ein großes Becken mit Bankangestelltenblut tauchen dürfen, davon träumen viele Bankkunden. Bedenkt! Auch das wäre bloß das Blut von Verzweifelten. Überflüssige Gebühren berechnet, Kredite unnötig gekündigt, freche Briefe geschrieben, ja, das haben die. Doch sobald sie ihre Einsamkeit bemerken, eine ausbleibende Gehaltserhöhung genügt, erbittern sie wie ihr. Die Nervenfäden, so wie die sich durch die Gesamtheit aller Gehirne ziehen, sind kein Spaß. Verrückte, ach ihr! Der Stoff, aus dem wir bestehen, ist der gleiche. Denn die Verrücktheit folgt aus dem Denken und Wünschen. Nur bei dem, der dabei die Beherrschung bewahrt, ist die Verrücktheit noch keine ausgebrochene.

Gegen die Bankenmacht kommt niemand an, selbst wenn wir sie kompromißlos umbenennen würden, »Lebenslust« böte sich an, verschwände sie nicht. Lieber sollten wir uns vor eine große Wand stellen, uns an den Händen fassen und gemeinsam rufen: »O du ungeheure Bankenmacht, gib uns täglich ein Brot! Und breche nie zusammen, sonst erschlägst du uns.«

Trotzdem freut es mich, mit welcher Frische ihr Verrückten die gewöhnlichsten Begriffe nach eurer Art neu zusammenstellt und meine Greuelmappe damit füllt. Daß ihr die Banken mit solchen Schreiben ähnlich gut dirigieren könnt wie ein Sinfonieorchester mit einer Bohnenstange, werdet ihr wohl wissen. Doch im Rausch der Begriffe, die Macht ist auch nichts anderes, das eigene Ich aufblühen zu sehen, entschädigt für vieles. Ach, diese innere Feier, wenn wir Beamten nur auch einmal Briefe schreiben dürften, die uns am Herzen liegen.

Vielen Verrückten reicht der Schriftverkehr nicht, sie rufen zusätzlich an. »Ist mein Brief schon eingetroffen?« fragen sie. »Warum ist er dann noch nicht beantwortet!« Die erste Frage wird geflüstert, die zweite gebrüllt. Ein Glück, daß sie keine Antwort erwarten. »Sprechen genügt«, denken sie, »hören hält nur davon ab.« Hin und wieder schreibe ich ein paar ihrer Ausdrücke mit, »Zertretung jedes Menschlichen« zum Beispiel oder »mit den Augen des Gehirns gesehen«. Doch hinter dem Schriftlichen bleibt es meist zurück. Außerdem ist das unangenehm, wenn rostige Stimmen in mein Ohr hineinkratzen. Ich fange dann an, mit dem Hörer zu spielen. Ungeheuerlich, wie man am Telefon Grimassen machen oder den Hörer am Kabel herumschleudern kann, ohne daß der andere es merkt. Alle 30 Sekunden anhalten und kurz »ja« oder »hm« hineinbrummen, das reicht. Einmal, als eine hysterische Frau mit einer endlosen Zahlenfolge mein Mitgefühl für ihre Wertpapierverluste wecken wollte, fiel mir mitten in einer Balanceübung, bei der er auf drei Fingerspitzen stehen sollte, der Hörer herunter, erst auf den Schreibtisch, dann zu Boden. Der Krach am Ohr der Frau muß schrecklich gewesen sein. »Auch das noch!« schrie sie und legte auf.

Hallo, Sie, nehmen Sie gefälligst Ihren Beruf einmal ernst. Warum denn? Sicher ist der Ernst eine gute Verstärkung für die Konzentration, als ein philosophischer Standpunkt bringt er bloß Unglück. Niemals werde ich den Rechtsanwalt Dr. Wels vergessen. Über zweihundert Briefe hat der mir geschrieben, fast täglich kam ein neuer. Oberflächlich gesehen, ging es um ein kleines Sparguthaben, das ihm die Bank wegen einer Pfändung nicht auszahlen wollte. Aber das Sparguthaben war nur ein Vorwand, um mir zu schreiben. Dr. Wels hatte, soviel ich begriff, nach einer Intrige, in die ein berühmter Professor verwickelt war, bei dem Dr. Wels einmal gearbeitet hatte, seinen Verstand verloren. Der Professor und Dr. Wels zeigten sich gegenseitig ständig an. Das Schlimmste aber war, daß Dr. Wels seinem Kampf mit dem Professor nicht gewachsen war. An jedem neuen Brief merkte ich, wie es bergab mit ihm ging. Immer unverständlicher wurden seine Schreiben. Als werde ihm von dem inneren Sturm täglich ein neues kleines Stück aus dem Gehirn gerissen. Bald konnte man wegen der Tippfehler fast gar nichts mehr erkennen. Außerdem fing er an, mir wichtige Dokumente zu schicken, zweimal war sein Führerschein dabei. *Sehr verehrter Herr Regierungsdirektor*, begannen die Briefe. Dabei war ich nur ein Regierungsrat. Ich schämte mich deshalb vor meinen Vorgesetzten und bat Dr. Wels, bei der Anrede gefälligst nicht zu übertreiben. Er ignorierte das, genauso wie die Bitten, mir nicht mehr zu schreiben. Das letzte, was ich von ihm erhielt, war die Adresse der Obdachlosenpension, in die er eingewiesen worden war. Ein promovierter Rechtsanwalt, Inbegriff baumstarker Wehrhaftigkeit, in der Obdachlosenpension!

Über zweihundert Briefe, welche Anstrengung – nun hängen sie in einem der riesigen Aktenschränke unter all den anderen toten Vögeln. Lieber Dr. Wels, wo immer du jetzt sein magst, vielleicht im Grab, helfen konnte ich dir nicht, aber als eine Mahnung, das Schreckliche im Herrlichen und das Flüchtige im Ewigen zu erkennen, überlebst du in mir. Manchmal wünsche ich mir sogar, ich könnte unsichtbar in einem unserer langen Amtsflure stehen. »Bist du verrückt«, würden meine Kollegen sagen, »das ist viel zu langweilig.« Ach woher, die Türen auf- und zugehen hören, das Rollen der Aktenwagen, geflüsterte Gerüchte und als wiederkehrendes Geräusch der Menschlichkeit: Beamtenseufzer.

Eine Zeitlang habe ich mit einem Beamten aus dem Ministerium Beschwerden ausgetauscht, natürlich nur solche, die interessant waren. Wir lernten uns über eine verrückte Petentin kennen, die in einem Brief ans Ministerium behauptete, ich hätte ihren Hund gestohlen. Solche Anschuldigungen von enttäuschten Beschwerdeführern sind nicht ungewöhnlich. Sobald ich schreibe, ich könne nicht helfen, wendet sich ihr wütender Blick, jeder hat nur einen, ab von der Bank, hin gegen mich.

»Den Hund? Die spinnt ja«, sagte der Ministerialbeamte am Telefon. »Oder?«

»Ja«, antwortete ich.

»Haben Sie oft solche Leute?«

»Wollen Sie in meine Greuelmappe hineinsehen?«

Der Ministerialbeamte lachte. Ich schickte ihm ein paar brauchbare Fälle. Weil er sich dadurch in meiner Schuld fühlte, schickte er mir auch einige Verrücktenbriefe aus dem Ministerium, die aber an meine eigenen Fälle nicht heranreichten. Um ihn nicht zu beschämen, steckte ich in meinen Dankesbrief noch ein paar neue uninteressantere Fälle, was dazu führte, daß auch er mir aus Höflichkeit wieder Fälle zusandte. Das ging dann noch einige Male hin und her, bis er nicht mehr antwortete. Eine echte Freundschaft läßt sich auf so etwas nicht gründen.

»Jetzt hat ihn der Umgang mit den Verrückten selbst verrückt gemacht«, würde der Ministerialbeamte wohl rufen, wenn er wüßte, daß ich die Greuelmappe manchmal mit unters Bett nehme. Dabei gibt es keinen klareren und reineren Moment für mich, als wenn ich einen solchen Extrakt unbegrenzter Verzweiflung in der dunklen Enge unterm Bett umklammere, ihn pulsieren fühle und denke: »Dieser Unfug des einzelnen Lebens.«

Für meine Kollegen sind die Verrückten nur eine Beleidigung ihrer eigenen Anstrengungen. »Dafür also«, sagen sie, »müssen wir uns verausgaben, kein Wunder, wenn wir die Banken nicht richtig beaufsichtigen können.«

Treiben denn die Banken ihre Kunden absichtlich in den Wahnsinn? Noch zusätzlich hundert Meisterquerulanten, und wir wären erledigt. Na wenn schon. Lieber lese ich tausend Briefe eines Verrückten als einen einzigen Bankbrief. Auch die Bankangestellten ringen ja ständig mit der Sprache, aber Unbeholfenheit allein führt noch lange nicht zu einem interessanten Lesestoff. Englische mit deutschen Wörtern und dem Handelsgesetzbuch falsch zu verstöpseln, viel mehr können sie nicht. Keine anschaulichen Bilder, keine entzückenden Übertreibungen – was für ein Murks.

Worin besteht das Geheimnis des Genies? Das ist klar, wer das Verrücktsein bloß als ein medizinisches oder psychisches Phänomen ansieht, hat nichts von ihm. Der wissenschaftliche Ansatz bietet ein Arbeitspensum, das in seiner Unendlichkeit der Beamtentätigkeit vergleichbar ist, von ihm braucht man sich nichts zu erwarten. Wissenschaft – ein mutwilliges Auseinanderhalten des Zusammengehörigen, mehr ist das nicht. Daß der Verrückte, wie man früher sagte, ein Seher sei, scheint eine bessere Idee, wenn auch eine viel zu zuversichtliche. Denn es ist ja bloß die Sehnsucht, von keiner Vernunft unterdrückt, die dem Verrückten die Sehkraft schenkt. Wie ein riesiger Leuchtturm leuchtet ihm die Gerechtigkeit übers weite Meer, obwohl sie doch kaum die Lichtstärke einer flackernden Kerze hat.

Diese Bank, schreibt der Verrückte, *aufs genaueste zu überprüfen, halte ich für diese Machenschaften als unbedingt dringend angebracht.* Oder: *Machen Sie sofort dem hier beobachteten Betrügerdrang mit einem Schlag den Garaus!* Ohne Achtung vor dem die Seele einkesselnden Dickicht von Gründen und Gegengründen einmal tollkühn in die Büsche hauen – erst die Größe dieser Verwegenheit zeigt ja uns Beamten das Ausmaß unseres Kleinmuts. »Horch nur«, denke ich manchmal, »vielleicht ist das ein Morsezeichen der Hoffnung, wenn die Verrückten mir an mein Beamtenfenster klopfen.« Im inneren Reich lebt die Freiheit, denn als Erlebnis ist sie ein Gefühl. Auch du könntest diese höchste Macht kennenlernen, reiß nur mal das Fenster auf und schreie folgendes: Den Staat erlebe ich als ein über mir klapperndes Fahnengestänge, und ihr Banken seid auch bloß so ein Begriff! Ein paar Zahlen, recht lange, das schon, aber selbst wenn man noch alle Finger hinzurechnet, die an der ständigen Erhöhung der Zahlen herumtippen, so bleibt doch jede gezählte Macht wie ein in Kilogramm gewogener Gedanke: Schwer mag der sein, doch ein leichterer verdrängt ihn mühelos, schließlich ist das Denken keine Meßanstalt, eher schon ein Wörterhimmel.

Hier die unbesiegbare Bankenmacht, dort die vergeblich gegen sie anrennenden Verrückten, wie falsch zum Beispiel diese allgemein bekannte Skizze vom Verrücktenunglück ist. Dem Verrücktsein allein gehört die Macht, Bankmauern sind kein Hindernis für sie. Neulich erst erhielt ich folgenden Brief:

Sehr geehrte Damen und Herren,
als Banklehrling der Krefelder... Bank war es üblich zu meiner Zeit der Lehrlingsausbildung, daß der damalige 1. Direktor der Filiale Kliedbruch alkoholisiert dem Ehebruch frönte. Cliquenhaftes Unwesen des Innenleiters Tengling und Flügel, Leiter der Effektenabteilung, führte unbedarfte Jugendliche, teils weibliche Banklehrlinge in den berüchtigt anrüchigen Düsseldorfer »Wilddieb«. Während meines Studiums der Wirtschaftswissenschaften – ich stehe kurz vor dem Examen – höre ich jetzt von dem außerehelichen Verhältnis des Innenleiters mit der damaligen Leiterin der Überweisungsabteilung, welche im Anschluß daran Überweisungen unterschlagen haben soll und stillschweigend ihren Dienst quittieren mußte, aber von der Stadtsparkasse kommentarlos übernommen wurde!!

Verrückte gibt es überall. Das Blei der Tatsachen mit dem Schwung einzelner geschickter Formulierungen wegschnippen wollen – ich habe auch schon Vorstandsmitglieder vor dem Zusammenbruch ihrer Bank gesehen und weiß, daß die Sehnsucht ewig da ist und vor nichts zurückschreckt. Jederzeit sorgt die Last der Verhältnisse für das Verlangen, sie abzuschütteln. Dieses Schütteln, nicht seine Erfolglosigkeit, ist es, was für die Gesamtheit der Erlebnisse zählt.

Manchmal in meinem Dienstzimmer, wenn mir ein Sachverhalt so durchsichtig erscheint wie ein Glas Wasser, lege ich die Akte weg und blicke auf die Weltkarte. Das Huschen der

Augen über die riesige russische Landmasse ist etwas Herrliches. »Wie gefügig«, jauchze ich dann, »ihr sein könnt, Raum und Zeit, sonst kommt ihr mir vor wie zwei Unüberwindliche.« Kein Wunder, daß ich über mein Leben nachzudenken vermag, als sei es eine kleine Kugel, die man zwischen den Fingern hin und her rollen kann.

Oft nehme ich zusätzlich den Papierlocher in die Hand und drücke ihn, was ein leichtes Quietschen erzeugt. Das rhythmische Lochergeräusch mit dem Blick auf die Weltkarte kombiniert, ergibt einen ziemlich deutlichen Eindruck von der Nichtigkeit der Dinge. »Na ja«, denke ich dann aber wieder, »Weltkarte und Papierlocher, was ist das schon? Ein künstlerischer Versuch, mehr nicht. In Rußland selbst holst du dir Blasen an den Füßen, sobald du nur ins nächste Dorf läufst.«

Auch die Vorstellung, ich könne eines Tages von einem Verrückten ermordet werden, geht mir manchmal durch den Kopf. Drohungen sprechen die aus, meist sind sie gegen die Banken gerichtet, aber jeder weiß das, beim Explodieren sucht der Sprengstoff nach der weichsten Stelle. *Ich frage Sie: welche Händel sind hier im Spiel? Ihre? Wenn ja – wäre es das Ende. Von wem? Fröhliches Nachdenken und Grüezi miteinand!* Solche Briefe erhalte ich ständig. Tod im Dienstzimmer – manchmal sehe ich alles vor mir. Ob es klopfen würde, weiß ich nicht. Die Tür geht auf, ein wirres, vom jahrelangen Kampf mit den Banken gezeichnetes Gesicht fragt leise: »Vogel?« »Nein«, stammle ich, aber meine unsichere Stimme und der lächerliche Versuch, mich unter den Schreibtisch zu ducken, verraten mich. »Feige bist du also auch noch!« brüllt der Verrückte. Dann erschießt er mich.

Wir sind ehrliche Menschen und haben noch nie jemand umgebracht. Wir würden es begrüßen, wenn Sie uns einmal in L. besuchen können, denn am Schreibtisch sieht alles anders aus.

Niemals.

Ich weiß, kämen solche Morde an Beamten oft vor, könnte man mehr darüber in den Zeitungen lesen. Andererseits habe ich festgestellt, daß selbst die schrecklichsten Dinge nicht mehr in den Zeitungen stehen, sobald sie oft genug geschehen. Seitenlange Berichte über die ersten drei Toten eines Krieges, die nächsten zehntausend werden kaum mehr erwähnt. Hinzu kommt der blindwütige Haß eines vermögenslos Gewordenen, er ist schlimmer als sonst irgendein Haß. »Was hab ich noch zu verlieren?« fragen sich solche vom Materialismus geprägten Verrückten und drücken ab. Anstatt auf die Bank oder den Staat, diese Übergroßen, dennoch schwer zu Treffenden, zielen sie lieber auf den einzelnen kleinen Beamten, bloß weil dieser ihre letzte Hoffnung war und als letzte Enttäuschung die frischeste Erinnerung ist.

»Jetzt ist es soweit«, dachte ich schon einmal. Der Pförtner rief mich an und erklärte, Herr Ehrenhaus sei da. Er hätte ebensogut sagen können, Siegfried ist da, Siegfried Ehrenhaus, seit Wochen hatte er mir Drohbriefe geschrieben. *Ich komme aus Ostpreußen und bin sechsundachtzig Jahre alt* – so fing das an.

»Was ist in der Plastiktüte?« überlegte ich, während wir gemeinsam die Treppe hochzusteigen begannen. Ich verlor fast das Bewußtsein, als er mich plötzlich bat, die Tüte zu halten, er müsse sofort auf eine Toilette. Sollte ich zu meiner Beruhigung in die Tüte hineinschauen? Und wenn es eine Tütenbombe war, die den Empfänger beim Öffnen zerreißt? »Ach was, Unterlagen vielleicht, die seine Rechtsansprüche beweisen sollen«, sagte ich mir, versuchte jede überflüssige Bewegung zu vermeiden und litt unter dem endlosen Toilettenaufenthalt von Siegfried Ehrenhaus.

»Jede neue Aufregung«, murmelte er, als er endlich herauskam, »bringt zusätzlichen Durchfall.«

Nun fand ich den Mut, von der Zwecklosigkeit seines Besuches zu sprechen.

»Herr Ehrenhaus, eine völlige Überschätzung meiner Befugnisse, allenfalls ein Zivilgericht könnte hier –«

Er blieb stehen und starrte mich mit einem Blick an, der mich verstummen ließ. Ich bereute alles, was ich gesagt hatte, und wollte es gerade abschwächen, als er auf einmal schrie:

»Vormittags unmöglich! Das neue Medikament wegen der Brust! Durchfall! Jeden Tag! Vor zwölf nicht aus dem Haus, weil zuvor nicht alles absolviert ist!«

Nach diesen Sätzen fühlte auch ich mich erleichtert. Der Mann war zwar schwerhörig, aber harmlos. Unmöglich, daß in der Tüte eine Bombe war. Du läßt ihn sprechen, bald wird er gehen. Als wir in meinem Zimmer angelangt waren, hob er an:

»Vierundzwanzigtausend Mark – wohin?«

Angeblich hatte eine Volksbank das Geld beiseite geschafft. Die Papiere, die er mir zeigte, sprachen dagegen, aber er behauptete felsenfest, sie seien gefälscht.

»Zum Rechtsanwalt!« schrie ich, »Sie müßten zu einem Rechtsanwalt gehen!«

»Herbert!« rief er zurück. »Elsa Herbert, Kommunistin!«

Sie sei die Rechtsanwältin gewesen, die er aufgesucht habe. Statt etwas zu erreichen, habe sie bloß einen Vorschuß in die Tasche gesteckt und mit der Bank gemeinsame Sache gemacht.

»Außerdem«, behauptete Siegfried Ehrenhaus und machte mit einer Hand eine unanständige Bewegung, »hat es da so Sachen gegeben.«

Um sein Geld von der Elsa Herbert zurückzubekommen, sei er zu einem anderen Rechtsanwalt gegangen, einem Juden, denn er habe etwas auf dem Kopf gehabt. Siegfried Ehrenhaus war verrückt. Vom ersten Brief an wußte ich, daß Siegfried Ehrenhaus verrückt war.

»Was denn?« schrie ich.

»Perücke«, antwortete er.

Dabei wußte ich nicht einmal, ob ich Mitleid mit ihm haben durfte. Vielleicht war er ein verrückt gewordener Kriegsverbrecher. Ehrenhaus, Obersturmbannführer, einst als der Schlächter von ... bekannt und für den grausamen Tod unzähliger Menschen verantwortlich!

»Bei so einem Vorleben«, müßte ich in diesem Falle schreien, »geschieht es Ihnen recht!«

Vielleicht war er aber auch nur ein normaler Verrückter, dem, außer was er in seiner Jugend einmal gehört hat, keine neuen Verrücktheiten einfielen.

»Haben Sie denn keine Frau?« rief ich.

Er nickte. Mit seiner Frau habe er doch das Haus gekauft. Dann habe er in der Zeitung gelesen, daß eine alte Frau die Treppe hinuntergefallen sei, woraufhin sie das Haus wieder verkauft hätten. Ich starrte ihn an. Ist das dein höherer Sinn, Leuchtkranz eines schönen Lebens, die in den Ecken angesammelte Jammermasse aufblitzen zu lassen?

»So«, flüsterte ich, »wie Sie das durchs Altern zugespitzte Elend repräsentieren, passen Sie gut in mein Zimmer hinein.«

»Was?« schrie er.

Ich hätte, erklärte ich, alles verstanden, den Bankbetrug, die Rechtsanwaltsverschwörung, machen könne ich nichts. Sein Fall sei schlimm, es gebe aber noch schlimmere. Überall werde gelogen und betrogen, das sei das tägliche Brot. Jede Woche, der Bote müsse nur neue Akten bringen, könne man in Verzweiflung ausbrechen. Falls es überhaupt noch irgend etwas gebe, was einen erfreuen kann, so sei es die Aufrichtigkeit von einzelnen, die aber kaum noch anzutreffen sei. Er, Ehrenhaus, mache auf mich einen zuverlässigen Eindruck. Doch aus einem kleinen Dachzimmer heraus wie dem meinen den für ihre unüberwindliche Macht bekannten Banken und Rechtsanwälten einen Vierundzwanzigtausend-Mark-Befehl erteilen? Das wäre, wie er leicht begreifen müsse, eine Kompetenzüberschreitung.

Er blickte sich kurz um und nickte. Wer denn dann dafür zuständig sei.

»Alle«, rief ich, »und keiner.«

Der Behördendschungel sei eine Tatsache, unter der die Beamten am meisten leiden, weil dieser ungleiche Kampf ihre tägliche Arbeit ausmache.

»Der Rechnungshof?« schrie er. »Die rechnen doch alles aus! Jedenfalls in Deutschland.«

»Vielleicht«, log ich.

Dann erhoben wir uns von den Stühlen. Während ich ihn die Treppe hinunterführte, schwiegen wir. Unten zog er zittrig an meinem Ärmel und flüsterte:

»Sechsundachtzig! Das Gefängnis: egal. Mit der Pistole erschießen – alle! Denn Rache muß sein.«

Dieser wunderbar grazile letzte Satz, der die Grobheit des vorletzten aufhob. Mit Ehrenhausaugen gesehen, stimmte das alles. Der Beamte, eigentlich sollte er eine Hoffnung im

Kampf gegen die feindliche Wirklichkeit sein, tritt überall als deren Vollstrecker auf. Und schlimmer noch als ein bloß beamtenmäßig Verkleideter. Denn das ahnt jeder Angeklagte, daß der Richter unter der Robe ein buntes Freizeithemd trägt.

Die Verwandlungskunst ist der Schlüssel zur Macht, ohne Anschaulichkeit existiert sie nicht. Ach, all ihr Unglücklichen, daß die Macht der anderen nichts weiter als die von euch empfundene Ohnmacht ist, bleibt ein von euch Machtlosen viel zu wenig genutzter Nachteil der Mächtigen. Wie leicht, seiner Ohnmacht zu entkommen, umarmt doch bloß einmal die Macht und sagt: »Wir«. Das moderne Staatssystem, das auf diesem pfiffigen Gedanken fußt, beweist ja mit seiner Stabilität, daß eine solche Willensanstrengung in der täglichen Praxis möglich ist: Das Volk, solange es die ungeheure Einheit empfindet, die in seinem eigenen Begriff liegt, nimmt die in seinem Namen gegen es selbst ausgeübte Macht hin.

Großes, wie oft denke ich an dich, eingezwängt unterm Bett, und daß du erst durch meinen Willen zu dir ganz in mir aufzublühen vermagst. Diese herrliche innere Kraft, mit der die Welt gedeutet und ein Gleichgewicht in ihr gefunden wird. Tatsachen! Ihr seid rauh und heftig, aber das müßt ihr zugeben, daß ihr, nicht wahrgenommen, eine kümmerliche, unbeachtete Existenz fristet. Spielt euch also nicht so auf, wie ihr es manchmal tut, die eingebildete Selbständigkeit steht euch schlecht an.

Lieber großer Cheops, welche Macht, sich eine gigantische Pyramide bauen lassen zu können. Lieber großer Cheops, welche Ohnmacht, tot in einer gigantischen Pyramide zu liegen. Jetzt mal ehrlich, ohne die Existenz von Modalverben gäbe es bestimmt keine Macht. Doch was weiß die Wirklichkeit, seiend, wie sie ist, von Modalverben? »Die Freuden und Mühen der Grammatik«, würde sie denken, wenn sie könnte, »gehören bestimmt nicht zu meinen Aufgaben.«

Still, starr und glücklich liege ich unterm Bett und gebe mich dem rätselhaften Strudel meines Beamtendaseins hin. Die Festigkeit der Verhältnisse scheint ein unbesiegbarer Feind. Dabei ist sie nur ein Hinweis auf Gelegenheiten, bei denen ich mich spüren kann. Damals, als ich Franz Kalies zum letzten Mal begegnete, hüpfte ich erwartungsvoll durch den Gang. »Zum Referatsleiter«, summte ich dabei, »zum Referatsleiter, diese Akten werden ihn interessieren.«

»Bankhaus Dr. Strauch«, rief ich und stürmte ins Zimmer, »sehen Sie nur, was ich gefunden habe.«

Wie immer würden wir uns jetzt gemeinsam in eine Akte vertiefen, wie immer würde ich ihm auf sein fremdes nahes Gesicht schielen, die winzigen Bartstoppeln, der halb geöffnete Mund, die schlecht gewählte Brille. »Mein Vorgesetzter«, würde ich dabei denken und spüren, wie alles, das Gute und das Böse, das Schöne und das Häßliche, so sehr ineinandergreifen, daß – aber nein, es kam ganz anders. Schon an seinem kreuz und quer übers Papier hüpfenden Blick erkannte ich, daß gleich etwas Ungewöhnliches passieren würde.

»Was soll das?«

»Ich dachte nur, weil diese Zahlen –«

»Diese Zahlen sind wie alle anderen. Ständig mit einer neuen Akte hier in mein Zimmer einfallen! Als ob ich selbst nicht genug Akten hätte. Bankhaus Dr. Strauch – sehn Sie nur, was ich – ha! Glauben Sie, ich merke das nicht, wie Sie dabei auf mein Gesicht schielen wollen? Das reicht mir jetzt! Nehmen Sie denn gar nichts ernst? Schluß damit!«

Was war das? Darf eine Wirklichkeit, hundertfach bewährt,

sich so plötzlich in ein Nach-all-den-Jahren-jetzt-bist-du-entdeckt-Fiasko umwandeln? Ich klappte die Akten zu.

»Die bleiben hier! Am besten, man gibt Ihnen nur noch das Leichteste.«

»Etwas derart Schreckliches«, sagte ich mir draußen im Gang, »hast du noch nie erlebt.« Ich sagte es mir nicht, es sagte sich von selbst, und auch, daß ich ein Stück Dreck und jetzt alles zu Ende sei. Wie ein Mensch, dessen Denken nur noch ein großer schwebender schwarzer Klumpen ist, taumelnd zwar, aber doch zu gehen vermag, beweist das nicht die Existenz einer begrifflos arbeitenden Seele? »Einen Krankenwagen!« Dieser Brocken und auch ein paar andere aufgeregte Geräusche stiegen im Treppenhaus von unten herauf. Verstanden habe ich sie erst zwei Stunden später.

»Wie schrecklich«, stöhnte eine Frau, der ich bei einem Gang zur Toilette begegnete.

»Was denn?« fragte ich und erbleichte.

»Das mit dem Kalies.«

Unterm Bett! Unterm Bett! Dort verstummen alle Stimmen, und nur das Ewige spricht. Kein Innen, kein Außen – nur Horchen, nur Schweigen. Weit scheint die Welt, hoch und tief. Doch keine fünf Kilometer nach oben, und du erfrierst, keine fünf nach unten, und du verglühst, Begriffe aber hast du, die reichen bis zum Jupiter und noch viel weiter.

Die Lebenszeit des Franz Kalies war nun also abgelaufen, und auch die des Referatsleiters neigte sich dem Ende zu. Ich jedoch saß am Schreibtisch und dachte folgendes: »Demut und Hingabe. Die Tugenden des Beamten, im Andrang der Ereignisse werden sie leicht vernachlässigt.« Bald darauf geschah es, daß mein Blumentopf umfiel. Es war der einzige, den ich hatte. Andere, besonders Beamtinnen, stopfen ihr

Dienstzimmer mit Blumentöpfen voll. »Wie im Wald«, denken sie, »oder auf der Wiese soll es bei der Aktenarbeit sein.« Mit welchen Nachteilen das verbunden ist! Nichts Schlimmeres, als mit der Gießkanne zwischen dem Dienstzimmer und der Toilette hin- und herpendeln zu müssen. Wie sieht das denn aus? In einem Gang, der von abgehetzten Beamten, wichtige Akten unterm Arm, nur so wimmelt, eine Gießkanne spazierentragen! Nein, ein einziger Blumentopf genügt, am besten steckt ein Kaktus drin.

Ich hatte draußen ein lautes Geräusch gehört und, ohne den Topf beiseite zu rücken, das Fenster aufgerissen. Da lag er, der Kaktus. Unmöglich, ihn wieder einzusetzen, meine Hand hätte sich dabei in einen blutenden Igel verwandelt. Verbittert blickte ich auf den Gärtner, der mit seinem neuen Rasenmähermobil über den im Zentrum des Amtsgeländes liegenden Fußballplatz jagte. Diese Grashalodris, die das Grüne unserer Liegenschaft hegen wie wir Beamten das Moos an den Akten, immer größer und lauter werden ihre Gartengeräte. Rücksichtslos reißen sie damit die hinter dünnen Scheiben sitzenden Beamten aus der Konzentration heraus.

Fußballplatz – wozu überhaupt? Damit die Beamten, Tischtennis will keiner mehr spielen, ihre Körper spüren. Als ob das nötig sei. Und weil sonst niemand gegen sie antreten will, werden die Mannschaften von Bankangestellten eingeladen. Fast nie gewinnen sie gegen die Beamten, dafür sind sie zu klug. Statt dessen bringen sie Bierfässer mit, die anschließend gemeinsam ausgetrunken werden. Mehr als einen halben Liter zu trinken, verbieten die Vorschriften über Geschenkannahmen, doch niemand hält sich an sie. »Durst kennt kein Gebot!« heißt es bei solchen Gelegenheiten unter Beamten.

Ich schloß das Fenster und überlegte. Das Klügste war es, den Kaktus liegen zu lassen und von zu Hause einen ledernen Handschuh mitzubringen. Warte nur, damit krieg ich dich wieder in deinen Topf hinein, du stachliger Nichtsnutz. Gibt es etwas Häßlicheres als einen solchen verdornten Wasserschwamm? Dennoch habe ich mir schon überlegt, ob ich mir nicht eine kleine Sammlung davon zulegen soll. Nebeneinander gestellt sehen die Kakteen aus wie eine ratlose Gemeinschaft von Einzelgängern. Beim bloßen Betrachten gibt das ein lächerliches Bild, aber wenn man sich in ihre Situation hineinfühlt, wird man doch vielleicht ergriffen.

Am nächsten Morgen, als ich auf dem Weg zur Arbeit am Fußballplatz vorbeikam, erinnerte ich mich, daß ich einen Lederhandschuh hatte mitbringen wollen. Vergeßlichkeit, warum ärgerst du mich so? Aber nein, ein Wunder verwandelt den Tag in ein Herzhüpfdatum: der Kaktus, gestern noch entwurzelt, jetzt von allein in den Topf zurückgekehrt? Gibt es also doch die Liebe und Freundlichkeit, selbst in einem Amt, die Putzfrau, wer sonst, hat sie hereingeschmuggelt, nun sind sie in meinem Zimmer.

Ach, der gute Schnaps, wie das wärmt, ein Tag des Kaktus und der Zärtlichkeit. Leider sind die Tempel abgeschafft, Gott lebt in den Gedanken, was sollen ihm da Opfergaben? Macht nichts, heute ist das Fest des wiedereingesetzten Kaktus, also stapelte ich sämtliche Akten, die ich im Zimmer hatte, sogar aus der Registratur holte ich noch ein paar, und setzte das Stachelglied als Altarskulptur oben drauf. So bleibt das, sagte ich mir, soll doch der Bote die Botschaft vom Aktenausguck des heiligen Kaktus und einem durchgeknallten Dachzimmerbeamten in die kerngesunde Amtswelt hinuntertragen. Dann stellte ich mich ans Fenster, hörte, ein früherer Finanzminister war gerade gestorben, dem Flattern der Bundesfahne zu und dachte über die Wirkungsweise eines glücklichen Gefühls nach.

Ein Beamter bist du, von der Aktenluft erstickt, in der Paragraphenhitze verdorrt – Symbol fruchtloser Bemühung. Doch ein kleiner Strahl aus dem Putzfrauenherzen genügt, schon schlägst du wieder aus. Was für ein zäher Blüher das menschliche Hartgewächs ist. »Belohnung!« rief ich, trat an den Schreibtisch und beschloß, in der Mittagspause eine Rose zu besorgen, die schönste, die aufzutreiben war. Sie befand sich auf einem Villengrundstück, das ich von meinen Spaziergängen her kannte. Auch einen stark bellenden Hund hatte ich schon auf dem Grundstück gesehen. Pflanzendiebstahl, ohnehin eine Bedrohung für jede Beamtenkarriere, unter Einsatz des Lebens vorgenommen!

»Mahlzeit«, »Mahlzeit«, da schreitet er schon, der Erlebnistrunkenbold, den Beamtenmittagsgruß auf den Lippen, die Freiheit des Fühlens im Herzen. Ungeheurer Leichtsinn, Unklug- und Kühnheit, die breite Grube des Beamtendenkens: einfach übersprungen. Ja, die frische Luft. Die Sonne lacht, die Rose lockt, Unendlichkeit, wo bist du? Eine äußere Ewigkeit gibt es nicht, selbst die Sterne leben. Einzig die Idee, hier der Menschlichkeit und der Liebe, vermag durch die Kraft ihres Gefühltwerdens alle Ketten des Seins zu zersprengen. Fort mit den Ketten, her mit der Rose! Doch wo war der Hund? Hat er sich vielleicht hinter dem Haus versteckt und lauert auf Rosendiebe?

Wenn er nur zu sehen wäre, man könnte das Ausmaß seiner Abneigung gegen Besucher dieses Grundstücks ein wenig genauer berechnen. So mein Gedanke, als ich zum zweiten Mal an der Villa vorbeistrich. Beim dritten Mal mußte es sich entscheiden. Ein Einbrecher, der sich unentschlossen zeigt, ist freilich etwas Lächerliches. Wo bleibt sein Einbrecherethos? Doch, ach, diese Bilder vom zerfleischten Diebesbein. Die Putzfrau, der Edelmut, der Hund, die Schande – oh, dieses Ziehen der Pflichten, nach links, nach rechts, nach oben, nach unten, und in der Mitte, regungslos aufgespannt, der Beamte. »Welches Schicksal«, dachte ich auf dem Weg zum Blumenladen.

Ach was, eine Rose, gefahrlos eingekauft, ist vielleicht für eine Putzfrau auch nicht so wenig. Auf den Willen kommt es an, nicht auf die Stricke, mit denen er geknebelt ist. Zum Teufel das freie Heldentum der Blumendiebe, hoch die besiegte Unerschrockenheit eines empfindsamen Beamten. »Du hast es richtig gemacht«, so die allgemeine Beamtenlosung. Gib dich nie einer durch das eigene Selbst hervorgebrachten Ohnmacht hin. Ist denn das Selbst zwei Selbst, daß es sich mit sich verzanken darf? Schluß damit, es lebe die Einheit des Ichs, es lebe der Beamte!

Wie konnte die Übergabe erfolgen? Unmöglich, mit der Rose hinter der Tür auf die Putzfrau zu warten, bin ich ein Putzfrauenempfangskomitee? Ohne mich hat sich der Kaktus in den Topf zurückgesetzt, ohne mich muß auch die Rose zur Putzfrau. »Sehr geehrte Raumpflegerin, vielen Dank für das Eintopfen des Kaktus, als Zeichen meiner Verbundenheit nehmen Sie bitte diese –« Unsinn, die Putzfrauen waren Türkinnen. Was also heißt »danke« auf türkisch? Oder Albanerinnen? Am besten, die Rose dorthin, wo gestern der Kaktus lag – eine internationale Geste, auch wenn der Dienstzimmerboden dann aussah wie eine Grab- und Gedenkstätte. Doch halt, halt, halt! Wird denn nicht eine Türkin wie übrigens auch eine Albanerin, die eine von einem fremden Mann erhaltene

Rose mit nach Hause bringt, von ihrem Ehegatten erschlagen? Vermutlich noch in derselben Nacht. O das Denken eines Beamten, messerscharf und die allgemeine Lähmung bewirkend.

Nicht einmal daß heute dieselbe Putzfrau kam wie gestern, war sicher. Und wurden denn die Zimmer überhaupt jeden Tag von den Putzfrauen aufgesucht? Je mehr ich darüber nachdachte, desto klarer wurde mir, daß die Idee von der Regierbarkeit der Welt ihr strahlendes Leuchten vom Verzicht auf das Nachdenken her erhält. Und dafür hätte ich mich fast von einem Hund zerfleischen lassen. Nein, nein, paß auf, Beamter, paß auf, und baue den Aktenkaktusaltar besser wieder ab. Der Edelmut, wie jedes heißes Gefühl, springt gern schnell aus der Denkschale heraus, leicht erschrickt er sich dabei.

Das ist lächerlich zu glauben, wir seien imstande, Banken zu überwachen, wo wir schon am erstbesten Hindernis, unseren Putzfrauen, scheitern. Banken – natürlich ist das ein in unserem Amt ständig verwendeter Begriff. Kaum ein Schreiben, in dem er nicht vorkommt. Selbst wenn wir uns bloß unterhalten wollen, benutzen wir ihn. Wir klammern uns daran fest. Anschließend bilden wir uns ein, etwas Festes in der Hand zu halten. Die Banken machen es übrigens genauso. »Unsere Bilanzsumme« schreiben sie oder »unser Betriebsergebnis«. Was meinen sie damit? Daß Geld etwas sei, was wirklich existiert? Ha! Klar, es gibt Geldscheine. Doch wer will bestreiten, daß sie aus Papier bestehen? »Nur ans Materielle«, behaupten die Verrückten, »wird in den Banken gedacht.« So ein Unsinn. Von einem Denken zu sprechen, das in den Banken stattfinden soll, mag hingehen, aber man könnte diese Zahlenwirtschaft ebensogut ein Fühlen oder Träumen nennen.

Daß das Fühlen und Träumen die einzige Grundlage des Handelns sind, mehr will ich nicht behaupten. Eine Geldforderung ist schließlich keine, sagen wir, Stahlkugel. Trotzdem wird das so empfunden. »Deine Schuld beträgt hundert Millionen!« Ein solcher Satz vermag, falls er stimmt, jeden einzelnen, sogar Milliardäre, innerlich zu vernichten. Daß es nur ein Satz ist, bleibt gleich. »Bitte«, flehen alle, »lieber zwanzig blutige Handohrfeigen als einen solchen Satz.« »Das Materielle«, könnte man dazu sagen, »wird eben heutzutage allem anderen und besonders seinem alten Widersacher, der bloßen Gedankenarbeit, vorgezogen.« Aber das stimmt nicht, Handohrfeigen sind schließlich auch etwas Materielles. Und die Vorstellung einer plötzlichen Schuld von hundert Millionen ist eine spontane Gedankenarbeit, die an Einbildungskraft ihresgleichen sucht.

Ja. Die Banken sind keine riesigen Tresore, in denen Geldbündel und Goldschätze ruhen. Sie sind ein Reich der Phantastik und des Einbildungsvermögens, ich hab es selbst schon erlebt. Dabei stand ich in der Handelsabteilung einer Großbank, einem langen, niedrigen Raum, in dem überall junge nervöse Männer vor Bildschirmen saßen. Telefone links, rechts, oben, unten – die Hörer hingen ihnen nur so am Hals. Hundert Millionen in den einen, zweihundert Millionen in den anderen hineinrufen – kann in zwei Sekunden mehr geschehen? Natürlich, das sind nur Zahlen, aber ein kleines Land können sie bereits ruinieren.

Eigentlich hätte ich da gar nicht hingedurft. »Ich nehm Sie mit«, sagte der Referatsleiter, »Akten, Akten – nun werden Sie erleben, was wirklich dahintersteckt.« Dabei brauchte er bloß jemanden, der den Bericht schreibt. Die Reisen liebte er und die prächtigen Geschäftsessen, aber das Schriftliche war ihm verhaßt. Großartig, wie wir beide, Aktentaschen in der Hand, diesem Hochhaus entgegenschritten. »Jetzt werdet ihr kontrolliert«, dachten wir, von unten in den Himmel blickend, und auch die Freundlichkeit, mit der wir am Empfang begrüßt wurden, deutete darauf hin. Der Aufzug: als ob eine sanfte Hand uns zu den Sternen würfe. Als die Aufzugstür sich mit einem schönen, reinen Geräusch wieder öffnete, hätte ich am liebsten die Finger in den Mantel meines Referatsleiters gekrallt. »So ein Wagnis«, dachte ich.

Es war dann aber gar nicht so schlimm. Zuerst besuchten wir die höheren Angestellten. Mit denen redeten wir vom Wetter, vom Reisen und von der Politik. »Sieh mal an«, dachte ich dabei, »in der höchsten Sphäre unterhält man sich wie in der niedrigsten, nur in der mittleren herrscht wohl das Kauderwelsch.« Schade, daß wir von einem Büro ins andere mußten, ich hatte mich noch gar nicht an ein Gesicht gewöhnt, da hieß es schon: »Jetzt zu einem anderen.« »Warum sammeln wir uns nicht irgendwo«, hätte ich am liebsten gerufen, aber das ging natürlich nicht. »Habt ihr eigentlich keine Angst vor uns?« hätte ich auch gerne gefragt. »Schließlich überwachen wir euch, ihr aber redet, als seien wir eure Freunde. Ihr denkt wohl, was können die schon herausfinden, in unseren Büros ist alles aufgeräumt? Täuscht euch mal nicht, wir zwei allein, das macht wenig her, aber die staatliche Macht, als deren symbolische Gesäßbacke wir auf eurem Sofa sitzen, vermag viel.«

Immerhin sind die höheren Angestellten wenigstens freundlich und fordern die Beamten nicht mit den Details ihres Alltags heraus. Dort aber, wo sie ohne Jackett mit den Milliarden handeln und vor ihrer eigenen Beaufsichtigung wenig Respekt haben, in den Handelsräumen, nutzen sie jede Schwäche des Staates aus.

»Wollen Sie die FX-Meldungen sehen? Oder lieber die Liste mit den offenen Delta-Positionen?«

»Hm«, antwortete der Referatsleiter und blickte mich an. »Wollen wir«, hätte ich ihm am liebsten zugeflüstert, »uns nicht lieber niederknien? Dabei beten wir, daß in diesem wichtigen Raum niemals etwas Schlimmes passieren wird.«

»Sie bleiben hier und schauen in diese Liste.«

Jemand brachte mir einen Aktenordner. Ich blätterte darin. »Aha«, sagte ich, »am besten, ich nehm den mit.«

»Wenn Sie wollen.«

Das war also möglich? Ich wunderte mich und sah mit einem Blick, der mir selbst ein wenig zu streng vorkam, in den Raum.

»Und dann auch diese vielen Bildschirme – was ist denn zum Beispiel, wenn hier der Strom ausfällt?«

»Eine Devisenoption«, zupfte mich jemand von hinten am Ärmel. »Fünfzig Millionen. Sie müßten bloß ›fünfzig Geld‹ hier hineinsagen.«

»Ich weiß nicht.«

»Machen Sie doch, es ist kinderleicht.«

»Fünfzig –«

»Zu spät«, grinste er.

Weiter hinten kicherten einige. Mit solchem Leichtsinn die der Bank anvertrauten Vermögenswerte aufs Spiel gesetzt! »Ihr seid alle verhaftet!« Erst später im Restaurant verlor sich meine Wut. Zum Glück waren es wieder zwei hohe Angestellte, mit denen wir dort zusammensitzen durften. »Das«, mußte ich denken, »bringt uns einander näher, daß auch ihr, die ihr es von oben aus regiert, von den Einzelheiten des Bankgeschäfts nichts versteht.« Wie das Beamtenleben kennt auch das Bankleben eine höhere Sphäre, die für grundsätzliche Betrachtungen und allgemeine Unterhaltungen sehr geeignet ist. So setzt sich das Unverzagte, Reizende, Frohe überall durch, selbst unter den schwierigsten Bedingungen. Hoffentlich nimmt ihm das Hinterhältige, Herzlose, Ruinierende das niemals übel.

Mein Referatsleiter, dem das Bankwesen, so wie es sich bei einem ausgezeichneten Mittagessen zu präsentieren vermag, etwas sehr Geläufiges war, machte sich bestimmt keine solchen Gedanken über die Gefahren einer übergroßen Zuversicht. »Sicher«, hätte ich ihm ins Ohr flüstern können, »auch ein Radiogerät schalten wir ein, ohne zu wissen, warum es funktioniert. Aber falls sich eines Tages ergeben sollte, daß ein Betrug dahintersteckt, sind wir zumindest nicht persönlich dafür verantwortlich.«

Etwas muß hier noch hervorgehoben werden: Falls das Geld wirklich dieser windige Luftstoff ist, als der es sich vermehrt, dann braucht ein allgemeines Ersticken niemals befürchtet zu werden. Höchstens an ein gelegentliches Schnappen ist zu denken. Doch die Tüchtigkeit und das Bedürfnis sind ja so unerschöpfliche, unermeßliche Gebiete, da ist die Mühlbergerprophezeiung vom plötzlichen, endgültigen, prinzipiell-generellen Untergang ganz unangebracht. Eine den Übermut bremsende Erschreckhilfe, mehr ist die Mühlbergerprophezeiung nicht, denn sie läßt ja die unendliche Vermehrbarkeit ganz außer Betracht, die dem Geld ideell anhaftet und die das Geld anderen beachtlichen Begriffen wie zum Beispiel der Gerechtigkeit, dieser Handtuchgröße, voraus hat. Mehr will ich zum Geld und seiner schrankenlosen, übernatürlichen, metaphysischen Wirkkraft nicht sagen, jeder weiß, wie unerforscht das alles ist oder sogar unerforschbar. Etwas, glaubt man, rein Gedankliches wie das Geld müsse leichter zu verstehen sein als das Körperliche – in Wirklichkeit ist es umgekehrt, das geistig frei Selbsterzeugte bleibt ein Geheimnis, während das körperlich Anfaßbare den Eindruck von der Möglichkeit einer Gewißheit fördert.

Na, daß die Erkenntniskraft weniger eine Kraft als die Leidenschaft von Blinden beim Befummeln ist, niemand weiß das besser als ein langjähriger Beamter. Später im Flugzeug betrachtete ich die Stewardessen bei ihrer Arbeit. Vielleicht fühlte ich mich wegen der Pflicht, einen Bericht über unsere Prüfung schreiben zu müssen, zu einer übertriebenen Klage berechtigt. Jedenfalls sagte ich plötzlich: »Dieses ständige bezahlte Herumfliegen – wenn ich nur Stewardeß wäre!« »Ach was«, murmelte mein Referatsleiter und blickte dabei durch das kleine Fenster zu den Wolken hinaus, »auch wir haben einen schönen Beruf.«

Heute, wo man weiß, daß er sich in einer Toilette aufgehängt hat, ist es leicht, das Falsche an seiner Antwort zu erkennen. Doch damals klang sie, als handele es sich bei seiner Zufriedenheit um etwas Endgültiges, Unwiderlegbares. »Sie«, hätte ich mich gern an ihn gekuschelt, »haben bewiesen, daß Lebenspläne sich verwirklichen lassen.« In der Erinnerung kommt mir dieser letzte Flug mit dem Referatsleiter freilich vor wie eine feinsinnige Mahnung an das Unvorhersehbare. Nichts vermag das Hineingleiten in die Möglichkeit des eigenen Verderbens so graziös darzustellen wie das Fliegen. Ein Bergsteiger, der sich an dem Felsvorsprung, von dem er gleich abrutschen wird, noch verzweifelt festzukrallen versucht, gleicht in seiner nutzlosen, überflüssigen Aufgeregtheit einem Fisch, der plump an der Leine zappelt. Ein Flugpassagier aber, der sich, ohne Wissen um den bald bevorstehenden Absturz, in eine läppische Zeitungsmeldung vertieft, spiegelt die Zartheit des menschlichen Schicksals gut wider.

Frau Patschfeld, als ich sie zum ersten Mal sah, fiel mir durch nichts außer durch die Herzlichkeit ihres Grüßens auf. Wahrscheinlich war es gar nicht das erste Mal, daß ich sie sah, nur das erste Mal, daß ich sie bemerkte. Das nächste Mal, als ich sie sah, sprach sie mich an und behauptete, ich sei ihr schon öfter aufgefallen, und zwar dadurch, daß ich so herzlich grüße. Nun gab es zwei Möglichkeiten. Entweder ich würde Frau Patschfeld in Zukunft nicht mehr grüßen, oder ich würde ihre auf den nächsten Tag festgesetzte Einladung zum Kaffeetrinken annehmen.

Ein wenig Wärme, das brauchst du gewiß. Aber paß auf! Wer in seinem Bett Pipi macht, dem ist auch erst einmal angenehm warm. Die Zahl der Ehepaare in meinem Amt ist groß. Oft fängt das mit einem durch die Qualen des Alleinseins verursachten zu freundlichen Grüßen an. Fester und sicherer als auf vier Beamtenbeinen läßt sich nicht stehen. Doch was ist mit dem Schweben? Ja, Frau Patschfeld, ich komme, aber glauben Sie nicht, ich würde, nur weil ich morgen auch einmal Ihren Frauenduft einatmen möchte, auf eine eigene patschfeldlose Zukunft verzichten wollen.

»Ich heiß Inge, und du?«

Das möchte ich sein: Eine Gestalt steht mit ausgestreckten Armen auf der Spitze des Kirchturms. Arg biegt sie sich unter dem Wüten starker Winde, nach allen Seiten geht es hin, nie kippt sie um. Die Abgründe, ja, das lohnt sich, da hinunterzublicken. Außer von oben ist es nicht möglich.

»Du biss mir ja vielleicht so einer. Hast'n du nie 'ne Freundin gehabt?«

Frau Inge Patschfeld, die Tage gingen mit immer neuem

Kaffeetrinken dahin, bohrte sich tiefer und tiefer in meine Wirklichkeit hinein. »Nun reicht das aber«, sagte ich mir. Doch dann hörte ich von ihr plötzlich einen Satz wie: »Ich glaub schon manchmal fast, daß mich der ganze Irrsinn hier verrückt macht.« Oder sie zeigte mir ein Päckchen kostbaren Tees, den sie für mich gekauft hatte. »Ist sie denn jetzt nicht schon ein Teil von dir?« fragte ich mich in solchen Momenten. Schließlich trank auch sie, bisher haßte sie ihn, nur noch Tee mit mir.

Dieses Weiche, Duftende, Schmiegsame, das Frau Patschfeld war und das zu dem Tee und zu den Keksen, die sie stets bereithielt, so gut paßte. All der Unsinn, den sie sagte über Bücher, Filme oder die Wichtigkeit unserer Arbeit, auch er war da, aber er flog wie bloßer Flaum in die Luft, sobald man pustete. Nein, sie war nichts, woran man mit einer Eisenfeile reiben oder mit dem Kopf blutig aufschlagen konnte. Höchstens ihre Finger, warum sind die so fleischig, deuteten die Möglichkeit eines bevorstehenden Unheils an.

Starre nicht immer auf die Finger, dort, die kleine süße Nase oder das weiche, schön anliegende Ohr, auch die sind Frau Patschfeld. Ein Frauenkörper, ganz wie man ihn kennt, hier und da ein Patschfeldakzent gesetzt, so saß sie mir beim Teetrinken gegenüber. Oder sie sprang, falls ich's wollte, aus dem Nichts vor mein inneres Auge. Schließlich wirken solche Teesitzungen nach. Da quillt dann plötzlich, gleich, wo man ist, weich wie Schaum eine Wolke, die aussieht wie Frau Patschfeld und sogar noch besser, aus einer Gedankendüse heraus. Nun, das muß sein, das ist wohl schon alles verstopft und eingetrocknet gewesen. Wer hatte auch an dergleichen noch gedacht? So wie die Beamtinnen inzwischen herumliefen, ihre Durchsetzungskraft, die hierzu erforderlichen ruckartigen Bewegungen und der rohe, harte Blick, da konnte man leicht meinen, das Weibliche komme nur noch in den Geschlechtsorganen vor.

Liebe Inge, so wie ich dir mit diesem groben Becher, übrigens ist er für den guten, teuren Tee ganz unpassend, nur zu unserem Amt, da paßt er gut – so also, wie ich dir mit diesem Becher gegenübersitze, scheint ja alles in Ordnung zu sein. Doch was geschieht sonst noch mit mir? Mein Ohr lege ich auf die Weltkarte, ungefähr dort, wo China ist, und denke über die Manipulationen nach, die zur Wiederherstellung einer Zeitgenossenschaft mit Jesus Christus erforderlich wären. Nicht daß ich anschließend keine Akten mehr bearbeiten könnte, das geht schon ganz gut, schließlich ist das Denken auch ein Mittel. Aber ein klares Zeichen für die Unauffälligkeit eines Beamten sind solche Verhaltensweisen nicht. Könnte man denn vielleicht sagen, daß das menschliche Leben, falls man es sich als eine Beamtenlaufbahn denkt, trotzdem und vielleicht sogar gerade deswegen etwas Entsetzliches darstellt?

»Mann, du biss ja ganz schön abgedreht.«

Ja, das bin ich. Aber es ist ja nicht nur irgendeine kleine Schachtel, in die ich von einem bißchen Mißmut hineingesteckt worden bin. Bedenke, was alles jenseits der Beamtenwelt liegt! Neulich erst, als mein Vorgesetzter zu mir sagte, »da soll doch tatsächlich, so das Kammergericht, ein Kredit mit variabler Inanspruchnahme – nun, sehen Sie schon einmal nach, Wertpapiermitteilungen zweiundneunzig, Seite 1806.« Und ich? Die Schreie von Verwundeten höre ich, das Stöhnen von Sterbenden. Die Doppelschlacht von Jena und Auerstedt! Was sind das für Verrücktheiten, wirst du sagen, halte gefälligst die Sachverhalte auseinander, so wie wir alle das tun, dann geht es schon. Die Sachverhalte? Ja gibt es denn überhaupt welche? So wie das alles flimmert und flirrt, sobald ich nur einmal meine Augen aufreiße! Einzig ein fester Griff, mit fleischigen Fingern, wie auch du welche hast, kann das alles festhalten. »Der Staat, das bin ich«, sagen die Beamten, und als ein Chorgesang genommen stimmt das schließlich auch. Doch als Chorgesang genommen – bitte schön, was heißt das?

»Mannomann.«

Nichts heißt das, Redensarten, und auch das sonstige öffentliche System beruht auf gewissen Ausdrucksweisen, die zwar für Festigkeit und Festlichkeit sorgen, aber einen Menschen wie mich nur unters Bett treiben können, einen Ort der Heilung und der Einkehr, nicht der Erkenntnis, nein, so weit will ich nicht gehen. Denn, sehen wir klar, die Veränderlichkeit der Dinge ist genauso erträumt wie ihre Festigkeit. Fest oder nicht fest, einzig weil sich außer in Gegensätzen nicht denken läßt, hüpft das alles ständig hin und her. Dieser eine kleine Grund macht alles viel zu groß, wie hält man nur eine solche durch Hüpfen verursachte Größe aus? Mein Kopf, mein Rücken –

»Hast'n du schon mal'n Arzt gefragt?«

»Natürlich.«

»Und?«

Der glaubt an die reale Existenz von Atomen! Jetzt sitze ich bei dir. Vielleicht kann ja das Weibliche in seiner wolkenschaumhaften Unendlichkeit zusammen mit dem guten Tee doch noch eine Linderung bringen.

Frau Inge Patschfeld, sag jetzt bitte: »Hinaus!« Sag: »Du Beamtenbeschimpfstrolch, du Herumtreiber unterm Bett! Die Unähnlichkeit zu mir ist mir von Anfang an aufgefallen, nun gibst du sie endlich zu. Viel Geld habe ich für den Tee bezahlt und mich in meiner sanften Weiblichkeit für dich in eine Teetrinkerin umgewandelt. Buben und Spitzbuben gibt es unter den Männern, aber ein solcher Abgrund wie du, wer hätte das voraussehen können!«

Ach, wenn nur die Fahrwege des Patschfeldschen Gefühlsmobils einen solchen das Logische liebenden Baumeister gehabt hätten. Mag denn die Natur keine das Ungleiche separierenden und die Unfälle vermeidenden Trennspuren? Nein, die Kreuzungen liebt sie, Rundes mit Länglichem, Denkendes mit Fühlendem.

Lieber Dominik, meinst du, ich hätte das alles nicht gewußt? Daß du an dem Schrecklichen in der Welt leidest. Daß du, zum Glück gibt es das, ein empfindsamer Mann bist und alles Erforderliche, dein Zorn, deine Wehmut, dein Flehen um Rettung, aus deinen schönen braunen Augen gut lesbar hevorleuchten? Daß das hier gewiß der einfachste Fall nicht ist, daß aber eine entschlossene Frau, sagen wir ich, dich mit der, fleischig oder nicht, Hand unter dem Bett durchaus hervorzuziehen vermag?

Die Tatsache, daß das Ärztliche im Weiblichen noch stärker als das Logische herausgebildet ist, wirkt auf den ersten Blick wie eine Erhöhung des Männlichen. Es ist aber eher eine Erhöhung des Weiblichen und eine Schmähung des Männlichen, denn daß das Logische in ein solches Widerspiel zum Ärztlichen geraten kann, zeigt ja nur seine Nähe zum Krankhaften.

Es war, als sei ich mit meinen Geständnissen in einen der Inge Patschfeld gehörenden Heilbrunnen gesprungen. Schreien und ersaufen, gab es noch andere Möglichkeiten? Ab jetzt hatte ihr Blick etwas Hochgejagtes, und ihre Hände – nein, unmöglich. Doch eine der beiden lag schon auf der meinen: Du bist nicht mehr allein, du bist – willst du es? – *nie* mehr allein. Zuerst war es Verlegenheit, die mir den Atem nahm, dann die Patschfeld selbst. Mit einer Kraft, die ich ihr nie zugetraut hätte, drückte sie mich gegen den Aktenbock.

So plötzlich und heftig konnte es also aus der Patschfeldwolke hervorstoßen. Was dann kam, war wie etwas von der menschlichen Vernunft ganz Abgelöstes. Die Idee, ein Bote könne jetzt plötzlich, nach wilder Botenart ins Zimmer platzend, den Patschfeldschen Aktenbock für seine eigene Arbeit in Anspruch nehmen wollen, war das einzige mit der Wirklichkeit Zusammenhängende, was ich in den folgenden Minuten denken konnte.

Verwirrt und in dem Wahn, ich könne hosenlos sein, taumelte ich später wie nach einem Flugzeugabsturz durch die Gänge. Dann saß ich, das Widernatürliche und Amtsfremde des gerade Erlebten stark empfindend, in meinem Zimmer und versuchte vergeblich, das Klappern des Fahnengestänges zu vernehmen. Erst das Dröhnen des Telefons brachte mich wieder zu mir selbst. War es schon entdeckt? Die Vorgesetzten, die Personalbeamten – alle informiert und jetzt nur auf das Abgehobenwerden meines Hörers wartend.

»Nö. Ich bins bloß, deine Zwing- und Schlabbermaus. Ach, wie du mir die Haut flattern machst, du kleiner süßer Teebär, ich schmeck dich ja noch. Hier hinter dem rechten Backenzahn zum Beispiel, da ist noch ein ganzes Nest von dir. Hoffentlich hält das bis morgen, da werd ich dir den wilden Pfau zeigen, wart nur ab, wie der aussieht.«

Pfui Teufel, das mit dem wilden Pfau. Auch das mit dem blauen Stier, der hüpfenden Henne und all den anderen Patschfeldischen Beispielen für die menschliche Tiersehnsucht. Schluß jetzt damit! Bin ich ein naturhöriger Hüpf-

Gockel? Ein ins Triebige aufschießender Brunst-Vogel? Ja, sonst müßte ich beim Busenschlürfen lachen.

Verdammt! Das geht aber nun wirklich nicht, das Beamtenkleid – einfach so heruntergerissen! Und mein Ich, an Haken aufgespannt, im Wind der Lüste flattern sehen? Körper: das Wirkliche verständlich zu machen, dazu dienen die Begriffe. Oder sind wir, er und ich, eins? So ein Klopfen beim Fließen: Lieber Herzschlag, wenn du Schluß machst, höre ich auch auf. Das ist etwas sehr Verbindendes. Trotzdem, du bist du, und ich bin ich. Also, laß mich in Ruhe.

Auch die Idee einer staatlichen Beaufsichtigung von Banken sollte unbedingt als etwas von allen Körpersäften ganz Abgetrenntes aufgefaßt werden. Dafür ist das Denken schließlich geschaffen, Unterschiede zu setzen, und nicht bloß die überall nachweisbare Einheit mit der Natur zu empfinden. Inge Patschfeld, so wie du, in biederen Blusen und unverdächtigen Hosen abgepackt, in diese Aktenlöwenhöhle eingedrungen bist, niemals hätte ich das für möglich gehalten, daß in einem Amt für – »Ach was«, sagte sie und versuchte ihre ausufernden Vorschläge zu rechtfertigen: daß wir in diesem vor Liebe vergehenden Haifischmeer ein Stückchen Plankton, höchstens aber kleine Fische seien. Mein Abteilungsleiter zum Beispiel, das gebe sie schriftlich, habe ein Verhältnis mit seiner Sekretärin. Ihren Referatsleiter habe sie mit einer Herrenzeitschrift erwischt, der Amtsleiter sei schwul, und die von mir ständig erwähnten Boten, gerade die seien für ihre Unersättlichkeit bekannt. Da müsse ich nur in die Registratur hinuntergehen, wo die vielen weiblichen Lehrlinge herumlungerten, erst neulich sei sie beim Aufschlagen einer Akte auf ein, mir wird schlecht, benutzt aussehendes Präservativ gestoßen.

Heda, Übertreibungen! Das hätte ich schließlich bemerken müssen, wenn es auf allen Aktenböcken so zuginge wie auf deinem Patschfeldischen. Andererseits, die ungeheure Macht der Natur und – das Unvermögen, etwas ausschließen zu können, normalerweise ist das nichts, was einen Menschen aufwühlen muß. Hier nun aber, überall auf dem Amtsgelände hörte und sah ich plötzlich Dinge, die – Schluß jetzt! Das Gehirn als feine, ruhige, wissende Masse, ausgeliefert zwar den Schlägen eines harten, wilden Daseins, geschützt aber durch die Lust am eigenen Ich, so soll das sein. Eine Beamtin, dachtest du, sei ein klarer reiner Begriff, in den man hineinhorchen könne, wie man will, Schweinkram komme da nicht heraus – gut, das war ein Irrtum, aber auch mit einer im Säurebad der Wahrheit aufgelösten Beamtin läßt sich leben.

Den Verstand durch das Eingeständnis seiner Grenzen ertasten – so findet man am leichtesten zu sich zurück. Alles offenbarende, trotzdem gut ausgewogene, die geistige Reife ihres Verfassers ordentlich widerspiegelnde Rede an die Beamtin Patschfeld:

»Liebe Inge, das ist schön, wenn ich mein Ohr an deine große weiche Brust anlegen und von der Aufhebung aller Gegensätze, auch desjenigen, der zwischen mir und dir besteht, träumen kann. Aber daß das der gefahrloseste Platz für das Erleben des Unendlichen sei, wirst selbst du nicht sagen. Meine Beamtenseele, deine Wurstfinger, die Boten – alles das läßt mich an der Richtigkeit unserer Aktenbockwagnisse durchaus zweifeln. Was das heißen soll? Nichts wirklich Entschiedenes, das nicht, schließlich bin ich Beamter. Nur daß mich irgend etwas, vielleicht der Abscheu vor Gefahren, in die eine, die entzückende Weichheit deiner Brust in die andere Richtung zerrt, mehr will ich nicht sagen.«

»Jaja, schon gut, vorm Zimmer meines Referatsleiters, beeil dich.«

Daß sie mich dann in diesen Raum hineinriß, erklärte sie mir folgendermaßen: Der Referatsleiter mache eine Dienstfahrt, in seinem Zimmer sei es heute am sichersten, wegen einer gerade anhängigen Eilsache würde sie vielleicht gesucht, zum Glück nicht hier, und in meinem Zimmer, auch so eine meiner Verrücktheiten, wolle ich ja nicht.

Auf dem Schreibtisch eines mir völlig fremden Referatsleiters!

»Nö«, schnurrte sie, »lieber so rum.«

Das hieß aber, daß mein Blick aufs Bücherregal fallen würde.

»Ach, Quatsch, alte NJWs und Kommentare zum Kreditwesengesetz.«

»Buch ist Buch«, behauptete ich.

»Kuckmada!« ignorierte sie meinen Einwand, riß eine Schublade auf und zog ein Herrenmagazin heraus. »Die da, gefällt dir die? So was hab ich auch, morgen zieh ich's an, und du darfst's aufknöpfen!«

Am merkwürdigsten war das plötzlich in mich einschießende Gefühl, ihr Referatsleiter stehe unter mir. Mir, der ich –

»Leg's lieber wieder zurück.«

Einerseits das riesige kräftige Subjekt, das ich bin, andrerseits –

»Unkucknurmada! CD-Bank. Das Schreiben ist von mir. Ging aber so nicht durch, der Wichser, seit Monaten blockt er alles ab, was von mir kommt.«

Auf einer Akte! Für einen Moment drehte sich in mir alles.

»Und wenn schon.«

Inneres Gleichgewicht, was ist das? Schaukeln, Schlingern, Schleudern, auch ihr könnt schön sein, aber höchstens, wenn ihr euch zur Ruhe und Stille wie eine nette, feine, kurze Abwechslung verhaltet.

»Was war denn mit der CD-Bank?«

»Genußscheine ...«

»Genußscheine?«

Sie gluckste, dann fuhr sie mit der Hand unter mein Hemd. Der blaue Stier: Wird das Wünschen als eine bloße Drüsenkraft aufgefaßt, wie schutzlos und verstümmelt dann das Ich dasteht. Na, laß jetzt. Lieber in den vernachlässigten Körperbegriff hineinhorchen und mich dem Genuß einer edlen Form hingeben: der Patschfeldhals, mit welcher sanften, lebendigen Linie er sich in das Nichts der Dienstzimmerluft streckt, den Mund möchte man da gleich draufdrücken, warum? Oder nun gar dieses Starren einer zum Wackeln bereiten Brust – ja wenn ich für immer eins sein könnte mit diesem hilflos hängend Aufgereckten und nie mehr unterscheiden müßte zwischen einer Brust und meinem Gedanken über sie. O Inge, was für eine herrliche Idee das Nackte ist, selbst wenn, leider ach, alles Entblößte, je länger man es betrachtet, bloß wie etwas anders Angezogenes aussieht.

Sie wühlte an mir herum, und ich sah, wie sie dabei ihre Augen schloß. So ein Überwiegen der inneren Verhältnisse, ich bewundere das – und eiferte ihm nach. Du großes, weiches, weibliches, Anschauung ohne Begriffe ist leer, Huhn, wie gern ich dein wildes Sehnen spüre. Und auch du, lieber guter blauer Stier, sonst Inbegriff meines Privatlebens, scheinst mir jetzt etwas ganz Unabkömmliches. In der Logik, diesem phantasielosen Stahlklotz, bleiben Gegensätze unvereinbar, aber im Gefühl – das ist etwas Wunderbares, die Einheit zu empfinden, die aus der Lust auf sie erwächst. Sehend, riechend, schmekkend – wie tief läßt sich mit den Sinnen ins Leben eindringen? Ach, dieser Ehrgeiz. Daß das Träumen eine viel zu wenig anerkannte Erkenntnisform ist – spür nur die Patschfeldhand, welche Kraft, welche Sehnsucht, die, als sei's der Grund fürs Universum, in starker Begierde beim Spiel von der Macht und der Ohnmacht sucht nach Erlösung strebend ich schmiege mich treibt das Verlangen, mich, ein Hohn dem Nichts, in ihr endlich zu spüren, was ich bin schließlich drängt das lebt in mir und will dich ein für allemal sollst du ich will dir jetzt bin ich gleich wird –

»Mensch, Inge, paß doch auf!«

Fast hätte sie die drei Affen vom Schreibtisch gefegt. Hören, sehen, sprechen nichts, doch laß die mal am Boden zerschellen! Sie aber faßte gleich wieder nach mir wurde sofort kehrte dieser Wille, der ich war schon fühlte ich sie muß wohl ähnlich einer an Felsen schlagenden Woge seufzte ihr das Glück, falls es vorkommt, tritt rhythmisch auf brandenden Wellen reitend läßt sich die Freiheit vielleicht auch im Schrei empfindend werde ich jetzt gleich die Frau an sich war ja schließlich auch das Ziel schien nun ganz nah, als es plötzlich –

klopfte?

O Natur, du hast so viele Möglichkeiten, ich bin ja nur eine davon. Wie dünn der Faden ist, an dem das einzelne Leben hängt, weiß jeder. Aber plötzlich, in einen Abgrund fallend, nach diesem Faden greifen zu wollen – nein, das ist kein Spaß. In solchen Momenten regiert der Instinkt in seiner rohesten Form. Anders ist das nicht zu erklären, daß ich ohne Not, denn das Zimmer war von innen abgeschlossen, beim Versuch, die Hose hochzureißen, vom Schreibtisch abrutschte und, den Arm ins Leere stoßend, die Affengruppe mit mir in die Tiefe zog. Fast gleichzeitig kamen wir unten an. Splitterndes Geschirr – ein Katastrophengeräusch. Dann eine das Atmen verhindernde Stille. Als sei das bisher alles noch gar nichts gewesen, als entschließe sich das Unglück erst jetzt, in diesem stillen Moment, wirklich einzutreten. Schließlich, durch die Tür, sich entfernende Schritte, erst langsam, dann immer schneller.

»Wahnsinn!« quietschte, mir schien vor Lust, die Patschfeld und stopfte sich die Bluse in den Rock. Ihre unverzagte Art machte mir ein wenig Hoffnung. Doch der abgesprengte Affenkopf, ausgerechnet der mit den Händen vor dem Mund, erweckte in mir eher den Gedanken an etwas Besiegeltes.

»Nix wie weg!«

Wäre es nach mir gegangen, wir hätten uns nackt unter den Schreibtisch gekniet, bis uns eine Vorgesetztenhand die Entlassungsurkunde herunterreicht. Die Püffe der kichernden Patschfeld aber trieben mich – »keiner da, hey, komm endlich!« – auf den Gang hinaus.

Wie ein Vierzehnjähriger also. In meinem Zimmer angekommen, vergrub ich, dem Weinen nahe, meinen Kopf in den Armen. Was ist das? Wer bin ich? Auf den Genußscheinen der CD-Bank! Eine Existenz, die, aus der großen Kugel des Beamtenlebens herausgebrochen, nur noch ziellos neben ihr herschwebt! Zurück! Zurück unters Bett! Dort wohnt die Kraft, dort wartet das Glück. Schluß mit dem blauen Stier, Schluß mit der Patschfeld!

Ich ging zum Fenster und horchte. Das Klappern der Fahnenstange – nein, heute war der Wind zu schwach. Aber am Abend würde ich's tun. Wochenlang war ich davon abgehalten worden. Unters Bett! Zurück in die von der Ewigkeit handelnde Ruhe eines schönen Selbsterlebnisses! Daß es ausgerechnet das Unglück sein muß, das einen auf die Idee vom Glück bringt, ist wohl auch eine Nebenwirkung der Einheit der Gegensätze, ich will das hinnehmen, wenn nur das Ich, diese allerletzte Hoffnung, noch da ist. Ich lief zum Schrank und blickte in den kleinen Spiegel, der an der Innenseite der Tür angebracht war. Ein bißchen Lippenstift, das geht weg. Im Grunde war ja nichts passiert. Patschfeld, wie viele solcher Namen und Begriffe gibt es.

Nur der Schreibtisch, wie der aussah! Unerledigte Akten, stapelweise. Weiterer Beweis, wie der Triumph des Unterleibs die Konzentration verdirbt. Ich schloß die Augen und faßte einen Entschluß. Beamtenblut, Beamtenblut, eigner Saft, voller Kraft, voller Glut! Höchste Zeit, ein paar Schriftsätze zu entwerfen, höchste Zeit, ein Ministerium anzurufen, höchste Zeit – da klingelte das Telefon.

»Hallo, du mein blauer Bullenschmatz, hast'n guten Kleber?«

In der Materialausgabe gebe es nur Uhu, das halte nicht. Das mit dem Türklopfen sei übrigens die Sekretärin des Abteilungsleiters gewesen. Na ja, etwas bizarr habe die schon geschaut, als für die Geräusche, die sie hinter der verschlossenen Referatsleitertür gehört haben wolle, keine Erklärung aufzutreiben gewesen sei, die Schnepfe, na ja, über solche Blicke müsse man sich nicht wundern, die würden von unbefriedigten Frauen schließlich in die ganze Welt gesandt, ohne daß sie dort etwas bewirken könnten. Nun müsse bloß noch die Affenrübe auf den Hals zurück, dann werde die Patschfeld-Vogel-Welt, vermehrt um den Strahl eines schönen Abenteuers, in ihrem alten herrlichen Glanz wieder voll aufleuchten können.

»Aufgeklebt? Das sieht man doch!«

»Haste auch wieder recht. Am besten, wir lassen's, wie's is. Kann ja ebensogut die Putzfrau gewesen sein.«

Die Putzfrau? Am Ende noch diejenige, die mir den Kaktus eingesetzt hat. Wie? Beim Staubwischen den Affen geköpft und nicht gemeldet? Sie sind entlassen!

»Was denn? Haste vielleicht 'ne bessere Idee?«

Hatte ich nicht. Nachdenken unmöglich, mir war schlecht: eine tadellose Putzfrau, Mutter von mindestens fünf Kindern, um ihre Existenz gebracht!

Und bei dieser Gelegenheit: Es ist Schluß! Fleischige Finger, Vorname Inge, Nachname Patschfeld, alles das ist meinen eigentlichen Auffassungen fremd. Lange hat es gedauert, dieses von den Brüsten einer Frau aus vorgenommene Ersäufen meines Denkens. Vorhin aber, nicht einmal das Klappern des Fahnengestänges war nötig, habe ich zu mir zurückgefunden: Schluß mit dem wilden Pfau! Schluß mit dem blauen Stier!

»Hey, spinnst du?«

Keineswegs. Daß ein Beamter den gröbsten Anfechtungen ausgesetzt ist, scheint klar. Machtfieber, Korruption, sexuelle Orgien, das sind Merkmale, mit denen zu rechnen ist. Doch sollte man die Wirkung nützlicher Gegenkräfte, Ordnungsliebe, Kleinmut, Hingezogenheit zur Ruhe, nicht unterschätzen. Das gibt schließlich erst so das richtige Beamtengefühl, wenn im Bewußtsein ihrer Gefährlichkeit, im Hören, möchte ich sagen, ihres Brodelns den stärksten Säften des Lebens Einhalt geboten wird.

»Dessja wohl wirklich's Letzte.«

Letzte oder nicht, das innere Gleichgewicht, falls du jemals eines gehabt hättest, würdest du das begreifen, ist jedem auf das Glück Hoffenden, was einem Pfirsich sein Kern. Fleisch, mag's jetzt mit seinem süßen Saft noch locken, bald stinkt's und vergammelt. Der Begriff des Pfirsichs aber überlebt, weil aus der Mitte des niederen Dings als ewige Idee ein neuer Stengel sprießt. Sie zu haben, diese Idee, sie zu denken, sie zu ordnen, sich an ihren Verknüpfungen zu laben, das ist die wahre Lust, die Wonnen der Abstraktion, das Entzücken an den Akten, hast du – heissa, der Beamte! – jemals davon gehört?

Frau Inge Patschfeld, aufgebracht über die These, sie sei ein vergammelter Pfirsich, verschwand aus meinem Leben. Für drei Tage. Dann erhielt ich folgende Nachricht von ihr:

»Die Konsequenz Deines Handelns wächst mit jedem Tag. Der Strich durch Deine Rechnung heißt Leben!«

Die Patschfeld, so ist sie eben. Dieser heißblütig-stummelhafte Trotz, diese Neigung zum Lyrisch-Platten, zum, wie man ebensogut sagen könnte, Patschfeldisch-Verstockten, ja, ja, das war nicht untypisch. Auf dem Bildschirm eines Computers, in der Trockenheit eines Dienstzimmers hat der Schwulst freilich auch etwas Lächerliches.

»Um das Zischen und Schäumen solcher Wirbel«, sagte ich mir, als ich abends unters Bett kroch, »mußt du dir keine Sorgen machen.« Niemand hat sein Leben im Griff, aber verloren ist es erst, wenn man hilflos im Strudel der Tatsachen treibt. Dann freilich, wenn das Denken, herrliche Lust am Zerlegen des Lebens, von diesem wie ein erlegtes Tier hinterhergeschleift wird – ich hatte das oft genug erlebt, wie ein Mensch durch ein einziges schreckliches Erlebnis, die von einer Bank betriebene Pfändung und Versteigerung seines Hauses reicht, den Verstand verlieren kann.

»Die Konsequenz Deines Handelns wächst mit jedem Tag. Der Strich durch Deine Rechnung heißt Leben!«

Zwei merkwürdige Sätze, je öfter ich über sie nachdachte, desto bedrohlicher wurden sie. Konsequenz? Strich durch die Rechnung? Leben? Besonders der letzte Begriff hatte ja in seiner schillernden Vielfalt etwas Beunruhigendes. Könnte es sein, nur einmal angenommen – das ist schon außergewöhnlich, wie das Denken, die Sprache und das Fühlen, obgleich von der Wissenschaft in eigenständige Begriffe säuberlich getrennt, dann plötzlich doch vermengt und gemischt aus ein- und demselben Sprudelloch hervorquellen. So war mir das unterm Bett noch nie passiert, daß mich plötzlich ein Schwindelgefühl, wie ein Karussell drehte sich das, durch das Aneinanderfügen zweier Silben, hier »schwan«, dort »ger«, mit solcher Heftigkeit erfaßte.

Ist das nicht auch merkwürdig, daß man, die Backe an ihm angelehnt, an einem Kirchturm kaum ohne Beklemmung von unten hinauf- oder von oben herabschauen kann, während der Blick zu den Sternen die Brust erweitert? Vermögen denn diese Feuerhöllen nicht zu erschrecken? Nein, das Entsetzliche verwandelt sich durch seine Ferne in etwas Großartiges. Und das Großartige durch seine Nähe in – das war schließlich immer das Angenehmste und Wertvollste an meiner Lage unterm Bett gewesen: die Aufhebung der Gegensätze. Dieses Mal aber schlug ich, Opfer der Platzangst, mit der Stirn auf und kroch, durch den Schlag halb betäubt, heraus.

»Raum«, sagte ich mir, nachdem ich eine Zeitlang mutlos neben dem Bett gesessen hatte, »ist bloß ein Außersichgesetztsein: als verschieden angenommene Punkte, die zueinander in Bezug gebracht werden.« Die Natur des Raumes so deutlich zu erkennen, ein Triumph des Denkens! Dennoch, wie leicht haut sich das Außersichgesetzte an sich selbst, etwa die Stirn am Bettgestell, eine Beule. Und auch du, Zeit, wendest dich ständig gegen mich, obgleich du, außer in der Gegenwart existiert ja nichts, bloß eine Luftspiegelung bist, wobei mein Erinnern und Nachdenken deine Luft sind. Raum und Zeit, ihr Undankbaren!

Dann zählte ich nach. Elf Tage. Kann das ausreichen, um zu wissen, ob – ? Gebärmutterkram, was wußte ich davon. Am nächsten Tag lief ich in eine Buchhandlung. Solche Bücher öffentlich in der Hand zu halten, wie ein Unanständiger kam ich mir vor.

»Kann ich Ihnen helfen?«

»Ich wollte nur – nein danke.«

Es stand ohnehin nicht drin. »Möglich ist alles« – mit diesem Satz kann man, obwohl ja gerade *er* nicht stimmt, am wenigsten falsch machen. Ich kroch nun also täglich unters Bett und versuchte, mich flach und starr am Grauen des Nichts aufzurichten. Ein Gebet, könnte man sagen, aber eines, bei dem nichts gesprochen wird.

Sich unterm Bett verstecken! So ein Schuft!

Hallo! Jetzt aber auch erst mal folgendes: Von der Frauenliebe zu träumen, ist etwas Wundervolles. Doch das liegt ja nicht an der Frauenliebe, sondern am Träumen. Bitte! Was hätte ich denn tun sollen? Ach was, das kannte ich von der Beamtenarbeit, daß ein Fall, der in seiner Schrecklichkeit unüberwindbar vor mir steht, sich bald in Luft auflöst. Das Verdunsten und Verfliegen liegt in der Natur auch des Schrecklichen, zum Glück, sonst wäre die Erdoberfläche längst mit einer dunklen, stinkigen Masse verkleistert.

»Frauen trinkt man wie Tee, dann wirft man sie weg. Guten Appetit!«

Diese neue Patschfeld-Nachricht gab mir ohnehin wieder Auftrieb. Mit schlecht geglückter Ironie, so schreiben weder

Verzweifelte noch werdende Mütter. Auch Gekränkte sind zu vielem imstande, gewiß, aber auf die Länge hin hat hier die Beamtenruhe durchaus eine Chance. »Elend«, freute ich mich, »und großartig – dein Leben bleibt also, wie es ist.« Dann erhielt ich folgende Nachricht:

»Du hast es so gewollt. Jetzt wird es eben ausgetragen.«

Ausgetragen? Wenn man bedenkt, wie sich die Begriffe mit den unterschiedlichsten Inhalten verbünden, muß man sie für opportunistisch halten. Eine schlimme Zeit für mich, wirklich: Da soll nur jemand behaupten, das Nachdenken sei zur Gewinnung von Erkenntnissen ein geeignetes Mittel. Und das glaube ich übrigens auch nicht, daß Kant der größte Denker gewesen sei. Was ist mit Napoleon? Der soll so sehr unter Denkzwang gelitten haben, daß er nie länger als drei Stunden schlafen konnte.

Einmal habe ich auch gelesen, daß die Gedanken sich zum Gehirn verhalten wie der Urin zur Niere. Es war kein wissenschaftliches Buch, dennoch schien mir der Satz nicht falsch. Als eine Stimulation des Gehirns ist das Denken hoch einzuschätzen, aber auch hier muß das Ergebnis einer ausschweifenden Anstrengung nicht in einer Schüssel auf dem Wohnzimmertisch ausgestellt werden. Kein Wort also mehr von meiner damaligen patschfeldbezogenen Denkleistung. Lieber sehne ich mich nach dem überhaupt Weiblichen zurück, an das zu denken die Patschfeld trotz allem eine Anregung geben kann.

Das überhaupt Weibliche, wie hoch es zu bewerten ist! Obgleich nur eine aus dem Kochtopf unterschiedlicher Erfahrungen ausgedampfte Idee, entfaltet es für den Einzel-Mann einen Duft, der über die Möglichkeiten real lebender Frauen weit hinausreicht. »Frau!« möchte ich aus dem Dachzimmerfenster rufen. »Da müssen Sie sich schon genauer ausdrükken!« würde zurückgeschrien. Ich will aber nicht, zwei Bestimmungen sind weniger als eine.

Jeder beneidet die Beamten um ihre Sicherheit und verachtet sie wegen des Preises, den sie dafür bezahlen müssen. Beneiden und Verachten – schämt euch für dieses Benehmen, das noch dazu unschlüssig wirkt. Meiner Meinung nach darf man den Kampf der Beamten um die Ordnung sogar heroisch nennen, immerhin ist er aussichtslos. Das Einzelne, Vorübergehende, Unbegreifliche triumphiert in seiner Masse jederzeit, überall. Um so klarer und reiner strahlt mein Beamtentraum: Was sind schon ein paar hunderttausend Tonnen neue grüne Blätter? Aber die Idee vom Frühling, die schafft das Wunderbare in die Welt.

Nein, nein, nein. Die Beamten mit etwas so Frischem, Fröhlichem, Zuvorkommendem wie dem Frühling in Verbindung zu bringen, das geht nun auch wieder nicht. Warum denn nicht? Schließlich profitiert auch der Beamte vom Unberechenbaren des Einzelfalls: Er lebt und widerspricht sich. Wie oft kommt es etwa vor, daß er im Strudel seiner Stimmungen von der einen zur anderen Seite schwankt. Einmal benimmt er sich wie ein Bürokratenteufel und stößt das Publikum mit scheußlicher Unfreundlichkeit vor den Kopf. Ein anderes Mal lacht und hilft er wie ein Engel. »Das Niederträchtige und Unerfreuliche«, sagt er dann, »überall jederzeit zu bekämpfen, ist ja gerade der Auftrag von uns Beamten.« Als Beispiel hierzu erzähle ich eine Geschichte, der ich folgenden Titel gebe: Wie ich einmal aus Freundlichkeit eine Akte zu einem mir bis dahin völlig unbekannten Mitbeamten getragen habe.

»Haben Sie diese Akte?« hatte mich der Beamte am Telefon gefragt. Er sprach die einfache, klare Frage in einem Ton aus, als sei sie sinnlos, als könne ihm die Akte gar nicht helfen. Ich kannte den Beamten nicht, er gehörte zu einer Abteilung, die in einem abseitigen Gebäudeteil untergebracht war.

»Ich bringe Ihnen die Akte selbst«, sagte ich, »auf die Boten ist kein Verlaß.«

Ich weiß nicht, warum ich das tat. Eine Akte unter Außerachtlassung der Boten zu fremden Abteilungen zu tragen, was für ein Unsinn. Verwinkelt, wie unsere Amtsgebäude sind, da sucht man lange, bis ein bestimmtes Zimmer gefunden ist. Gelingt es endlich, seufzt man auf, aber die Lust auf ein überflüssiges Tragen der Akte ist dann nichts mehr ernsthaft Existierendes.

»Da!« rief ich und warf die Akte auf den Schreibtisch des Beamten.

»Danke«, flüsterte er, es klang wie ein Flehen.

»Ja dann – «

Fast war ich schon draußen.

»Sie wollen mich vernichten.«

Ich drehte mich um und blickte ihn an.

»Entschuldigung«, murmelte er, »aber das mußte ich jemandem sagen.«

»Hm«, machte ich und wartete auf eine Erklärung. Es kam aber nichts. Ich griff wieder nach der Türklinke.

»Sie halten mich wohl für verrückt?«

»Nein«, log ich.

»Ich bin's auch nicht.«

»Sie sind sogar promoviert, Dr. Tremmel steht an Ihrer Tür.«

Er winkte ab und starrte auf eine vor ihm liegende Aktenmappe. Da sei seine Beurteilung drin, sagte er nach einer

Weile. Über den Bock habe man sie geschickt und damit die Vorschrift verletzt, nach der Beurteilungen zu eröffnen, das heißt, dem Beurteilten ins Gesicht zu sagen oder, je nachdem, zu schleudern sind. Man schäme sich offenbar in seinem Fall, die ausgedachten Lügen und Unverschämtheiten auch noch mündlich vorzutragen.

Welche Verzweiflung, mir, einem Unbekannten, solche Geheimnisse anzuvertrauen. Ich starrte mit ihm auf die Aktenmappe, in der, wie er behauptete, seine Beurteilung lag. Ob ich es ihm verzeihe, fragte er schließlich, daß er mich da hineingezogen habe, womit er freilich nur das mir bisher Mitgeteilte meine, mehr müsse ich mir nicht anhören, zumal ich von ihm wohl bereits angewidert sei. Die Akte, die ich gebracht habe, sei vermutlich völlig wertlos für ihn, sicher sagen könne er das aber erst, nachdem er in sie hineingeschaut habe. Er bitte daher, sie hier zu lassen. Nach dem Lesen seiner Beurteilung habe er einfach jemanden anrufen müssen. Natürlich wisse er, daß so ein Hineinmanövrieren bisher Unbeteiligter rücksichtslos sei, doch wolle er angesichts der ungeheuren Bedeutung, die seine Beurteilung für ihn habe, eine Aufteilung in Beteiligte und Unbeteiligte nicht länger hinnehmen.

Mir wurde schwindlig. Das Zimmer war überheizt und stank nach Schweiß. »Öffnen Sie lieber mal das Fenster!« hätte ich gern gerufen, aber ich traute mich nicht. Wie betäubt stand ich da und wippte langsam hin und her. Er werde, sagte er, klagen, diesmal ganz bestimmt. Schon nach der letzten Beurteilung sei er beim Anwalt gewesen. »Jetzt klagen wir«, hätte der Anwalt damals gesagt. Aber als er das dem Abteilungsleiter mitgeteilt und dieser ihm wörtlich mit »Dann sind Sie erledigt!« geantwortet habe, sei er im letzten Moment vor der Klage zurückgeschreckt. »Du Feigling«, habe ihm später eine Kusine, die auch Juristin sei, vorgehalten. Und sein Vater, ein berühmter Germanist, frage ihn jedesmal, wann er, der Sohn, endlich befördert werde.

»Sie sind eine ehrgeizige Familie«, warf ich ein, nur um irgend etwas zu sagen.

»Wie ein schwarzes Schaf komme ich mir inzwischen vor.«

Dann beschrieb er seine Schulzeit und sein Studium. Die besten Noten habe er gehabt. Er könne Altgriechisch und würde, was die Bildung angehe, manchen Vorgesetzten leicht in die Tasche stecken, durch welche Behauptung er aber nicht etwa das Vorgesetztensystem als solches in Frage stellen wolle. Im Gegenteil, die Hierarchie, als deren Opfer er sich in diesem Amt bisher betrachten müsse, sei für ihn etwas Heiliges. Das sei ja auch der Grund, warum er unter diesen lügnerischen Beurteilungen so sehr leide, weil sie verhinderten, daß er jemals auch nur ein stellvertretender Referatsleiter werden könne.

»Und wenn man auf andere Weise froh würde?«

Ich weiß nicht, woher mir der Mut zu diesem Satz kam. Obwohl er unpersönlich formuliert war, mußte er auf Dr. Tremmel wie eine Beleidigung klingen. Erst blickte Dr. Tremmel mich auch an, als ob er mit irgend etwas nach mir werfen wolle. Dann sackte er zusammen.

»Ich wiege fast 120 Kilogramm. Und mein Kopf – Sie sehen ja selbst, eine Vollglatze. Die Karriere ist die einzige Möglichkeit.«

Frauen, so Dr. Tremmel, seien die grausamsten Menschen überhaupt. Sie stünden eben der Natur sehr nah, nur das Beste dürfe es sein, etwas anderes komme für sie nicht in Frage. Männer wie er erlebten automatisch eine Abfuhr, sie bräuchten gar nicht erst groß zu fragen, außer sie wirkten dynamisch und könnten berufliche Erfolge vorweisen. »Der Körper«, habe ein französischer Philosoph geschrieben, von dem er im Rahmen seiner rechtsgeschichtlichen Studien etwas gelesen habe, »ist ein Gefängnis.« Da habe er zum ersten Mal bei der Lektüre eines Sachbuches weinen müssen.

»Sie«, sagte ich, »sind ein nachdenklicher, feinfühliger Mensch, das gibt es nur selten in den Ämtern.«

»Mein größter Fehler war, in dieses Amt zu gehen. Gerne ginge ich in ein anderes. Doch meine Beurteilungen – niemand nimmt mich mehr.«

»Wenn Sie nur nicht so viel Hoffnung hätten! Die Ämter sind alle gleich.«

In diesem Moment der gemeinsam empfundenen Aussichtslosigkeit fühlten wir einander sehr nah. »Vielleicht«, dachte ich sogar, »können wir Freunde werden.« So etwas hatte ich bei einem Beamten noch nie gedacht. Vielleicht war ich aber auch körperlich manipuliert. Die Hitze, die in dem Zimmer herrschte, und der Schweißgestank – erst schien mir das unerträglich, aber dann, nach zehn Minuten, kam es mir vor wie ein allerletzter Zustand, dem man sich geduckt hingibt.

»Ihr Zimmer ist etwas Besonderes«, sagte ich deshalb jedesmal zu Dr. Tremmel, wenn er mich besuchen wollte. Das wäre mir wie der Verlust meines Zimmers vorgekommen, wenn Dr. Tremmel es betreten hätte. »Wie? Was ist das denn für eine Freundschaft?« kann man da fragen, aber es war eben auch keine Freundschaft. Im nachhinein denke ich eher, daß wir zwei alte Kraken gewesen sind, die, bloß um noch einmal die Kraft ihrer Saugnäpfe auszuprobieren, mit den Armen nacheinander greifen.

Freilich hat Dr. Tremmel viel zu oft nach mir gegriffen. Jeden seiner Fälle, viele gab man ihm zum Glück nicht, wollte er mit mir besprechen.

»Zwei Beamte«, sagte er, »sehen doppelt soviel wie einer.«

»Zwei Beamte«, erwiderte ich, »machen doppelt soviel falsch.«

Er starrte mich daraufhin an, als sei ich entweder verrückt oder hätte die Unrichtigkeit aller seiner Auffassungen bewiesen. Ich hatte das auch. Meiner Meinung nach gibt es gar keine Auffassung, deren Richtigkeit sich nicht durch die Richtigkeit einer Gegenauffassung widerlegen ließe. Im Alltag ist das nicht schlimm, weil die Sätze, aus denen die Unterhaltungen gewöhnlicherweise bestehen, als nur so dahingesagt gelten. Aber wenn es einmal hart auf hart kommt, stellt sich das Problem schnell heraus.

»Alle Sätze«, sagte ich zu Dr. Tremmel, »sind richtig, alle Sätze sind falsch. Trotzdem gebrauchen wir sie.«

So sei etwa der Ausruf »Du Betrüger!« genauso richtig wie der Ausruf »Du Nicht-Betrüger!« Alle Menschen seien nämlich tatsächlich Betrüger und Nicht-Betrüger, entscheidend sei nie der Satz selbst, sondern die Gelegenheit, bei der er gesagt werde. Daher stelle die Rechtsfindung auch kein echtes Finden dar, sondern bloß das gekonnte Ausnutzen einer Gelegenheit. Begrüße zum Beispiel der Richter den Angeklagten mit dem Satz »Ich verurteile Sie zu fünf Jahren Gefängnis«, würde jeder, besonders der Angeklagte, auflachen. Sage er es aber, wenn alle es erwarten, also am Ende der Verhandlung, glaube jeder, wahrscheinlich sogar der Angeklagte, hier gehe es mit rechten Dingen zu. Dabei sei es derselbe Satz.

Etwas Ähnliches gelte für einen Priester, der mitten in einer Prozession, langsam schreitend die Monstranz in Händen, plötzlich einen Hopser mache, wobei ja nicht der Hopser als solcher schlimm sei. Würde der Priester nämlich ständig, auch außerhalb von Prozessionen, hopsen, gelte er bloß als ein fröhlicher Priester oder als einer mit Hüftschaden. So aber wirke er gar nicht wie ein Priester, sondern wie jemand, der sich über den Priesterberuf lustig mache. Dasselbe gelte für den Beamten: Die in ihn gesetzten Erwartungen erfüllen, mehr sei nicht erforderlich.

»Jeder«, schrie mich Dr. Tremmel daraufhin an, »wird hier befördert, selbst der Dümmste, nur ich nicht.«

»Dann werden in Sie offenbar keine Erwartungen gesetzt.«

»Das stimmt. Vom ersten Tag an, nie habe ich eine Chance gehabt.«

Dann erzählte Dr. Tremmel von der Verschwörung, die er, wie er sagte, anfangs nicht wahrhaben wollte. Inzwischen aber, wo ihn jeder hinterrücks als den Noch-nie-Beförderten bezeichne, traue er sich kaum mehr aus dem Zimmer heraus. Überall ein einziges Tuscheln und Lachen, alle seien eingeweiht, selbst bei mir habe er schon manchmal einen Verdacht gehabt.

Ach woher, antwortete ich, man verschwöre sich nur gegen die Wichtigsten, die Gesetze der Verschwörungsökonomie erzwängen eine rücksichtslose Sparsamkeit. Er, Dr. Tremmel, endlich profitiere er davon, gehöre jedoch eher zu den Unwichtigen. Wenn überhaupt, so solle er sich lieber *darüber* aufregen. Lohnen würde sich allerdings auch das nicht, weil es sich beim Wichtigsein um eine rein subjektive Größe handele. Objektiv gesehen, sei nämlich alles unwichtig, selbst das Planetensystem. Diese unerträgliche äußere Gleichgültigkeit, die dem menschlichen Bedürfnis völlig entgegengerichtet ist, als die bloße Kehrseite des eigenen Geltungswillens zu empfinden, sei der einzige Weg, den Triumph des fremden Äußeren in einen Triumph des eigenen Inneren zu verwandeln.

»Dr. Tremmel«, beschwor ich ihn, »geben Sie Ihren Widerwillen gegen die Gleichgültigkeit auf! Erst wenn Ihnen die Beförderung gleichgültig geworden ist, kann sie erfolgen.«

»Dann werde ich niemals befördert!« schrie er und warf den Hörer auf.

Kurz darauf rief er wieder an und erklärte, er sei ein Versager, nicht nur als Beamter, auch als Mensch. Den einzigen, der zu ihm halte, stoße er durch das plötzliche Aufwerfen des Telefonhörers vor den Kopf. Ein Dreck sei er, das wisse er schon lange, nur akzeptieren könne er das nicht, weswegen er auch niemals auf die Beförderung verzichten werde.

Diese verflixte Beförderungswunde, als ob wir nichts anderes zu besprechen gehabt hätten. Die zunehmende Vereinzelung der Beamten zum Beispiel. Oder das Staats- und Repräsentationsphänomen, an das ich immer denken muß, sobald das Fahnengestänge auf dem Dach klappert. Doch solche Themen waren mit Dr. Tremmel nicht zu besprechen. »Hierarchie«, würgte er alles kritisch Klingende ab, »ist die Voraussetzung für jede Beförderung.« Einmal rief er mich zu einer, wie er behauptete, »spontanen« Geburtstagsfeier. Sie war aber gar nicht spontan, überall Kerzen, der Schreibtisch voll Kuchen und Bier. Dabei war außer mir nur ein Bote eingeladen.

»Dieser Bote ist mein einziger Freund«, sagte Dr. Tremmel später.

Ich selbst konnte mit dem Boten nichts anfangen. Außer über die skandalös schlechte Behandlung der Boten durch alle anderen Beamten war mit ihm nicht zu reden. Besonders daß die Boten zu den häufigen Umzügen auf dem Amtsgelände herangezogen werden, wurmte ihn. »Ja, wer bin ich denn?« lautete sein Lieblingssatz. Ob ich schon einmal einen Schreibtisch über den Fußballplatz getragen hätte? Dr. Tremmel lachte dazu und steckte sich Kuchenstücke in den Mund. Offenbar hatten die beiden sich schon so sehr an ihre Klagefragen gewöhnt, daß sie das Lachen als eine zulässige Antwort ansahen. Oder sie hörten einander nicht richtig zu. Warum zum Beispiel blieb der Bote ruhig, als Dr. Tremmel kauend sagte:

»Den Beamten an seinem Aufstieg zu hindern, ist leicht, nur das Degradieren ist vom Gesetz erschwert. Welches Glück, sonst wäre auch ich wohl nur noch Bote und hätte mich vielleicht schon umgebracht.«

Überhaupt sprach Dr. Tremmel gern von der Möglichkeit der Selbsttötung. Ich ärgerte mich über diese Leichtfertigkeit und sagte ihm einmal, ich hätte in einem Zeitungsartikel gelesen, Selbstmörder seien rein statistisch gesehen dünn, was wohl daran liege, daß Dicke zu sehr am Essen und somit am Leben hingen. Danach hat er nie mehr von der Möglichkeit der Selbsttötung gesprochen.

Das mit dem Zeitungsartikel war gelogen. Na und? Würde man seine Theorien wirklich darauf gründen, was täglich in den Zeitungen steht, müßte man sich selbst ständig widersprechen. Heute, wenn ich an Dr. Tremmel denke, erfaßt mich sofort ein Ekel. Damals, als ich mit ihm fast befreundet war, ging es mir ebenso, aber es war ein Ekel, der mich anzog. Was das sein soll, ein anziehender Ekel? Die Gesetze der Polarität! Ein von großen grünen Pickeln übersätes Durchschnittsgesicht erscheint interessanter als eines ohne Pickel. Anders gesagt, das eine wäre ohne das andere nicht. »Dr. Tremmel«, dachte ich, »scheint das beste Beispiel dafür, wie schwer sich die wichtige Frage ›Was ist der Mensch?‹ beantworten läßt.« Wie etwas Niedriges kam er mir vor, das dennoch gerade durch seine Menschenhaftigkeit in die höchste Sphäre vorgestoßen ist, die sich ihrerseits aber als bloße Wechselwirkung zwischen Hohem und Niedrigem entpuppt.

»Sie kennen«, sagte er einmal zu mir, »das Unglück nicht, denn Sie wurden befördert.«

Wie ich mich darüber geärgert habe. »Sie kennen das nicht« – in so einem Satz liegt immer eine Unverschämtheit, besonders wenn er sich auf etwas allgemein Bekanntes wie das Unglück bezieht. Ich weiß schon, das bloß zwischenmenschlich Dahergesagte sollte man gleich einem uralten Brauch hinnehmen. Die Begriffe austeilen, so wie manche Vogelarten zur Begrüßung die Schnäbel aneinanderschlagen – nein, das ertrage ich nicht.

»Ich kenne«, widersprach ich, »das Unglück nicht nur, ich habe sogar seine innere Struktur erkannt.«

»Seine innere Struktur?«

Daraufhin erzählte ich ihm von meinen Erlebnissen unterm Bett, und was für ein Glücksgefühl ich dabei empfände, obwohl ich dort eher über das Unglück als über das Glück nachdächte. Das wolle er, sagte Dr. Tremmel, auch einmal erleben. »Unter mein Bett passen Sie sowieso nicht«, antwortete ich. Aber er meinte, daß das Glücksgefühl, von dem ich spreche, unter allen Betten und vielleicht auch unter etwas anderem, zum Beispiel einem Tisch, erreichbar sein müsse. Er denke an einen besonders geeigneten großen Tisch, und zwar den im Konferenzraum seiner Abteilung. Sein Freund, der Bote, habe den Schlüssel. Wir könnten den Tisch umdrehen und mit der Platte auf vier kleine Bücherstapel stellen.

»Wenn wir da drunterkriechen, ist es wie unterm Bett.«

Erst dachte ich, Dr. Tremmel wolle sich über mich lustig machen. Er behauptete jedoch, er habe schon lange etwas Verrücktes anstellen wollen. Der Mißbrauch des Konferenzraumtisches sei besonders geeignet, weil er, Dr. Tremmel, außer einem einzigen Mal, bei dem es jedoch nur um die Beschwerde eines Verrückten gegangen sei, nie zu einer Besprechung in den Konferenzraum mitgedurft habe, was eine bewußte Demütigung seiner Person darstelle. Ich lehnte daraufhin den gesamten Konferenzraumplan ab. Das Glücksgefühl, erklärte ich, das er unter dem Konferenzraumtisch seiner Abteilung suche, sei offenbar ein ganz anderes als dasjenige, das ich von meinen Aufenthalten unterm Bett gewohnt sei. Die Wiederherstellung seiner Ehre könne er unter dem Konferenzraumtisch vielleicht erreichen, nicht aber ein Gespür für die Einheit von Gegensätzen.

»Dann«, rief Dr. Tremmel, »machen wir's hier.«

Auch er habe einen Tisch in seinem Zimmer, einen kleinen zwar verglichen mit dem im Konferenzraum, doch reiche der vielleicht aus zum Erlangen des Einheitsgefühls, von dem ich so schwärme und das mir offenbar meine ungeheure Ruhe und Stärke im Kampf um die Selbstbehauptung gebe. In seiner Unfähigkeit, jemals irgendeinen Erfolg zu erringen, sei er meiner nicht wert. Falls es ihm jedoch gelinge, die Anforderungen meiner Entspannungsübung zu erfüllen, werde er bestimmt ein wenig von dem Selbstwertgefühl zurückgewinnen, das man ihm in diesem Amt geraubt habe.

Daß er das, was ich ihm als ein Erlebnis der Einheit von Gegensätzen angedeutet hatte, eine Entspannungsübung nannte, verstärkte nur meinen Widerwillen. Wenn ich trotzdem seiner Bitte nachgegeben habe, lag das allein daran, weil er ihre Erfüllung als seine allerletzte Hoffnung darstellte. Wie lächerlich ich mir vorkam, als ich, Kopf an Kopf, neben ihm unter der auf Akten und Gesetzestexten aufgesetzten Tischplatte lag. »Und jetzt?« fragte er. Ich versuchte, ihn durch Begriffe wie »Stille«, »Nichts«, »Demut« in eine nachdenkliche Stimmung zu versetzen. Solche Begriffe kamen mir aber in diesem Moment selbst nur läppisch vor. Deshalb fing ich an, vom zauberhaft blühenden Irrgarten zu sprechen, als den man die Gesamtheit aller bemerkenswerten Begriffe bezeichnen könne. So erscheine etwa die Einsamkeit, ausbleibende Beförderungen seien bloß eine Unterform, wie eine kalte, nach dem Herzen greifende Hand. Ebensogut könne man sie aber als einen heißen Dampfkessel ansehen, in dem das ehrgeizige Ich gekocht wird. Hitze, Kälte, Ehre, Schande – solche Gegensätze seien als innere Bilder durchaus brauchbar, wie ja auch die Befähigung zur aufmerksamen Unterscheidung zwischen dem Komischen und Entsetzlichen einer Lebenseinstellung erst den erforderlichen Halt gebe. Natürlicherweise sei ihm, Dr. Tremmel, die Tatsache, daß alle über ihn lachen, etwas Entsetzliches, was aber sein Ich gewiß nicht weniger stärke, als das Lachen den Glücklichen kräftige. Wie ähnlich das Juchzen dem Schluchzen sei – lieber solle man die Gleichgültigkeit als den wahren Gegensatz zur Lust betrachten. Natürlich könne man die erwähnte Einheit der Gegensätze auch als eine Gleichgültigkeit des Seins gegenüber der menschlichen Sehnsucht und daher als die schlimmste, vielleicht endgültige Entsetzlichkeit bezeichnen. Andererseits aber müsse man einen solchen Begriff wie »endgültige Entsetzlichkeit« nur einmal laut ausrufen, besonders hier unter der Tischplatte, Kopf an Kopf mit ihm, dem dicken unbeförderten Dr. Tremmel, um gleich zu spüren, daß seine ideelle Einheit mit dem Komischen und also die gesamte unbegreifliche Gleichgültigkeit, aus der die Welt zusammengesetzt sei, auch eine herrliche Erlösung darstelle.

Wenn ich zu Dr. Tremmel »dicker unbeförderter Dr. Tremmel« gesagt habe, dann nur, weil ich während meiner Ausführungen eine immer größere Wut gegen ihn empfand. Sein lautes Schnaufen, zweimal seufzte er sogar, stand in einem unerträglichen Gegensatz zur Intimität meiner Überlegungen.

»Es hat keinen Sinn«, sagte ich nach einer Schweigepause und kroch unter der Tischplatte vor. »Kommen Sie auch?«

Dr. Tremmel rührte sich nicht. Ärgerte er sich über die Bezeichnung, die ich für ihn gefunden hatte? Am liebsten hätte ich ihn an den Füßen hervorgezogen, bloß um mir Klarheit zu verschaffen. Schließlich wälzte er sich aber doch unter der Tischplatte heraus. Für ihn sei es ein unvergeßliches Erlebnis gewesen.

»Nie«, murmelte er, »hätte ich das gedacht.«

»Was denn?«

»Daß wir einander so nahe kommen.«

Offenbar, so Dr. Tremmel, würde ich unter meinem Leben genauso leiden wie er unter dem seinen. Nur daß ich ihm in allem, was Beförderungen angehe, weit überlegen sei, weswegen er mir das, was ich eben über ihn gesagt hätte, nicht nachtrage. Der Triumph, den ich über ihn errungen habe, verbinde uns, so jedenfalls verstehe er meine These von der Einheit der Gegensätze. Wenn ihn, was ohnehin ständig geschehe, jemand beschimpfe, denke er in Zukunft nur noch, Dreck klebe wenigstens gut, und ob er mich ab jetzt duzen dürfe.

»Kennen Sie«, fragte ich zurück, »das Gleichnis vom Fremden?« Weil er gehört habe, daß die Einsamkeit in den Städten am größten sei, sei ein Fremder aufs Land gegangen. Dort, habe er gedacht, kennen sich alle, dort verschwindet die Einsamkeit von selbst. Tatsächlich hätten ihn auf dem Land bald alle gekannt. »Schau dort«, hätten sie gesagt, sobald sie ihn sahen, »der Fremde.« Wie merkwürdig, habe daraufhin der Fremde gedacht, offenbar ist die Einsamkeit gerade dort am größten, wo man sich am besten kennt. Dann sei er in die größte Stadt gezogen.

»Das haben Sie doch selbst erfunden.«

»Na und? Alle Gleichnisse sind erfunden, sonst wären sie keine Gleichnisse, sondern bloß Tatsachen.«

Das ist schon sonderbar, wie das innere Gefühl, als ein drall durchströmter Schlauch gedacht, sich unbeherrscht in sämtliche Richtungen zu winden vermag. Dr. Tremmel erschien mir plötzlich wie eine riesige schwitzende Fleischmasse, die sich über mich zu wälzen droht. »Bist du«, mußte ich denken, »verrückt? Mit ihm hast du unter der Tischplatte gelegen.«

Natürlich bemerkte Dr. Tremmel den Wechsel in meiner Empfindung. Erst versuchte er mich zu beschwichtigen, indem er erklärte, es gebe für solche gemeinsamen Erfahrungen unter dem Tisch vielleicht bessere Partner als ihn. Das liege aber nicht an seiner Einstellung und Bemühung, sondern höchstens an seiner äußeren Erscheinung, die noch jeden früher oder später angeekelt habe.

Ich ließ mich dadurch nicht erweichen und meinte bloß, mir sei das völlig gleich, wie jemand aussehe, besonders wenn ich mit ihm unter dem Tisch läge. Am besten sei es jedoch, mit überhaupt niemandem unter dem Tisch zu liegen. Beim Verspüren der Einheit von Gegensätzen handele es sich um keine, wie er glaube, Entspannungsübung, sondern um etwas Persönliches, nicht Mitteilbares.

Dr. Tremmel wandte sich zum Fenster, starrte hinaus und

sagte, daß er in diesem Amt wie ein Aussätziger behandelt werde. »Warum?« flüsterte er in einem Ton, der mir durch Mark und Bein ging. Einzig in mir habe er eine Ausnahme vermutet. »Und der Bote?« warf ich ein, allein um zu widersprechen. Ohne mich anzusehen, machte er eine wegwerfende Handbewegung. Er habe mich angelogen. Der Bote sei ein unverschämter Mensch, der die Verzweiflung eines über ihm stehenden, aber niemals beförderten Beamten ausnutze. Nur um die völlige Trostlosigkeit seiner eigenen Situation vor mir zu verbergen, habe er den Boten zu seinem Geburtstag eingeladen. Dann drehte sich Dr. Tremmel plötzlich um und rief:

»Erst führen Sie mich in Ihr Geheimstes ein, dann verstoßen Sie mich. Darin erinnern Sie mich an meine Geliebte.«

»Geliebte?«

»Sie heißt Inge, Inge Patschfeld. Ich liebe sie noch immer, obwohl sie mich verlassen hat.«

Früher, als ich klein war und mich meine Eltern gesucht haben, konnte ich stundenlang still unterm Bett liegen. »Wo warst du denn?« fragten sie später, und ich fühlte in mir die ungeheure Kraft eines Geheimnisses: Die schlimmsten Folterqualen wünschte ich mir, nie würde ich mein Versteck verraten. Aber meine Eltern zuckten nur die Achseln.

Den Einzelheiten des Lebens eine ansprechende Bedeutung zu verleihen, ist gewiß eine lohnende Beschäftigung. So abgeschlossen und bedeutungslos, wie das einzelne für sich dasteht, man könnte verzweifeln, wenn nicht das Knüpfen von Zusammenhängen und also die Ordnung als eine ansehnliche Möglichkeit zur Verfügung stünde. Doch ist nicht die Zeit, der Raum in seiner ungeheuren Größe weckt merkwürdigerweise eher Hoffnung, als solche eine schlimme Grausamkeit? Aus purem Übermut bezeichnet man die Zuckerseite ihrer Vernichtungskraft als die Zukunft, was wie ein Jauchzer klingt und doch nur ein langgezogener Jammerschrei bleibt, denn auch die Zukunft ist ja nichts anderes als eine Widerlegung, und außer dem endlosen, ewigen Jetzt gibt es nichts zu widerlegen.

Eine Frau, die zuvor mit Dr. Tremmel – Schicksal, was soll das? Starr und beschmutzt stand ich an meinem Dachzimmerfenster und blickte hinaus. Das Zusammenhanglose als etwas Verlassenes anzusehen, lernt jeder Beamte. Er muß bloß einmal ein Schreiben erhalten, das, ohne Angabe eines Aktenzeichens, sich auf unbekannte Vorgänge bezieht. Das halte ich dann in die Luft und sage: »Du Elendes, was willst du?« Auch bilde ich mir manchmal ein, der Staat lasse sich zerstören, indem alle vorhandenen Akten auf einen Haufen geworfen und angezündet werden. Ich weiß, das ist eine Weltbetrachtung, wie sie nur für Beamte typisch ist. Der Staat bleibt als ein übergeordneter Begriff unverletzbar, sogar die Beamten könnten in einer einzigen Blutnacht allesamt umgebracht werden, trotzdem bliebe der Staat als rechtliche und gesellschaftliche Idee davon unberührt. Damit muß man als Beamter erst einmal fertig werden. Daß gerade die wichtigsten Begriffe, auch das Gute und Menschliche gehören dazu, ein solches von den Bedürfnissen des einzelnen abgelöstes höheres Eigenleben führen dürfen.

In meinem Dienstzimmer hielt ich es nicht länger aus. Ich nahm eine Aktenmappe und lief aus Nervosität durch das Amtsgebäude. Unten in einem der Gänge stieß ich auf Mühlberger. Er zerrte mich in eine Ecke.

»Es gibt jetzt«, flüsterte er, »Untersuchungen.«

»Untersuchungen?«

»Endlich.«

Armseliger Mühlberger! Verschwörungen, globales Finanzsystem – daß ich einer Frau zum Opfer gefallen bin, die alle, selbst die dicksten, häßlichsten, erfolglosesten Beamten – darunter leide ich, nicht unter irgendeiner abstrakten Machart des Weltendes. Dennoch bin natürlich auch ich ein Erzeugnis der Einbildungskraft. Leidenschaft, laß mich! »Oh«, denke ich manchmal, »das wäre das Höchste: Den Nasenpopel eines abscheulichen Massenmörders mit ruhiger Hand in den Mund stecken, ihn lutschen und ihn, ohne einen Kinnbackenkrampf zu bekommen, kauen wie eine Leibspeise.«

Zurück in meinem Dienstzimmer, betrachtete ich den häßlichen Schreibtisch, den rostigen Heizkörper, den stachligen Kaktus – wie unbeteiligt sie wirkten, voller Gleichgültigkeit gegenüber meiner Situation. »Verdammte Materie!« Ich schlug mit der flachen Hand auf den Papierlocher. Vielleicht hätte ich sogar eine Akte an die Wand geschleudert, wenn nicht plötzlich das Telefon geläutet hätte. »Vogel!« rief ich mit einer Wut hinein, als sei ein Verrückter niederzubrüllen. Es war aber mein Abteilungsleiter. Bankhaus Dr. Strauch, fragte er nach einer gewissen Pause, ob ich noch Akten hätte, es gebe Untersuchungen. Untersuchungen? Nein, die Akten seien alle beim Referatsleiter.

Also doch! Untersuchungen, und ich mittendrin. Die Patschfeld – nun kam alles heraus. Der geköpfte Affe! Die Akten vom Bankhaus Dr. Strauch? Daß ich meinen Vorgesetzten unter dem Vorwand des gemeinsamen Aktenstudiums aufs Gesicht zu schielen pflege, auch dieser Vorwurf schien mit in die Untersuchungen einbezogen zu sein. Vogel! Sie machen sich über Ihre Vorgesetzten lustig, treiben Unzucht auf den Akten, schlagen dabei Porzellanaffen kaputt, lesen im Dienst

Privatbücher und haben zum Tod von Franz Kalies beigetragen – das reicht wohl, um Ihre Eignung zum Berufsbeamten als etwas wenig Greifbares zu betrachten.

Es ist zu Ende. Dieser ungeheure Druck, wenn der durch den Mund entweicht – ja, das weiß jeder Mörder, welche Erlösung ein Geständnis sein kann. Nun mußte ich nur noch warten, bis mein Fall aufgerufen wurde. Du betörendes, sagenumwobenes Beamtenleben! Wie eine riesige träge Schlange hast du dich über die Jahre dahingewälzt, fast schon hatte ich geglaubt, du seist das Leben selbst und nicht nur eine seiner bedenklichsten Erscheinungsformen, jetzt aber sehe ich, daß auch du dürres Langes plötzlich ein Ende finden kannst. Ende, Ende – wie schrecklich das klingt, und doch kann gerade das Erlebnis des Schrecklichen, man muß nur an die Schreikraft eines Klageweibs denken, als ein Beleg für die Präsenz des Lebendigen gelten.

Was soll denn das? Als Beamter von der Entlassung bedroht: so klein zusammengedrückt, bis man durch dieses letzte enge Loch durchgestopft wird, und immer noch die Lust auf einen Witz? O ja, erst wenn es von keiner Hoffnung mehr begrenzt wird, ist das Ich ganz frei. Wie ein Verrückter handeln, ein Entlassungsgesuch schreiben und nie mehr bis zum Kopf im Beamtensand stecken, daß das möglich ist, gehört zu den unerklärbaren Großartigkeiten. Daß jedem Wert ein Gegenwert gegenübersteht, daß das Schlechte und das Gute – da klingelte das Telefon. Ob ich noch einmal abheben sollte? Wieder der Abteilungsleiter. »Sie brauchen«, wollte ich ruhig und fest antworten, »nicht mehr anzurufen, es ist vorbei.« Er aber fragte, ob ich in zwanzig Minuten anstelle meines Referatsleiters einen Vortrag über das Thema »bankaufsichtliche Sofortmaßnahmen im Krisenfall« halten könne.

Was heißt denn das? Hat man noch Vertrauen zu mir? Sind die Untersuchungen schon eingestellt? Oder hat man an der Verpflichtung eines Unglücklichen, ohne jede Vorbereitung einen Vortrag halten zu müssen, allein das Quälende im Auge?

»Russen, Duma, Bankenausschuß.«

Russen? Duma? Nicht einmal eine Krawatte hatte ich an. Ein Dachzimmerbeamter braucht sie nicht, aber ein Repräsentant der deutschen Bankenaufsichtsbeamtenschaft, der vor Abgesandten des russischen Volkes – es waren fünfzehn. Wie bei einer wichtigen Konferenz saßen wir an einem langen Tisch. Zum Glück mußte ich den Vortrag nicht selbst halten. »Sie und Dr. Ott«, hieß es, und Dr. Ott war ein begabter Redner. Eigentlich brauchte ich nur zu nicken, wenn er, was er freilich ständig tat, mich ansah und »Ist es nicht so?« rief.

Allein wäre ich bestimmt untergegangen. Wie schon Napoleon wäre ich der russischen Eigenart erlegen. Die wunderbar tiefen Stimmen, die dicken altmodischen Brillen und überhaupt diese den härtesten Winter überstehenden Pelzmützenköpfe. Darf man da wie Dr. Ott von der Überschuldung einer Bank sprechen, als sei sie etwas Seltenes, Schmutziges, bald aber – die Beamten! – in Ordnung Gebrachtes?

Herr Dr. Ott, Rußland! Dort sind das Glück und die Ordnung zwei ewig miteinander Ringende. Auf den Tisch sollte man lieber springen, um die russischen Seelen für sich einzunehmen. Wie gut ich euch verstehen kann, ihr, denen der Sumpf als der wahre Grund des Lebens gilt. Ein großes Glas Wodka trinken, dem Nachbarn auf die Schulter hauen und dabei einen fröhlichen Schrei in die Welt hinaussenden, das ist eine gute Möglichkeit, den inneren Schwung über die Summe des äußeren Elends triumphieren zu lassen. Dr. Ott dagegen, wie er die steifen deutschen Paragraphen empfahl, fast schämte ich mich für ihn. »Hören Sie schon auf«, hätte ich am liebsten gesagt, »sehen Sie nicht, daß diese russischen Menschen etwas anderes brauchen?«

Einige von ihnen hörten Dr. Ott gar nicht zu. Sie raschelten mit Einkaufstüten und zeigten sich Gegenstände, die sie gerade erworben, vielleicht sogar gestohlen hatten. Meist waren es elektronische Geräte, Videokameras, Fotoapparate und kleine Telefone vor allem, die mit ihrem Piepen den Vortrag von Dr. Ott störten. »Schschscht!« machte eine Frau in echt russischem Tonfall, doch das half immer nur kurz. Diese Frau saß mir gegenüber und repräsentierte den russischen Fleiß. Alles, was der Dolmetscher sagte, schrieb sie mit und sprach dabei leise vor sich hin. Mit welcher Kraft sie in ihrer Teetasse rührte. Zart und weich sind die Frauen, doch wenn es darauf ankommt, retten sie die Welt, während die Männer nur zum Unfug taugen.

Bald stellte die Frau Dr. Ott Fragen. Dabei bekam sie jedesmal einen roten Kopf. »Vielleicht«, mußte ich denken, »ist sie auch Alkoholikerin.« Zumindest war sie verzweifelt – ein solcher Haufen wie dieser Bankenausschuß, unten am Tisch stritten sie sich laut. Erst dachte ich, es gehe um eines der Elektrogeräte. Dann aber wurde eine Frage an Dr. Ott gestellt. Was man tun solle, wenn eine Bank durch die ständige Ausgabe eigener Aktien ihre Verluste kaschiere? Ich dachte mir gleich, daß man diese Frage eher als einen bloßen allgemeinen Klageschrei auffassen sollte, aber Dr. Ott behauptete, das sei kein Problem, durch die Aktienausgabe nehme die Bank ja Geld ein, was gut für die Bank sei. Ob er das denn nicht wisse, schrie der Fragende zurück, daß in Rußland die Aktien gefälscht seien und das Geld von der Mafia stamme?

Allein im letzten Monat seien zwölf Bankvorstände erschossen worden. Mafia! Mafia und Kommunisten!

Hierauf erfolgte ein wildes Geschrei unter den Russen. Erst versuchte der Dolmetscher, uns die durch den Raum geworfenen Beschuldigungen zu übersetzen, aber bald kam er nicht mehr damit nach. Zum Glück hörte das Schreien plötzlich auf, und die Russen fingen an zu lachen. Dabei deuteten sie auf einen der russischen Abgeordneten, der eine völlig verbogene Brille in der Hand hielt. Ich lachte mit, nicht nur aus Höflichkeit, dieses russische Lachen schien mir ein Sieg der Lebenslust über das Unglück des einzelnen.

Dr. Ott nahm mir mein Mitlachen übel. »Sie sitzen nur da«, raunzte er, »alles muß ich allein machen.« Dann fing er aber

gleich wieder an, von einem Paragraphen zu erzählen, mit dem man von der Bank die Abberufung eines unfähigen Geschäftsleiters verlangen könne. Er sprach mit einer Wut, die sich, wie ich spürte, nicht allein auf die Unfähigkeit des von ihm ausgedachten Geschäftsleiters, sondern auch auf mich bezog. Was wollte er damit erreichen? So treibt er mich nur weiter in die Arme der Russen: Im Bewußtsein der eigenen Verlorenheit rhythmisch in die Hände klatschen und die Beine jauchzend in die Luft werfen – alles andere schien mir jetzt kleinlich.

Glaubt denn dieser Dr. Ott, er könne das Nichts mit einem Preislied auf die Ordnung bekämpfen? Wenn ich Dr. Ott sage, meine ich natürlich gar nicht Dr. Ott, sondern nur das in ihm wirkende Prinzip der Tüchtigkeit. Dr. Ott, ziehe ich dieses Prinzip von dir ab, bist auch du ein Russe. Laß uns also befreundet bleiben, ein Nein-Schrei ist selten mehr als die unwillkürliche Antwort auf einen Ja-Schrei, und das Schreien bleibt unser gemeinsames Lebenszeichen.

»Das Beamtenleben ertrag ich nicht mehr, nehmt mich mit nach Rußland«, wie lächerlich das geklungen hätte. »Schafskopf«, hätten sie geantwortet, »zu Hause sind auch wir Beamte, nur hier, im unsere Kräfte übersteigenden Vergleich mit euch, wirken wir trotz aller Anstrengung wie das ungebändigte Leben.« Das stimmt, wer die Ausweglosigkeit ernst nimmt, bleibt lieber, wo er ist. Die Wirklichkeiten sind verschieden, nur die Sehnsucht ist überall die gleiche. Mein Schicksal hat die Form von Dr. Ott, selbst wenn ich gegen es revoltieren wollte. Alle Paragraphen, die Dr. Ott noch aufzählte, sog ich daher ein, als handele es sich um einen liebgewonnenen Geruch aus der Kindheit.

Heimatlos zu sein, ist keine Lösung, ich bin ein Beamter, alles andere sind Wünsche. In dieser hoffnungslosen Stimmung blickte ich die Russen an. Was sind das für Abgeordnete? Die besten Paragraphen der Welt bietet man ihnen an, aber der russische Stolz ist zu groß. Sollen sie machen, was sie wollen, jedem Land sein eigenes Beamtensystem – »Unsere, nicht die fremden Fesseln!« so lautet überall der Ruf der Freiheit.

Am Ende bedankte sich der Ausschußvorsitzende Turbanow und überreichte uns ein Geschenk. Im Grunde war es ungerecht, daß ich den gleichen Becher mit aufgeklebten Kremltürmen erhielt wie Dr. Ott, obwohl er den Vortrag ganz allein gehalten hatte.

»Für Geschenke über fünf Mark«, sagte ich draußen zu ihm, »bräuchten wir eine Genehmigung.«

In seiner Wut hielt mir Dr. Ott seinen Becher hin. Nun hatte ich zwei Kremlturmbecher oder, um das Personalprinzip hochzuhalten, zwei Turbanowbecher. Turbanow – ein wunderbarer Name, in dem sich etwas Orientalisches, trotzdem Dynamisches wie auch überhaupt Russisch-Durcheinanderhaftes widerspiegelt. Das gesamte Elend eines Volkes vermag niemand zu erfassen, auch kein Spezialist, über die ständig benutzten Wörter »schrecklich« oder »entsetzlich« käme er ja nicht hinaus, und solche, die nie benutzt werden, verstünde man nicht. Deshalb habe ich die Becher auf das Schränkchen unter der Weltkarte gestellt. Manchmal, wenn mein Blick über die russische Landmasse und ihr menschliches Äquivalent, den Russen, dahinfliegt, umklammere ich verzweifelt die Turbanowbecher, als handle es sich um ein ans Herz gedrücktes Denkmal.

»Der sinnlich untermauerte Eindruck des Grauens«, denke ich dann, »erhöht die Besinnlichkeit.«

Wenn ich, was naheliegt, mein Leben als eine riesige Eisfläche ansehe, muß ich zugeben, daß an der Stelle, auf der ich mich damals aufhielt, das Eis besonders dünn gewesen ist. »Was sind das für Untersuchungen?« hätte ich meinen Abteilungsleiter fragen sollen. Oder irgendeinen anderen Beamten, Geheimnisse gibt es in Behörden nicht, höchstens falsche Gerüchte. Ich war zu feig. Unterm Bett – das ist schließlich nicht bloß irgendeine Redewendung. Andererseits, bitte, Feigheit ist ein grobes Wort, das der Zartheit einer menschlichen Seele nur selten gerecht wird.

Mit den Händen kräftig ins Wirkliche hineingreifen und den inneren Strom der eigenen Bilder versiegen zu sehen, das ist nichts für mich. Wozu auch? Die Täuschungen sind eine übergeordnete Regel, unter der sich die Vorteile des Greifbaren rasch verlieren. Natürlich spürte ich, daß da irgend etwas Schreckliches im Gange war. So abwechslungsreich ist das Leben eines Beamten nicht, daß er ein gewisses Flirren, mit dem sich etwas Unerhörtes ankündigt, nicht bemerkt. Doch wie viele Möglichkeiten hat das Unerhörte! Ein in der Toilette aufgehängter Referatsleiter ist ja nur eine unter hunderttausend.

Daß der Montag der schlimmste Tag der Woche ist, muß wohl jeder zugeben. Der Sonntag, wenn ich meinen Eindruck von ihm auf einem Kinderblock wiederzugeben hätte, wäre ein blauer Himmel, die Sonne und eine grüne Wiese, auf der Glückliche von der Abschaffung aller anderen Wochentage träumen. Unter Montag stelle ich mir dagegen einen im Gewitter stehenden, vor inneren wie äußeren Qualen zuckenden Beamten vor. Natürlich muß das kein Beamter sein, es könnte sich auch um ein Reh handeln, wichtig ist allein die Fähigkeit des Erduldens.

Als ich an jenem Montag ins Amt kam, sah ich einen Notfall- und zwei Polizeiwagen vor unserem Dienstgebäude. Merkwürdig, daß der Schauder und die Lust auf Ereignisse anfangs so eng zusammenliegen, das trennt sich erst, wenn die Lust befriedigt ist. Wie sich das im Gang tummelte. Heute wird bestimmt weniger gearbeitet. Später, in meinem Zimmer, setzte ich mich, als hätte ich einen viel zu weiten Fußweg hinter mir.

Heute sind weite Fußwege für mich eher die Ausnahme. Früher aber, als ich noch ein Junge war, nahm mich mein Vater, der Jäger, oft zu langen Treibjagden mit. Danach saßen wir in der Wirtschaft. Herrlich war das, nach dem vielen Laufen nun in dem warmen, lärmerfüllten Schankraum zu sitzen. Am liebsten hätte ich mich neben einen der Hunde gelegt, diese treuen, freundlichen Tiere. Aber auch auf dem Stuhl war es schön. Die Männer strichen mir über den Kopf und sagten, mein Vater sei der beste Schütze gewesen. Mein Vater, das hieß ja soviel wie ich selbst, und ich mußte mich nicht länger schämen, daß ich beim Schreien und Lärmen, mit dem das Wild aufgetrieben worden war, versagt hatte.

Das laute Reden der Männer, der Pulvergeruch, das blutverspritzte Jägergrün – da war etwas Rauhes, Derbes, und doch spürte ich eine Ordnung, in der man sich gut bergen kann. Zwischendurch betrachtete ich die abgeschnittene Pfote eines Hasen, die mir jemand geschenkt hatte. So weich, biegsam, sauber – mit diesem Kunstwerk springt ein Hase übers schmutzige Feld. Und davon hat er vier Stück! Der Überfluß, mit dem die Natur das Einzigartige verhindert, ist manchmal lästig. Aber wer denkt schon daran, am nächsten Tag würde ich sie meinen Schulkameraden zeigen, die hatten keine Hasenpfote, und wirklich stinken tut sie erst nach vier Tagen.

Die Gründe, die meinen Referatsleiter in den, wie man so sagt, Tod getrieben haben, konnte man übrigens an jenem Montag in einem Magazin nachlesen. Haus auf Mallorca, gemeinsame Segeltouren, kleinere, größere Geschenke, ein zinsloser Kredit – na was, solche Fälle stehen jeden Montag in den Magazinen, ohne daß die Angeschuldigten sich gleich umbringen. Meiner Meinung nach war mein Referatsleiter ein gefühlvoller Mensch. Über das Gefühlvolle sind freilich die unterschiedlichsten Meinungen im Umlauf. »He!« heißt es, »ein Beamtenhals in der Schlinge, was ist daran zart und empfindsam?« Ich bin für eine weite Auslegung. Widersprüche der Sehnsucht – damit ist die Tragödie des Kleinen, Dunklen, Engen und seiner Gier nach dem Großen, Hellen, Weiten gut zu beschreiben.

Schluß mit dem Gerede! Wie ging das weiter? Aufregungen vertragen die Beamten schlecht. Sie sitzen dann an den Schreibtischen und blättern lustlos in den Akten, die von den

Boten in hohen Stapeln hereingetragen werden. »Also los!« sagte ich und blätterte. Akten, Akten – selbst jetzt, ohne Rücksicht auf das Schicksal meines Referatsleiters. Und zwischendrin sogar folgende Postkarte:

Liebe Kollegen in der Abteilung XI,
ich bin hier gut eingetroffen und untergekommen. Für das Wohlergehen wird bestens gesorgt. Es ist ein tolles Gefühl, im November Strandleben im T-Shirt genießen zu können, aber es besteht kein Grund, neidisch zu sein. Bald muß auch ich wieder zurück zu neuen Schreibtischtaten. Bis zum Wiedersehen schöne Grüße.
Ihr Dr. Wolfgang Rollwitz

Über dem Foto auf der Rückseite stand *Paradise Beach – Miami.* An einem im Hintergrund sichtbaren Hotelkomplex war mit Kugelschreiber ein Pfeil eingezeichnet, unter dem *My room!* stand.

»Das reicht jetzt aber«, sagte ich laut und zerriß die Postkarte. Dann stellte ich mich ans Fenster und starrte hinaus. Mit welchem Ernst das einzelne Leben geführt wird, und trotzdem geht es mit großer Leichtigkeit verloren. Ach du, aufgehängter Referatsleiter, was hast du dir dabei gedacht? Im kalten Grab liegen, neben fremden Leuten – nein, die Einsamkeit hört niemals auf, höchstens die Fähigkeit, über sie zu klagen.

Solche Sätze sagte ich nun öfter zu meinem Referatsleiter. Als er noch lebte, wäre diese Offenheit unmöglich gewesen. Daß die Toten interessante Gesprächspartner sind, habe ich schon als Kind bemerkt. Damals mußte ich wegen eines Umzugs an eine andere Schule wechseln. In der neuen Klasse war gerade ein Mädchen an Leukämie gestorben. Aus diesem Anlaß erzählte die Lehrerin Episoden aus dem Leben des toten Mädchens. Besonders beeindruckte mich, wie das Mädchen, es hatte Marion geheißen, beim Turnen an den Ringen geschwungen haben soll. »Die pure Lebenslust!« rief die Lehrerin. Ich mußte später selber oft an diesen Ringen schwingen und konnte es nie tun, ohne mir vorzustellen, der Schwung, um den ich mich bemühte, stamme von Marion.

Das einzige Mal, daß ich Marion gesehen habe, war bei ihrer Beerdigung. »Wer kommt mit rein?« fragte die Lehrerin und führte uns in die Friedhofskapelle, in der Marion im offenen Sarg aufgebahrt lag. Ich hatte noch nie einen Toten gesehen und war geblendet von dem Weiß, das mir in der sonst dunklen Kapelle entgegenschlug. Ein weißer Sarg, ein weißes Kleid, ein weißes Gesicht – nur die Kerzen strahlten eine seltsame Hitze aus. »Die ist geschminkt«, rief später draußen einer der Jungen, was zu einer Rangelei mit einem Mädchen führte, das mit Marion eng befreundet gewesen war.

Ich weinte tagelang. Natürlich nur so, daß es niemand merkte, ich kroch unters Bett oder lief aufs freie Feld hinaus. Dabei unterhielt ich mich mit Marion. Heute, wenn ich auf der Straße einen Betrunkenen sehe, der laut vor sich hin spricht, stelle ich mir vor, daß auch alle anderen Passanten auf einmal ihre Selbstbeherrschung verlieren und dem Wunsch, von jemandem verstanden zu werden, nachgeben könnten. Was für ein ständiges Brummgeräusch das in den Straßen gäbe.

Die Toilette, in der mein Referatsleiter zu Tode kam, wurde entgegen jeder sonstigen Beamtenträgheit schon am nächsten Tag wieder zum normalen Gebrauch freigegeben. Sehr richtig, durch das Benutzen eines Raumes nimmt man ihm das Mysteriöse. Wie nötig das gewesen ist! »Die Todestoilette«, mußte ich anfangs immer denken, verkrampfte mich und konnte kein Wasser lassen. Dieser Anblick, dieser Geruch – so tief fühlte ich mich in die letzten Sekunden meines Referatsleiters hinein, daß ich mir einbildete, auch ich könne die Toilette nicht mehr lebend verlassen.

Was mir half, meine dienstliche Unbefangenheit zurückzugewinnen, war der Gedanke, daß die Endlichkeit, indem sie alles betrifft, dem Schicksal seinen letzten Biß nimmt. Jeder Kraft liegt eine Gegenkraft zugrunde – ein Satz, der zumindest die Schwachen zu trösten vermag. Was war hier die Gegenkraft? Die ständig wiederkehrende Notwendigkeit, die Toilette benutzen zu müssen, die Geräusche des Wasserlassens und Stuhlganghabens, kurz, das Bedeutungslose des Alltags. So wie mein Referatsleiter hing, war folgender Zettel das letzte, was er gesehen hat:

Sehr geehrte Herren!
Ich gehe davon aus, daß Sie zu Hause die Toilette anders verlassen, als ich sie hier leider sehr oft abends vorfinde. Bitte tun Sie im Dienst dasselbe wie zu Hause!
Ihre Reinigungskraft

Niemand liest mehr diese vergilbten Zettel. Seit Jahren kleben sie in den Herrentoiletten des Amtsgebäudes, wahrscheinlich hat die Reinigungskraft, die sie sich ausdachte, ihren Dienst längst aufgegeben. Nimmt man alle Wünsche und Träume zusammen, die von außen in die Behörden eingebracht werden, ergibt sich eine ungeheure Lebenskraft. Aber in der Wirklichkeit, dieser Schlachtbank für Hoffnungen, haben es alle schwer, selbst die Anspruchslosen.

So, wie ich die Geschichte von meinem toten Referatsleiter erzähle, erhält man einen ganz falschen Eindruck. Als ob dieses Ereignis bloß ein Beweis für das Niederdrückende sei, das auf der Beamtenexistenz lastet. Schließlich ging auch etwas Frisches, Aufbruchartiges – die Gegenkraft! – von ihm aus. Ich spreche nicht von den neuen Verordnungen und Ermahnungen, die, wie es hieß, aus gegebenem Anlaß in Betreff auf Geschenkannahmen erlassen und verkündet wurden. Von meiner persönlichen Zukunft rede ich. Denn nach den hergebrachten, das Dienstalter hochhaltenden Beamtenregeln würde ich meinem Referatsleiter nachfolgen, in seinem Amt, meine ich. Ich, ein Unfähiger! Und das war noch nicht alles.

»Haben Sie gehört? Nach Japan! Ich!«

Das kam so. Die Weltökonomie, diese unvorstellbar große Summe einer überall vorhandenen Geschäftstätigkeit, übersteigt die Fassungskraft eines einzelnen Gehirns bei weitem. Deshalb treffen sich möglichst viele Zuständige immer wieder in einer internationalen Atmosphäre und unterhalten sich.

»Einen Rußland-Spezialisten? Das haben wir hier doch gar nicht. Höchstens einen, der neulich einen Vortrag vor Duma-Abgeordneten gehalten hat.«

Solche Verwechslungen sind in den Behörden etwas nahezu Alltägliches. In der Abteilungsleiterkonferenz, die wegen meines Referatsleiters einberufen worden war, muß mein Name gefallen sein. Vielleicht hat jemand gesagt: »Hat denn der für das Bankhaus Dr. Strauch zuständige Referent nicht gemerkt, daß sein Referatsleiter mit den Vorständen dieser Bank segeln geht? Wie heißt denn der?« »Vogel.« Als später noch die Frage erörtert wurde, wer den Vizeamtsleiter, der wegen der russischen Bankenkrise vom Minister kurzfristig eingeladen worden war, übermorgen mit nach Japan begleiten solle, wollte niemandem ein geeigneter Referent einfallen. Da aber die Mittagspause drängte, eine sofortige Entscheidung nötig und mein Name den Anwesenden noch im Gedächtnis war, wiederholte man ihn einfach.

Ich nach Japan! Daß mich dieser Gedanke fast ohnmächtig umfallen ließ, zeigt, wie groß mein Verantwortungsgefühl zu diesem Zeitpunkt immer noch gewesen ist. »Weltwirtschaftsgipfel«, dachte ich, »an der Größe einer solchen Aufgabe mußt du scheitern.« Doch was heißt das schon, Scheitern? Für einen Beamten ist das der tägliche Beruf. Außerdem hatte ich den Vizeamtsleiter, an ihn konnte ich mich in der Not festklammern.

Wie jeder andere Mut ist der des Beamten eine Folge der Lebensfreude. Fehlt sie, kauert der Beamte ängstlich an seinem Schreibtisch. Überwinde deinen Schrecken! Furchtsam auf das Ende warten, wie dich das die Jahre über niedergedrückt hat. Nun ist es da, und die Furcht hört auf. Ich kaufte einen Anzug, einen Mantel und ein englisches Wörterbuch. Leider kaufte ich auch neue Schuhe. Schon am nächsten Tag, auf dem Weg zum Flughafen, bereute ich es. Dieses Quetschen und Würgen meiner Füße, wie war das auszuhalten?

»Sie?« fragte der Vizeamtsleiter, als er mich sah. Dann drückte er mir die Hand, daß ich fast aufschrie. Er hatte nicht teilnehmen können an der Abteilungsleiterkonferenz, bei der ich als sein Begleiter ausgewählt worden war. Ständig fuhr er in internationalen Angelegenheiten in der Welt herum.

Schweigend saßen wir nebeneinander und warteten auf den Abflug. Die Verbitterung des Vizeamtsleiters brachte mich auf die Idee, daß ich nur deshalb für die Japan-Reise ausgewählt worden sei, weil man den Vizeamtsleiter mit einem besonders unfähigen Referenten ärgern wollte. Der Neid der Abteilungsleiter auf einen im internationalen Maßstab handelnden Vizeamtsleiter ist naturgemäß groß, und auch der Amtsleiter mußte diesen Vizeamtsleiter, der schon äußerlich die Entschlußkraft selbst, also etwas ganz Unbeamtenhaftes war, als eine ständige Bedrohung empfinden. »Dem«, wurde bei der Abteilungsleiterkonferenz wahrscheinlich gedacht, »geben wir den Vogel mit, der hat gerade bewiesen, daß er das Unglück eines Vorgesetzten nicht zu verhindern weiß.«

»Wir sind beide Opfer«, hätte ich in diesem Moment am liebsten zum Vizeamtsleiter gesagt, um irgendein Zusammengehörigkeitsgefühl zu erzeugen. Aber das ging natürlich nicht. Daß jetzt eine auf ihn gerichtete Waffe des Amtsleiters und der Abteilungsleiter neben dem Vizeamtsleiter saß, blieb eine Vermutung und unbeweisbar. Eine in ihre Bestandteile nicht auflösbare Mischung aus Verwechslung, Unfähigkeit und Intrige zeichnet nun einmal die gesamte höhere Beamtensphäre aus, man muß sich damit abfinden.

»Nach Japan, wir!« so hätte jeder, der allein auf das Menschliche abstellt, dem Vizeamtsleiter zugejuchzt. Ach, das Menschliche – niedergeschlagen saßen wir nebeneinander.

»Was haben Sie überhaupt in Ihrer Aktentasche?« fragte der Vizeamtsleiter auf einmal. »Ist der Schriftwechsel mit der russischen Zentralbank dabei?«

Aus Angst nickte ich. Hätte er jetzt »Zeigen Sie mal her!« gesagt, ich wäre erledigt gewesen. Dieser Vizeamtsleiter war einschüchternd. Ein großer, starker Mensch mit dichten Haaren – selbst wenn er gar nichts sagte, spürte ich die Kraft und die Macht, die von ihm ausgingen. Es reichte aus, daß er mit seinem zornigen Blick zweimal hintereinander auf die Uhr sah, und das sonst selbstbewußte, unbeugsame Phänomen der

Zeit kam mir vor wie etwas Schwaches, Hilfloses, der menschlichen Betrachtungsweise ganz Ausgeliefertes.

»Waren Sie schon einmal in Japan?« fragte ich ihn plötzlich. So verzweifelt fragen sonst zur Verlängerung ihres Lebens nur Delinquenten die Scharfrichter. »Haben Sie Kinder?« »Welche Bücher lesen Sie?« hätte ich am liebsten auch gleich gefragt. Er ruckte, blickte mich an, sah vor sich hin, als ob er nachzähle und sagte schließlich:

»X-mal.«

»Dann kommen Sie ganz schön herum.«

Daraufhin zog er eine Akte aus der Tasche und blätterte mit einer Heftigkeit, die bewies, daß er mir meine Zudringlichkeit übelnahm. Ich vertrieb mir die Wartezeit, indem ich mir meine Füße als etwas nicht zu mir Gehöriges vorstellte. Zeitweise gelang es mir, durch den ständigen Druck der Schuhe war ein taubes Gefühl entstanden. Sobald ich jedoch die Füße bewegte, spürte ich einen Schmerz, der mich fast aufschreien ließ. Später im Flugzeug fühlte ich mich immerzu versucht, die Schuhe abzustreifen. Aber in Strümpfen neben dem Vizeamtsleiter zu sitzen, wagte ich nicht. Auch das Erlernen englischer Fachbegriffe, das ich mir für den Flug vorgenommen hatte, getraute ich mich nicht. »Was, jetzt erst lernen Sie dieses wichtige Wort?« Nein, lieber nicht, der bisher gewonnene Eindruck ist schon schlimm genug.

Dieses herrliche Gefühl des Überflusses beim Start eines Flugzeugs – wunderbares, fast sinnloses In-die-Luft-Geschossenwerden. Auch der neue Anzug und die Tatsache, daß ich neben dem Vizeamtsleiter sitzen durfte, trugen dazu bei, daß ich mir wie ein Bevorzugter vorkam. Da er den Fensterplatz hatte, konnte ich ihm unter dem Vorwand, aus dem Fenster sehen zu wollen, jederzeit aufs Gesicht schielen. Diese Festigkeit, dieses Streben in seinen Augen, wie bewunderte ich ihn darum. Plötzlich stellte ich mir vor, der Vizeamtsleiter sei mein Vater. Er war gar nicht alt genug, um mein Vater zu sein, aber weil ich mir selbst wie ein Kind vorkam, gelang es.

Wenn jemand vom Ernst des Lebens spricht, meint er damit wohl folgendes. Das eigenwillige, phantastische Herumhüpfen der Gedanken muß den Tatsachen, so wie sie sind, als etwas Albernes, Komisches vorkommen. Trotzdem lachen sie nicht darüber.

Früher hatte alles noch einen Bezug zu mir. Ich war ein Junge. Große Dinge gingen um mich vor, Dinge, deren Anführer ich war, denen ich meine Stimme verleihen mußte, wenn sie nicht elend am Boden liegenbleiben wollten. Dankbar bejubelten sie mich wegen der Aufmerksamkeit, die ich ihnen schenkte, wegen der Bedeutung, die ich ihnen gab. Ohne mich war nichts, und wenn ich dieses Nichts bisweilen bemerkte, dann nur, um in das Reich des Seins, dessen Herr ich war, rasch zurückzuflüchten. Heute, wo ich an die Leere als an die eigentliche Beschaffenheit meines Bewegungsraumes gut gewöhnt bin, erschrecke ich nicht mehr. Aber solche Augen wie die des Vizeamtsleiters – Augen, die auf die größten Probleme, etwa das vom Zusammenbruch des internationalen Finanzsystems, hinblickten, als schössen sie auf einen vorbeispringenden Hasen, das ist ein Lebensgefühl, an das ich mich manchmal wieder gerne anklammern möchte.

Der Vizeamtsleiter muß wohl gemerkt haben, daß es nicht nur die Wolken waren, nach denen ich schielte. Denn er fing plötzlich an, selbst zu schielen, und zwar auf mich. Zum Glück gelang es mir, den Augenkontakt zu vermeiden. So mußte es für den Vizeamtsleiter beim Verdacht bleiben, beweisen konnte er nichts. Aber vielleicht war das Leben mit einem Verdacht auch etwas, was der Vizeamtsleiter gar nicht kannte, weil er immer rasch zu einer Überzeugung gelangte. Gerne hätte ich hinter ihm gesessen, dann hätte ich ihn immerzu betrachten können. Meinem Vater, dem wirklichen, starrte ich, besonders bei langen Urlaubsfahrten, oft vom Rücksitz des Wagens auf den Hinterkopf. Das Zielstrebige, wie es einem Autofahrer hinter dem Lenkrad anhaftet, wurde mir dadurch von klein auf zum Begriff.

Die Aufregung beim Abflug mußte mich stark ermüdet haben, denn ich schlief bald ein. Es war kein richtiger Schlaf, aber der richtige läßt sich vom falschen erst unterscheiden, wenn man aufgewacht ist, und so nahm ich das traumartige Gefühl, ich sei ein beinloser Oberkörper, der sich wie ein Satellit durch die Luft dreht, durchaus ernst. In der Ferne sah ich weitere Oberkörper und empfand darüber eine ungeheure Befriedigung. »Wir sind eine Familie«, wiederholte ich im Rhythmus der Umdrehungen, denen wir Oberkörper uns hingaben. Mehr geschah nicht, dann wachte ich auf. Ich begriff, daß mein Halbschlaf nur ein paar Sekunden gedauert haben konnte, und wünschte mir, der Vizeamtsleiter möge das Absinken meines Kopfes nicht bemerkt haben.

»Sind wir schon über Rußland?« rief ich, um meine Wachsamkeit vorzutäuschen. Der Vizeamtsleiter beugte sich zum Fenster, als sei von dort eine Antwort zu erwarten. Dann zuckte er mit den Achseln. Meine Frage kam mir nun selbst unnötig vor. »Früher«, mußte ich denken, »hat man die Könige dadurch geschützt, daß niemals Fragen an sie gerichtet werden durften.«

»Hoffentlich stürzen wir nicht ab« – auch dieser lächerliche, für Unerfahrene typische Satz lag mir den ganzen Flug über auf den Lippen. Einmal, als wir in ein Luftloch gerieten, hätte ich ihn fast ausgesprochen. So ein Kleinmut. Hatte ich kein Vertrauen? Die Ängstlichkeit eines Beamten, selbst hier am russischen Himmel wurde ich sie nicht los. Wenn nur ein wenig von der Kraft des Vizeamtsleiters auf mich übergeströmt wäre. Kein Dösen, kein Träumen, stets besonnen und konzentriert, erst wenn seine Hand plötzlich zum Umreißen eines Aktenblattes vorschoß, zeigte sich das ganze Ausmaß seiner Leidenschaft.

»Mut, Ruhe, Kraft«, dachte ich, »so kann es gehen.« Wer sich von der Aufgeregtheit, die sie umgibt, anstecken läßt, übt ja keine Macht aus. Ich überlegte, ob die Zeitverschiebung, die für uns durch den Flug nach Japan entstand, mein Leben verkürzen würde. Schließlich fehlten mir dann ein paar Stunden. Einstein fiel mir ein und seine Relativitätstheorie – gewiß eine Übertreibung, wir flogen ja nicht mit Lichtgeschwindigkeit. Dennoch schien es mir plötzlich, als sei das Denken eine übermenschliche Herausforderung und die Zeit eine bloße Nebenfolge des Ordnungstriebs.

Als wir landeten, war ich taub. Es begann mit einem starken Ohrenschmerz, schuld war der rasche Abfall des Luftdrucks beim Landeanflug. Oh, das krachte in den Ohren. Dann, unten angekommen, ein Gefühl, als seien die Ohren zugeschwollen. Nur noch die lauten Geräusche drangen in mein Gehirn. Verdammt! Mit zwei über die Ohren gebundenen Kissen ankommen, was wird das für einen Eindruck machen? Zum Glück gehörte das, was der Vizeamtsleiter sagte, zu den lauten Geräuschen. Und notfalls konnte man sich an seinen Blick halten.

Japan! Wie wichtig dieser Begriff für mich wurde. Die Gesichter, die unverständlichen Lautsprecherdurchsagen, die Uniformen der Zöllner – Japan! Alles, was ich wahrnahm, bezeichnete ich damit. Auch das menschliche Gewimmel war für mich sofort ein typisches Japanergewimmel, obgleich es vielleicht nur ein typisches Flughafengewimmel gewesen ist. Wie soll man das unterscheiden? Überall gehen die Begriffe ineinander über.

Auch im Zug, der uns nach Tokio bringen sollte, herrschte das Japanergewimmel. »Heda, wir gehören zum Gipfel!« hätte ich am liebsten geschrien, um dem Vizeamtsleiter den Weg freizuräumen. »Hätten wir bloß ein Taxi genommen«, stöhnte er. Aber bis Tokio waren es noch hundert Kilometer, eine Entfernung, die über die Vorstellungskraft der Verfasser bestimmter Beamtenvorschriften weit hinausging. Zum Glück hatte der Vizeamtsleiter noch eine »Financial Times«. Er gab mir ein Stück davon ab, und so, wie wir beide, ungerührt von der alles einzelne und Besondere beleidigenden Japanerflut, in diese Zeitung hineinstarrten, sah das noch ganz manierlich aus.

Im Hotel war die gesamte deutsche Delegation untergebracht. Der Vorsprung derjenigen, die mit der Regierungsmaschine fliegen durften, schien somit aufgebraucht. Allerdings wurde uns rasch bewußt, welcher Kampf noch zu bestehen war, bis wir die Notwendigkeit unserer Anwesenheit ähnlich tief empfinden können würden wie die anderen hin- und herlaufenden Delegationsmitglieder. Der Vizeamtsleiter nahm diese Herausforderung gleich an, indem er überall nach einem hohen Ministerialbeamten suchte, den er für seinen Ansprechpartner hielt. Ich war ihm da nur lästig. Wie sieht das denn aus, zwei Beamte, ein kräftig ausschreitender und ein humpelnder, die sich überall nach einem angeblichen Bekannten erkundigen?

Also blieb ich in meinem Zimmer. Die grausamen Würgschuhe ausziehen zu dürfen, darauf hatte ich lange gewartet. »Ihr seid jetzt in Japan«, sagte ich zu meinen Füßen, ganz so, als hänge ihre Wundreibung mit einer bedeutenden Leistung zusammen. Man muß das tun, sonst wächst die Gefahr einer Entfremdung. Und zu meinen Schuhen sagte ich: »Ihr Eleganten! Mit meinen Füßen vertragt ihr euch schlecht. Aber weil auch ihr als frühere Rindshaut zur großen leidgeprüften Gemeinschaft ehemaliger Lebewesen gehört, will ich euch nicht weiter ausschimpfen. Geht jetzt in euch und mischt euch nicht weiter in die Sphäre meines körperlichen Wohlgefühls ein.«

Darf das sein? Inmitten der ungeheuren Turbulenz, als die ein Wirtschaftsgipfel anzusehen ist: ein einzelner Beamter, überflüssig und ungebraucht, den Gedanken an die vom Nichts bedrohte Sehnsucht nachhängend. Na, selbst in den bedeutendsten Palästen gibt es Zimmer, in denen nichts geschieht. Plötzlich klingelte das Telefon. Eine nur für mich bestimmte Japanerinnen-Stimme! »Komm«, hauchte sie, »küß mich.«

In Wirklichkeit schrie sie, wegen meiner Taubheit hatte ich dreimal nachgefragt, »please, come to get your ID-Card«. Mein erster Auftrag! Ich lief sofort los. Mich in den Strom der Eilenden einreihen! Vom Sturm der Regierungsarbeit erfaßt werden! Daß ich kein Foto hatte, machte nichts. Ein Fotograf war zur Stelle, und nach kurzem Warten konnte ich mir den Ausweis anstecken. Als sei ich bisher bedeutungslos gewesen, so fühlte ich mich jetzt. Auf dem Rückweg packte mich der Übermut. »Gehört ihr auch dazu?« hätte ich fast den Vorübereilenden zugerufen.

Zurück im Zimmer, betrachtete ich das Foto auf dem Ausweis. Japan! Wirklich, wie ein Japaner sah ich darauf aus. Der Ausweis erlaubte den Zutritt zur Konferenz. Leider hatte ich nur einen blauen Ausweis, für die innere Sicherheitszone brauchte man einen roten. Immerhin war der blaue Bereich besser als der gelbe, den es, wie ich den mir ausgehändigten Unterlagen entnahm, auch noch gab.

Natürlich habe ich das gleich ausprobiert, das mit dem blauen Bereich. Die Aktentasche nahm ich mit. Was für ein Gefühl, im Bewußtsein eines Weltereignisses durch menschenvolle Räume zu schreiten. Mein erster Gipfel! Hoffentlich merkt das niemand. Am besten, dem eigenen Auftritt eine bestimmte Richtung geben. Also setzte ich mir ein Ziel: den Vizeamtsleiter finden! Damit läßt sich gut schreiten. Jemanden finden, dem man etwas sagen kann – mehr war auch für die anderen Gipfelteilnehmer nicht zu erreichen.

Überall Journalisten, überall Mikrofone, überall Aufregung, so nah dran an der Macht war ich noch nie. Unvornehm, dieses Drücken und Stoßen, schlimmer als auf dem Flughafen. Ein gezieltes Schreiten, so wie ich es mir vorgenommen hatte, schien hier ganz untersagt. Ich gab daher bald auf und humpelte, von der Schuhfolter halb ohnmächtig, zurück ins Hotelzimmer. Dort schaltete ich den Fernseher ein. Der Gipfel, ein Gewimmel war er auch hier, aber jetzt – endlich verspürte ich die Würde, die ich mir für dieses Ereignis erhofft hatte. Sogar eine überlegene Ruhe strahlten die Bilder aus, ich mußte bloß den Ton abstellen.

Ich stand auf und ging zum Fenster. Häßlich, dieses Tokio, am besten, man nimmt es bloß als einen Kosenamen, der das Große und Leistungswillige symbolisiert. Unten auf der Straße wuselten die Punkte. Solche hohen Hotelgebäude gehören verboten, denkt denn niemand an die Folgen für den einzelnen Passanten? Wie ein Tüpfel im Tüpfelmeer erscheint der von hier oben.

»Noch nie«, dachte ich in diesem Moment, »ist etwas Entscheidendes geschehen, und es wird auch nie geschehen.«

Dann öffnete ich den winzigen Hotelzimmerkühlschrank und griff nach einer der kleinen Whiskyflaschen. So etwas hatte ich noch nie gemacht. Es bewies, daß ich lebte. Dann stellte ich mir vor, der Whisky koste eine Million Dollar. Lächerliche Übertreibung, nur erfunden, um einen Beamten dem Kitzel eines tollkühnen Gefühls auszusetzen.

Wie das im Hals brannte! Als sollte etwas vernichtet werden. Doch gleich danach ein erstes kleines Schweben, nicht lange, bald setzte der Körper wieder auf. »Betrink dich«, rief mir jemand zu, als handele es sich um ein Zwiegespräch. Im Grunde war ich unentschieden. Sich bei einem Wirtschaftsgipfel betrinken? Andererseits, ich wußte nicht warum, schien es mir erlaubt. Ich setzte zu einem zweiten Schluck an, da klingelte das Telefon.

»Who?« mußte ich zweimal nachfragen. Dabei war es der Vizeamtsleiter. Was ich denn mache? Heute sei es egal, aber morgen früh tage die Arbeitsgruppe Rußland. »Seien Sie pünktlich!« schrie der Vizeamtsleiter in mein Ohr. »Unbedingt«, antwortete ich und bereute sofort meine Formulierung. Der Vizeamtsleiter nahm sie mir zum Glück nicht übel. Er sagte bloß, er hoffe, daß ich der morgigen schwierigen Aufgabe gewachsen sei.

Die morgige Aufgabe war mir jetzt im Grunde gleich. Daß der Vizeamtsleiter freundlich zu mir sei, schien mir viel wichtiger. Beamte sind hierin manchmal verantwortungslos. Ich trank den restlichen Whisky aus, dann schlief ich ein.

Wenn nur wenigstens das Unbewußte auf die Bedürfnisse eines Schlafenden Rücksicht nähme. Aber nein, das Wirkliche nach den Denkregeln blind umherzuckender Nerven neu zusammengesetzt, ist das eine Erholung? Die edle, hohe, freie Bezeichnung Traum verdient es jedenfalls nicht. Erst schien es, als befinde ich mich auf einer Hochzeit. »Ihre Braut«, sagte der amerikanische Präsident, und eine verschleierte Japanerin trat vor. Zunächst solle ich eine Rede an die Weltgemeinschaft halten. Noch bevor ich an der Größe dieser Aufgabe verzweifeln konnte, bedrohte mich der Vizeamtsleiter. »Der Dienstweg!« schrie er, vielleicht aus Neid. Nur der amerikanische Präsident konnte jetzt helfen. In dem Gedränge fand ich ihn aber nicht. »You are drunken«, rief eine Sekretärin, die ich um Hilfe bat. »Wäre es nicht erlaubt«, verteidigte ich mich, »dürften die Flaschen nicht im Kühlschrank stehen.« Dann schrie jemand: »The president!« Ich wollte hinlaufen, aber meine Füße waren zerquetscht, ein Wunder, daß ich überhaupt noch stand. Im Grunde stand ich aber auch gar nicht mehr, ich lag in einem Bett, und ein blonder Mann mit einem Koffer sagte etwas zu mir, was ich nicht verstand.

»Wie?« fragte ich. »Wie?«

Daraufhin verschwand er nicht, sondern rief, immer lauter werdend: »Wer Sie sind!« Das sprach gegen einen Traum. Und wirklich, ich war wieder da. Es stellte sich heraus, daß das Zimmer infolge eines organisatorischen Versehens doppelt vergeben worden war. Ein anderes stehe erst morgen zur Verfügung.

»Bei einem Gipfel!« rief ich empört aus.

»Wir heißen beide Vogel, da ist es kein Wunder.«

Es sei nicht der erste Gipfel, bei dem er Pannen erlebe. Wer an solchen Kleinigkeiten zerbreche, brauche erst gar nicht anzufangen. Im übrigen müsse ich mir keine Sorgen machen, er werde nicht gleich zu mir ins Bett kriechen. Die Nächte seien bei einem Gipfel wichtiger als die Tage.

»Müssen Sie nicht schlafen?«

Er lächelte und sagte, er sei einer der Sprecher des Außenministers. Dann erkundigte er sich nach meiner eigenen Funktion, und ob ich einen Hörschaden hätte, weil er alles wiederholen müsse. Ich sagte, daß ich ein Spezialist für die Probleme der russischen Bankenaufsicht und vom Flug fast taub sei. Daraufhin holte er ein Fläschchen aus seinem Koffer. Er benutze es zur Abschwellung seiner Nasenschleimhaut, ein winziger Tropfen genüge. Leider müsse er jetzt wieder los.

»Sie werden schon wieder gebraucht!«

Es muß sich wie ein Seufzer angehört haben, denn er sagte, ich könne, falls ich wolle, zum inoffiziellen Termin mitkommen, er beginne nach Mitternacht.

»Wirklich?«

Anstatt mich für den nächsten Tag auszuruhen! Was war in mich gefahren? Dieser fremde Vogel hatte etwas Zauberhaftes. Eine so wichtige Stellung, dennoch teilte er das Zimmer mit mir. »Sind Sie verrückt? Raus! Das ist *mein* Bett!« hätte der Vizeamtsleiter mir an seiner Stelle zugerufen, und das, obwohl wir zum selben Amt gehören. Der fremde Vogel dagegen – das Bett schien ihm gar nichts zu bedeuten. Sprecher des Ministers, vielleicht verhilft das zu einer sanften Stärke, schließlich ist das unaufhörliche Sprechen über die Dinge wie ein selbstbewußtes Hinwegstreifen über sie, und man braucht nicht so an ihnen zu hängen.

Du bist nicht allein! Ich war glücklich über den neuen Freund. Dann nahm ich das Fläschchen, das er mir gegeben hatte, legte mich seitlich und versuchte, etwas von seinem Inhalt in mein Ohr zu tröpfeln. Erst wollte nichts herauskommen, ich mußte von hinten auf das Fläschchen schlagen.

Was nun geschah, übertraf an Erlebnisstärke alles, was ich je mit dem Ohr erlebt hatte. Warum denn? Erst trat eine Erfrischung ein, als sei das Ohr in eine Tiefkühltruhe geworfen worden. Dann begann es plötzlich zu brennen, als handele es sich um ein Stück Phosphor. Ich wälzte mich wie von Sinnen übers Bett, sprang durchs Zimmer, hielt das Ohr und stieß, fast schon tot, ins Badezimmer, wo ich das Ohr unter den Wasserhahn hielt. »Chinesisches Heilöl« hatte auf dem Fläschchen gestanden. Sprecher des Außenministers – das konnte frei erfunden sein. Ein Verrückter, der an die Gipfelteilnehmer Salzsäurefläschchen verteilt. Langsam ließ das Brennen nach. Das Frischegefühl kehrte wieder, aber es war ein merkwürdiges Frischegefühl, ungefähr eines, wie es entsteht, wenn gerade ein Teil des Kopfes weggerissen wurde und der Wind an den Rest dranbläst.

Ich schaute in den Spiegel. Äußerlich war nichts zu erkennen. Dann schleppte ich mich zu seinem Koffer und öffnete ihn. Immerhin lag ein Anzug drin. Vielleicht beruhte alles auf einem Mißverständnis. Ich legte mich aufs Bett und überlegte. Das Ohr war geschädigt, vielleicht für immer. Und wozu? Dummer, blöder Zufall. Vogel – hätte ich einen andern Namen, wäre es nicht passiert. Um mich zu beruhigen, stellte ich mir vor, dem Verlust meines Ohrs komme eine welthistorische Bedeutung zu. »Petrus hat mir das Ohr abgehauen«, sagte ich und glaubte für einen Moment daran. »Auf dem Ölberg.« Der schlimmste Verlust ist der sinnlose. Diesem Grobian, der Wirklichkeit, läßt sich manches abgewinnen, wenig im Kampf, viel durch Gehirnsprünge. Dann faßte ich nach dem Ohr. Es war noch da.

»Hören tut es auch noch.«

Sogar besser als jemals zuvor. Ich hatte zwei Finger dicht

vorm Ohr aneinandergerieben. Wie sachlich! Wie seiend! Ich schloß die Augen und versuchte zu schlafen. Es gelang jedoch nicht, zuviel war geschehen. Was für ein Unterschied zu meinem sonstigen Beamtenleben. Japan! Ich nahm den Reiseführer und las darin.

Später, nach Mitternacht, als wir in einem japanischen Taxi saßen, hatte ich Lust, den Stefan zu umarmen. Die anderen beiden Fahrgäste sagten Steven zu ihm. Sie waren wohl auch Sprecher von irgendwelchen Ministern, einer schien Amerikaner, der andere Japaner. »Steven und ich schlafen im selben Bett«, hätte ich denen am liebsten gesagt. Stefan behauptete, ich sei ein Banken- und Rußlandspezialist. »Oh!« sagten sie, und ich fühlte mich erleichtert.

»Wir sind aber auch zwei Vögel«, flüsterte ich zu Stefan. Er lächelte voll Verständnis für mein Bedürfnis nach einem Witz.

»Wo fahren wir denn hin?«

»Japan«, mußte ich denken, während wir durch ein menschenvolles Viertel fuhren. Das unabgestimmte, wild pulsierende Aufleuchten der Leuchtreklamen wirkte belebend. Japan! Japan! Ab und zu sah man eine Frau im Kimono die Straße entlangtippeln. Der Amerikaner machte einen Scherz, bei dem ich außer den Worten »love hotel« nichts verstand. Die anderen lachten. »Wie macht man das«, hätte ich sie am liebsten gefragt, »so ein Genuschel zu verstehen?«

Das Lokal, das wir betraten, war ein großer, vornehmer Nachtclub. Überall Gipfelteilnehmer, man erkannte sie an der ID-Karte, die am Anzug baumelte. Habt ihr die nicht abgenommen? Ach was, in Japan betrachten sich das Dienstliche und das Private als zwei ineinander Verliebte. Alles Beamte? Dennoch wirkten sie glücklich. Auf einer kleinen Bühne stand jemand, der aussah wie mein Abteilungsleiter. »Love me tender«, hauchte er ins Mikrofon, die anderen klatschten rhythmisch mit.

»Französischer Staatssekretär«, flüsterte mir Stefan zu. Eine Japanerin in einer kurzen Schürze führte uns an einen Tisch, an dem Gertraud saß. Gertraud? In Wirklichkeit war es ein unglaublich dicker Japaner im Kimono. »Kazuo Ichiriki«, stellte ihn der Japaner vor, der mit uns im Auto gesessen hatte. Dann kicherte er und behauptete, das Sitzen neben einem Sumo-Kämpfer bringe Glück, weshalb ein Platz wie der neben Kazuo Ichiriki in Japan als ein Ehrenplatz gelte. Ich glaubte das nicht, außerdem wollte ich viel lieber neben Stefan sitzen, aber alle lachten und deuteten auf mich.

Gertraud war ein Mädchen, das mit mir in die erste Klasse ging. Sie saß vorne rechts in der sogenannten Eselsbank. Eigentlich hätte die Eselsbank Gertraudbank heißen müssen. Denn daran, daß Gertraud einmal von dieser Bank wegkommen könne, war nicht zu denken. »Gleich kommst du neben die Gertraud!« – eine schlimmere Drohung hätte die Lehrerin nicht aussprechen können. Höchstens derjenige, der bereits neben der Gertraud saß, schöpfte aus einer solchen einen anderen betreffenden Prophezeiung Hoffnung. Das war nun aber auch wirklich eine schreckliche Strafe, neben der Gertraud sitzen zu müssen. Dick war die wie drei Erwachsene zusammen, ein Wunder, daß es ihr gelang, sich in die Schulbank zu zwängen. Gestunken hat sie und gekeucht auch. Schwer zu sagen, wie alt sie war. Die erste Klasse besuchte sie jedenfalls schon seit mehreren Jahren.

Ich selbst habe nie neben der Gertraud sitzen müssen. Wie denn auch? Meine Eltern waren angesehene Leute, und so ordentlich wie ich aussah, stets ein akkurat gezogener Haarscheitel, nie verrutschte der, auf das Haarwasser meines Vaters war Verlaß. Selbst wenn ich, was nicht selten geschah, mit anderen Schülern bei einem Unfug erwischt wurde, traf mich niemals die Höchststrafe, das Sitzen neben der Gertraud. »Mach da nicht mit!« schrie die Lehrerin höchstens und schickte denjenigen, von dem sie glaubte, er habe mich verführt, vor zur Gertraud. Gerecht war das nicht, aber ein Beispiel für die Macht des Zufalls.

Ei, was für ein Johlen, wenn wieder einmal jemand seine Sachen packen und mit hängendem Kopf zur Gertraud schlurfen mußte. Wer dort abgelöst wurde, sprang in seinem wiedergekehrten Übermut auf und strahlte so frech über beide Backen, daß die Lehrerin ihn gleich wieder ermahnen mußte. Die Gertraud aber schien den Wechsel in der Nachbarschaft als eine gefährliche Bedrohung zu empfinden, aufgeregt wakkelte sie hin und her. Zu einem flehenden Blick war sie nicht fähig, Angst war es, pure Angst, die aus den im Fett versunkenen Äuglein blitzte.

»Schlimm, diese würdelose Panik, wie bei einem Schwein« – so dachten wir.

Neben der Gertraud sitzen, einen tieferen Abgrund konnte ich mir damals nicht vorstellen. Ich wunderte mich über alle, die dieses Schicksal überlebten. Eigentlich hätte die Schande sie in Luft auflösen müssen. Doch sie weigerten sich und benutzten sogar, falls jemand auf ihren neuen Sitzplatz zu sprechen kam, die Fäuste. Viele von ihnen waren Bauernjungen, kräftig und roh, nicht so schwach und beherrscht wie wir zugezogenen Städter. Die Gertraud als Schwester haben, mit ihr verheiratet sein und von ihr geküßt werden – damals wirkte Gertraud auf mich wie eine unerschöpfliche Quelle der Phantasie und des Grauens. Bald darauf wurde es jedoch auch in kleineren Orten üblich, geistig Behinderte auf eine Sonderschule zu schicken, wo, wie wir uns vorstellten, alle Schüler jeden Tag nebeneinander auf einer riesigen Eselsbank sitzen.

Kazuo Ichiriki – hatte ich den Namen richtig verstanden? Ich fragte nach, er lachte, als sei ihm sein Name gleichgültig. Plötzlich machte er aus seinem Gesicht eine bedrohliche Maske. Er sah aus, als wolle er mich anfallen, fauchte und – brach über seinen Scherz in Lachen aus. Der schlechteste Platz des Lokals, davon war ich nun überzeugt.

»Japan!« sagte ich mir, es half aber nur kurz. Ein Sumo-Kämpfer, der Whisky trinkt? Betrüger. Am liebsten hätte ich mich mit Stefan und den anderen unterhalten. Aber ihre Ministersprecherwitze verstand ich nicht. »Mayonäs, Mayonäs!« tobte es von hinten. Ich begriff erst, als der französische Staatssekretär die Marseillaise anstimmte. »Really?« schrie der Amerikaner viel zu laut. Der Japaner hatte ihm etwas ins Ohr geflüstert. Dann winkten sie kichernd eines der Serviermädchen heran. Gegen einen Geldschein griff sie unter die Schürze und zog ihr Höschen aus. Der Amerikaner, dem man das Höschen johlend zusprach, tat, als rieche er daran. Dann warf er es Stefan zu. Wie grob das hier zuging. Ich nippte an dem warmen Reiswein und blickte dem Serviermädchen nach. Japan! Bald kamen von den Nachbartischen Japaner, um uns Reiswein einzuschenken. Einer tippte mir auf die Schulter, deutete auf Gertraud und schrie: »Sumofighter.«

»Und Sie?« rief ich zurück, »Minister?« Er winkte lachend ab. Er sei nur ein kleiner Beamter des Finanzministeriums. Aber der da, er deutete auf seinen Nebenmann, sei sein Chef und sehr wichtig, denn er verwalte den Fonds. »Funds for entertainment«, grinste ein anderer zur Erklärung. Der Chef wiegelte ab, doch wie zum Nachweis eines sagenhaften Reichtums blitzte, sobald er grinste, ein großer Goldzahn aus seinem Mund.

»*Mein* Chef«, rief ich, »hat sich neulich – Harakiri!« Die Japaner lachten, vielleicht hatten sie mich nicht verstanden. »Harakiri!« wiederholte ich, »in our toilet.« Ich weiß selbst nicht, warum ich das sagte. Wie um unserem Gespräch eine größere Verbindlichkeit zu geben, wiederholte ich: »Harakiri!« Dann fiel mir der Name Mishima ein. »Mishima«, lachten sie und schenkten mir Reiswein nach. Herrlich, dieses warme, sinnvolle Getränk. Schon war die Beamtenkruste ganz aufgeweicht. Freundschaft, Liebe, Japan – am liebsten hätte ich die Arme ausgebreitet, um meinem Schweben einen äußeren Ausdruck zu verleihen. Keine Zeit! Jetzt galt es, die Finger auf die Stäbchen zu konzentrieren. Wunderbare Bissen wurden mir von allen Seiten entgegengehalten. »Bitte laut schlürfen und schmatzen«, hatte der Reiseführer für solche Fälle empfohlen. Furzen auch? O ihr Japaner! Schlingel seid ihr, man hört es an eurem Kichern.

Eine neue Gruppe kam an unseren Tisch und suchte Platz. »Gertraud«, hätte ich gern geflüstert, »robben Sie an den Nebentisch! Dadurch würden drei Plätze frei.« Schluß jetzt mit dummen Redensarten, zum Glück quetschte sich die Gruppe an den Nebentisch, und ich konnte die hübsche junge Frau, die zur Gruppe gehörte, gut beobachten.

»Ich kenn auch eine Zen-Übung«, schrie der Amerikaner. »Du zündest einen Dollarschein an und siehst zu, wie er abbrennt.« Dann lachte er so laut, wie es zu keiner Zen-Übung paßt. Widerlich, dieses unjapanische Verhalten, hoffentlich denkt die junge hübsche Frau nicht, ich hätte damit etwas zu tun. Dann bemerkte ich, daß sie Stefan zuwinkte. Wie ein Wunder kam mir Stefan in diesem Moment vor. »Falls«, hörte ich ihn rufen, »ihr euch liebt, kann sie in dein Hotelzimmer, ich nehme ihres.« Unsinn. »Gefällt's Ihnen?« rief er, und ich nickte dankbar. Dann rutschte ich auf den Knien zu ihm hin. »Eine wundervolle Nacht, müde bin ich nicht, bloß die Beine sind eingeschlafen.« Der Schneidersitz, so Stefan, gehöre zu Japan mit dazu, aber wenn ich wolle, könnten wir ins Hotel zurückfahren.

»Kennen Sie die Frau dort?«

»Ludmilla?«

Elender Spitzbube! Eine solche Frau kann unmöglich Ludmilla heißen.

»Dolmetscherin. Ich kenn sie aus meiner Moskauer Zeit.«

»Verzeihen Sie mir?«

»Was denn?«

»Der Reiswein – und im Hotel trank ich Whisky.«

»Wir können gleich aufbrechen.«

Im Taxi fiel mir ein, daß wir gar nicht bezahlt hatten. »Bezahlen«, erklärte Stefan, »könnten wir's sowieso nicht. Allein das Höschen hat fünfhundert Mark gekostet.« Auch der Sumokämpfer sei bestimmt nicht billig gewesen. Er, Stefan, fände solche Privatclubs geschmacklos, doch könne man sich die japanischen Beamten auf ewig verpflichten, indem man ihre Einladungen annehme. Nur wenn sie Gäste bewirten, dürften sie die horrenden Rechnungen mit den Mitteln eines Reptilienfonds bezahlen.

»Mein Referatsleiter hat sich neulich aufgehängt.«

Daß ich schon wieder damit anfangen mußte.

»Schrecklich.«

»In der Toilette, ich hab ihn selbst gefunden.«

Wichtigtuerei, selbst vor einer Lüge schreckte ich nicht zurück. Er habe von dem Fall gelesen, sagte Stefan und legte seine Hand auf meine. Wie zwei wirkliche Freunde – Übermut ergriff mich, und ich sagte:

»Ich werde sein Nachfolger.«

Manchmal, wenn man ein Kind sein will, gelingt es. Ewig noch hätte ich mit Stefan durch das nächtliche Tokio fahren mögen. Eng schmiegten sich unsere Körper aneinander, und daß ich meinen Kopf nicht auf seine Schulter legte, wurde nur vom Pflichtgefühl verhindert: »Diese Schulter da«, sagte es, »ist ein Körperstück von Stefan. Du selbst heißt Dominik, gleichwohl erscheint dir die Schulter wie ein Ort der Rettung und Erlösung. So geht das mit allen fremden Schultern, Ohren und Schößen: Es gebe, machen sie glauben, Orte des Glücks. Bist du an ihnen angelangt, stellt sich aber rasch heraus, daß der Raum als solcher eine Täuschung ist.«

Ob Stefan auch dieses Pflichtgefühl kannte? »Bestimmt«, dachte ich, und daß seine Hand immer noch auf meiner lag, obwohl wir gar nicht mehr von meinem aufgehängten Referatsleiter sprachen, war gewiß eine Folge der Vergeßlichkeit. Wie oft liegen Hände einfach so herum, soll man immer an jedes Körperteil denken, wo käme man da hin? Im Aufzug des Hotels schlug Stefan vor, wir sollten uns duzen.

»Gerne«, sagte ich, nicht ohne Stolz. Stefan blickte mich lächelnd an. Jetzt. Jetzt auch. Jetzt immer noch. »Mein erster Gipfel«, fügte ich hinzu, weil ich seinen Blick nicht mehr aushielt, »und schon duzt mich der Außenminister.«

»Einer«, lachte Stefan, »seiner sechs Sprecher.

»Auf welcher Seite«, rief ich, sobald wir das Zimmer erreicht hatten, »willst du schlafen?«

Wieder das Lächeln, wieder der Blick. Warum denn? Hm.

»Wie spät es geworden ist! Wenn nur der Vizeamtsleiter es morgen nicht bemerkt.«

Darüber, erklärte Stefan, müsse ich mir keine Sorgen machen. Zu verhandeln gebe es ohnehin nichts mehr, die Kommuniqués stünden seit Wochen fest. Ein paar Beamte seien erforderlich, damit sich die Minister einander keinen Unsinn versprechen. Aber die meisten seien bloß zum Einkaufen mitgekommen.

»Zum Einkaufen?«

»Für ihre Frauen.«

»Ich nicht«, sagte ich verstimmt. »Übrigens hat dein Heilöl fast mein Ohr ruiniert.«

Das war ungehörig von mir. Er nahm es aber nicht übel. Im Gegenteil, er entschuldigte sich sogar. Das Heilöl diene nur der äußeren Anwendung, er hätte es mir sagen müssen. Dann wollte er das Ohr sehen.

»Tatsächlich, es ist gerötet.«

So sanft, wie er meinen Kopf hielt – fast hätte ich ihn doch noch auf seine Schulter gelegt.

»Zum Glück hört es noch.«

Ich riß mich los. Zusammen in einem Bett zu liegen – plötzlich erschien mir das unpassend. Er spürte es wohl, denn er fragte mich, ob er auf dem Boden schlafen solle.

»Nein, wenn schon, dann müßte *ich* auf den Boden.«

»Ich schlafe nackt.«

»Da würde ich mich erkälten.«

Als wir endlich im Bett lagen, drehte er sich zu mir und fragte mich, ob ich schon mit einem Mann geschlafen hätte.

»Außer im Krankenhaus noch nie.«

Er starrte mich an, dann lachte er auf.

»Nun«, dachte ich, »ist es also klar«, und knipste das Licht aus.

»Schläfst du schon?«

Er antwortete nicht. Ich hatte ein schlechtes Gewissen.

»Wenn du willst, können wir die Hände aufeinanderlegen.«

Ich mußte plötzlich wieder an Gertraud denken. Sie sah jetzt aus wie der Sumokämpfer Ichiriki. Hätte ich einmal in der Bank neben ihr gesessen und sie geküßt, wäre mein Leben vielleicht anders verlaufen.

»Hast du denn keine Freundin?«

Das, was von Stefans Hand ausging, kam mir in diesem Moment vor wie eine letzte Chance. Nein, sagte Stefan, Freundin habe er keine, er liebe Männer.

»Zwei Beamte«, mußte ich denken, »im Bett.«

Man kann sich und seinen Körper als zwei grundverschiedene Dinge auffassen, das Denken läßt das zu. Sollte ich mich von Stefan küssen lassen?

»Lieber nicht«, sagte ich, als er es versuchte. Mein Respekt vor dem Wirklichen war einfach zu groß.

»Hast du schon einmal an einer Leichenöffnung teilgenommen?«

Er hätte jetzt das Recht gehabt, verbittert aufzulachen. Er sagte aber bloß:

»Du?«

»Gegen meinen Willen. Trotzdem meldete ich mich freiwillig. Merkwürdig, dieser Widerspruch im Willen. Nur die Tüchtigen brauchen sich nicht vor ihm zu fürchten.«

»Und mich zählst du zu den Tüchtigen?«

Ich drückte seine Hand.

»Japan, Gipfel, Weltwirtschaft – das ist ja ein riesiger Topf an Leben! Dennoch scheint es, als könne man alles in vier Sätzen zusammenfassen. Als Sprecher bist du sogar dazu verpflichtet.«

Er zog seine Hand zurück, drehte sich und fragte:

»Was meinst du damit?«

»Wir Beamten.«

»Wir Beamten?«

»Manchmal lieg ich unterm Bett und spüre, wie sich das Denken inzwischen derart aus der Körperwelt herausentwickelt hat, daß –«

»Unterm Bett?«

Warum sagte ich das alles? Schweigend lagen wir nebeneinander und starrten an die Decke. Plötzlich sagte Stefan:

»Abgedreht. Total abgedreht.«

Dann piepte sein Handtelefon. Erst fand er es nicht, ich mußte ihm das Licht anknipsen. Unanständig sah das aus, und doch auch ehrlich, spontan, interessant, wie er da nackt im Zimmer stand und »Ja, natürlich« flüsterte, vielleicht zum Außenminister.

Was hatte ich denn erwartet? Daß Stefan den Beruf, dem er sein Leben widmete, nicht liebte? Ich hatte ihn beleidigt, eigentlich hätte ich mich entschuldigen müssen. Statt dessen fragte ich bloß:

»Der Außenminister?«

»Ich muß sofort hin.«

Ein merkwürdiger Stolz überkam mich, als ich ihn in das Hemd und die Hose schlüpfen sah. »Mein Mann«, dachte ich, fühlte mich in eine Ehefrau hinein und gab darauf acht, was er jetzt sagte. Ich sei ein völlig durchgeknallter Typ, meinte er, Tommi Bohnenberger, ein Schulfreund von ihm, sei erst Künstler und dann verrückt geworden, an den würde ich ihn erinnern.

»Künstler?« fragte ich, doch er hatte keine Zeit mehr. Zum Abschied trat er ans Bett, als wolle er noch etwas Wichtiges sagen. Er sagte aber nichts und gab mir nur einen Kuß.

»Mir!« dachte ich, als er draußen war. Dann rollte ich mich auf die Stelle, auf der er gelegen hatte. Ich ekelte mich vor der fremden Wärme. Dennoch war es ein wunderbares Gefühl. Ich stellte mir vor, ich sei jemand anderes. Ein König vielleicht oder ein Kaiser. »Tatsachen«, würde ich dann rufen, »fügt euch meinem Gesamtplan! Für Unordnung und Zufälle ist kein Platz mehr, ab jetzt liegt mein Schicksal in meiner Hand.« Die Macht erschiene mir als etwas Festes, Hartes, das unter den Arm paßt. Einfach wär's trotzdem nicht, Kaiser Nero hat sich zum Beispiel verzettelt.

Mit solchen Phantasien vertrieb ich mir die Zeit bis zum Aufstehen. An Schlafen war nicht mehr zu denken, ein Beamter, der in einer einzigen Nacht so viel erlebt hat, ist zu aufgewühlt dafür. Den Körper spürte ich kaum mehr, zwei schlaflose Nächte hatten ihn in eine unselbständige Beigabe des Denkens verwandelt. Nervöse Überdrehtheit – nein, diesen verächtlichen Ausdruck lasse ich nicht gelten. Ohne Reizung kein Nervenleben, ohne Nervenleben keine Seele! Meine begann zu flattern und zu fliegen.

»O du wunderbare, delikate Welt!« rief ich und sprang aus dem Bett.

Das hatte folgenden Vorteil. Alles schwebte und hüpfte in mir, sogar der Vizeamtsleiter, mit dem ich mich nun treffen sollte. Eine Erleichterung. Daß das Unangenehme im Gefühlsleben eine bedrückende Rolle spielt, ist verständlich. Unangenehm, ärgerlich, bedrückend – alles Wörter, die sich zu einer festen Begriffsgruppe zusammenfügen. Die Gruppenkraft dominiert, und das Beschränkte, Komische, Gutmütige des Einzelwortes kommt nicht recht zur Geltung. »Vizeamtsleiter«, sagte ich und machte vor dem Spiegel eine Grimasse.

Der Schwung, den mir das gab, hielt zunächst an. Beherzt

tauchte ich ins Gipfelgewimmel ein. Doch als ich endlich den ruhelos auf und ab laufenden Vizeamtsleiter fand – »diese Art der Nervosität richtet nur Schaden an«, dachte ich noch, dann wurde ich selbst von ihr erfaßt.

»Da sind Sie endlich!« rief er.

»Geht's schon los?«

»Gleich!«

Eine Übertreibung, wir mußten noch lange warten. Ich hielt mich dicht am Vizeamtsleiter, sofort, ich weiß nicht warum, geriet ich in seinen Bann. Er blickte ständig auf die Uhr, es zerriß mich fast. Dabei wußte ich gar nicht genau, worauf wir warteten. Eine Konferenz? Wer nahm teil? Um was ging es? Ich traute mich nicht zu fragen. Du machst es, sagte ich mir, wie damals bei der Prüfung in der Bank. »Yes« oder »no«, hier geht alles auf englisch.

Schließlich winkte uns jemand an eine Tür. Am liebsten hätte ich jetzt nach der Hand des Vizeamtsleiters gefaßt. Mein Vater hat nie nach meiner Hand gefaßt.

»Was humpeln Sie denn so?«

»Die Schuhe – ich ...«

Nur im Krankenhaus, als es zu spät war und mein Vater starb, röchelnd, spuckend, zitternd, tastete er nach der meinen. Der Raum, in den wir kamen, war kleiner, das Gewimmel vornehmer. Keine Schreie, keine Blitzlichter, nur hinaus- oder hereineilen und einander wichtige Botschaften zuflüstern. »Welche Eleganz!« hätte ich zum Vizeamtsleiter gesagt, wenn ich gedurft hätte. So aber mußte ich mich mit einem kurzen, ernsten Blick begnügen: »Die Macht! Und wir mittendrin.« Der Höhepunkt meiner Beamtenlaufbahn. Daß uns die Welt keine größeren Aufgaben stellt, liegt gewiß auch daran, daß es keine gibt. Plötzlich stürmte jemand herein und lief zum Vizeamtsleiter. Sie tuschelten, dann winkten sie mich heran.

»Der Briefwechsel, rasch!«

»Der – ?«

»Mit der russischen Zentralbank.«

Alle drei starrten wir auf meine Aktenmappe. Ich öffnete sie mit zittrigen Fingern und wühlte darin.

»Schnell«, sagte der Vizeamtsleiter.

»Ich –«

»Sind Sie sicher?« flüsterte der andere Beamte zum Vizeamtsleiter.

»Aber ja, der Satz steht drin.« Der Vizeamtsleiter sagte das viel zu laut. Niemand hier sprach so laut.

»Schnell, wo ist er denn?«

»Ich –«

Wer es nur vom Hörensagen kennt, dem erscheint das Beamtenleben als etwas Märchenhaftes. Es ist aber nichts Märchenhaftes, wenn schon, dann ist es etwas Symbolisches. Gleichförmig und ereignislos verläuft es, das reine, ununterbrochene Sein könnte man sagen. Doch dann – als springe plötzlich ein Teufel auf und brülle: »Gleich sind Sie tot!«

»Alles, alles, selbst die größte Anstrengung eines unübersehbaren Beamtenheeres, ist auf dem Nichts gegründet« – das hätte ich, wäre ich ein offener, ehrlicher, mutiger Mensch, jetzt dem Vizeamtsleiter gesagt, und auch dem anderen, der, wie der Vizeamtsleiter mir draußen mitteilte, ein Staatssekretär gewesen ist. Mitteilte ist ungenau, er schrie und flüsterte, beides zugleich. Es gibt solche unlogischen Mischformen. »Vor dem Staatssekretär!« Mehr sagte er nicht. Warum auch? Ich wußte ja, was er meinte. Nur deshalb sind wir nach Japan gekommen, um im entscheidenden Moment – jetzt war er vorbei.

Ich war tot. Tot? Ich meine damit bloß diese fürchterliche Leere, die im Kopf herrscht, wenn er nicht mehr denkt. »Du Depp, du Idiot« – solche Schimpfwörter hätten ausgereicht, um mir einen Halt zu geben, aber nein, nichts, nichts, und das Gipfelgewimmel hat das gleich ausgenutzt. Wie ein überflüssiger Gegenstand wurde ich von ihm hin und her geworfen. Einer, der den Willen verloren hat, ist wie eine Tapete oder ein Bodenbelag, nur nutzloser. Wer weiß, wo man mich noch hingeschubst hätte, wenn nicht plötzlich –

»Ludmilla!«

Sie sah mich verblüfft an.

»Gestern abend ... Stefan ... ich – haben Sie gedolmetscht?«

»Ja«, sagte sie, als wundere sie sich nicht mehr. Nachdem wir uns zum Ausgang durchgedrängt hatten, fragte ich sie, was sie vorhabe. Sie habe jetzt frei, sagte sie, und wolle in die Stadt. Ich schlug ihr vor, gemeinsam einen Tempel zu besichtigen. Sie willigte ein. Welche Wendung, eben noch – jetzt die neue glänzende Zukunft. Gewiß übertrieb ich, eine gemeinsame Tempelbesichtigung, was ist das schon? So kann nur denken, wer Ludmilla nie gesehen hat.

»Asakusa-Kannon-Tempel!« rief ich zum Taxifahrer, als seien solche japanischen Namen für mich eine Kleinigkeit. Überhaupt empfand ich plötzlich eine ungeheure Lust am Angeben. »So ein Gipfel«, sagte ich zu Ludmilla, »viel kommt nicht dabei heraus.«

Als sie wissen wollte, welche Art von Teilnehmer ich sei, antwortete ich: »Bankenaufsicht, Rußlandhilfe«.

Dann, meinte sie, sei ich bestimmt schon oft in Moskau gewesen. »Nein«, sagte ich, »die Russen kommen zu uns. Erst neulich hielt ich ihnen einen Vortrag.«

Im Grunde war es eine völlig neue Identität, die ich mir da verschaffte. Es war aber unumgänglich. Hätte ich vom Dachzimmer und dem klappernden Fahnengestänge berichten sollen? »Entführung!« hätte Ludmilla dann vielleicht geschrien und wäre aus dem Auto gesprungen. Ach was, das hätte Ludmilla nie getan. Wenn ein Mann und eine Frau, um sich kennenzulernen, gemeinsam einen Tempel besuchen, ist das ein sehr verheißungsvoller Auftakt.

Japan! Wie man es kennt, eine fünfstöckige Pagode, schöne, weit geschwungene Dächer, wirklich sehr japanisch. Innen, im Tempel, aber war man ganz auf sein eigenes, persönliches Empfinden des Geheimnisvollen angewiesen. Die schummrige Beleuchtung machte aus den unzähligen goldenen Gegenständen, roten Stoffen und Blumen einen Raum, in dem alles, die Enträtselung der Welt, die Erlösung vom Leid oder bloß ein einzelner Mord geschehen kann. »Wie in Italien«, flüsterte ich zu Ludmilla. Plötzlich ertönte eine Klingel, und zwei Mönche liefen in raschelnden Gewändern an uns vorbei. Sie bewegten sich ohne Ehrfurcht, wie zwei lärmende Kinder spritzten sie vorüber. Kein Wunder, dieser große, schaurige Raum war ja ihr Dienstzimmer.

»In seiner heutigen Form«, stand in meinem Reiseführer, »nach dem Krieg in Beton wieder aufgebaut.« In einer Ecke verkaufte ein Mönch kleine Papierröllchen mit Prophezeiungen für die Käufer. Draußen rollten wir kichernd die Zettel auf. VERSCHÜTTETES WASSER KEHRT NICHT IN DIE SCHALE ZURÜCK – das stand in englischer Sprache auf dem von Ludmilla. Auf meinem gab es nur japanische Schriftzeichen.

»Ein falsches!«

Ich wollte schon zurück und es umtauschen, Ludmilla aber

meinte, jeder habe nur das Recht auf eine einzige Prophezeiung, selbst wenn er sie nicht verstehe. Mißmutig steckte ich den Zettel ein. Dann kauften wir kleine, dicke Räucherstäbchen, die man anzünden und in ein vor dem Tempel stehendes, mit Sand gefülltes Becken stecken konnte. Auf den Räucherstäbchen waren buddhistische Zeichen aufgemalt, die wie Hakenkreuze aussahen. Ich fühlte mich plötzlich schuldig.

»Sind Sie Russin?«

»Ja, aber meine Mutter stammt aus Schweden, und mein Großvater war deutsch.«

Diese Vielfalt! Ganz erbärmlich kam ich mir vor mit meiner Lust, sie zu küssen.

»Sind Sie Beamtin?«

Sie grinste und deutete fragend auf einen großen Strauch, an dessen Ästen unzählige weiße Zettel hingen.

»Da stehen Wünsche drauf.«

Ich hatte das im Reiseführer gelesen. Aus der Aktentasche fischte ich ein Stück Papier, zerriß es und gab Ludmilla die eine Hälfte.

»Was werden Sie draufschreiben?« fragte sie.

»Daß ich gern Künstler wäre.«

»Künstler?«

Sie lachte und gab mir scherzhaft einen Stoß.

»Und Sie?«

»Geheimnis.«

Ich bildete mir ein, mein Name komme in ihrem Wunsch vor. Unsinn, ich hatte ihn ja noch gar nicht gesagt.

»Dominik? Ein schöner Name.«

»Dem Herrn gehörig. Von dominus.«

»Sie lieben Ihren Beruf nicht?«

»Er ist anstrengend, ständig muß ich hoffen, daß keine Bank zusammenbricht. Aber es gibt noch schrecklichere Berufe. Brennstoffhändler – da muß man immer hoffen, daß es kälter wird.«

Wieder ihr herrliches russisches Lachen.

»Gegen die Kälte gibt es Mittel.«

»Ludmilla!« rief ich jetzt und küßte sie. Nein, natürlich nicht. Wir liefen einfach noch ein wenig durch das Viertel, das den Tempel umgab. Überall winzige Geschäfte, in denen Elektronikartikel verkauft wurden. »Japan!« dachte ich, aber in Wirklichkeit war es wohl nur irgendeine Umgebung. Wir hätten auch auf einem Berg sitzen können oder in einem Boot auf dem Ozean.

Später betraten wir ein kleines Lokal, wo wir etwas aßen. Im nachhinein gesehen war das der Moment, in dem ich hätte sterben sollen. Sterben ist das falsche Wort. Was ich meine, ist aufhalten, den Fortgang, die Zeit. Ich weiß ja, die Zeit gibt es nicht, den Raum auch nicht, und das, was ich Ludmilla nenne, ist nur eine Gebärde meines Sehnens. Am besten, man betrachtet den Ablauf der Geschehnisse als ein ich weiß nicht wo produziertes Gewebe. Die Erinnerung ist etwas Herrliches, auch ich mache ständig von ihr Gebrauch. Im Vergleich zum sonstigen Leben ist sie ja auch eine Wohltat.

Ludmilla lachte. In meiner Erinnerung lachte sie. Über mich, über das, was ich sagte. Was das war, weiß ich nicht mehr. Vermutlich stammte es aus dem Beamtenleben, sonst kannte ich ja kaum etwas. Wenn ich sie nur hätte mitnehmen können, diese Ludmilla. Für einen Moment glaubte ich daran. »Ludmilla«, empfand ich, »ist etwas in mein Leben Eingetretenes.« Als ob das ein Raum sei. Wenigstens schmeckte das Essen. Der Fisch, den ich aß, bewegte sich sogar noch. Der

Koch hatte ihn aus einem Aquarium herausgefischt und ihn, ohne ihn zu töten, mit dem Messer für mich zurechtgemacht.

»Frische«, behauptete ich, »bei rohem Fisch ist sie das Wichtigste.«

Ich hatte keine Lust, mich mit dem Unglück des Fisches zu beschäftigen, mein eigenes gegenwärtiges Glück war viel zu groß. Doch Ludmilla gruselte sich vor dem Schnappen des Fischmauls. »Wann ist er endlich tot«, dachte ich und steckte mir ein neues Stück von ihm in den Mund. Tatsächlich schien er manchmal tot zu sein, dann schnappte er aber doch noch einmal. Wir schraken jedesmal zusammen und lachten, nicht aus Freude, nicht aus Trauer, aus Erregtheit. Außerdem schielten wir ständig hin. Eine Vereinigung der Leidenschaften – wie früher, als ich Kopf an Kopf mit dem Referatsleiter in eine Akte hineinschaute.

Später, als alles aufgegessen war, sprachen wir über Rußland. Ich behauptete, es sei mir wichtig, nicht als Land, sondern als inneres Gefühl. Ludmilla lachte. In meiner Erinnerung lachte sie. Nach ihren persönlichen Verhältnissen fragte ich wenig. »Lieber nicht«, dachte ich und betrachtete ihr dichtes, langes Haar. Es gibt tatsächlich solche Situationen, in denen ein einzelner weiblicher Körper das Verständnis für den Reiz der Wirklichkeit erhöht. Gerne hätte ich mit ihr darüber geredet. Statt dessen sprachen wir über die Zukunft Europas. Der Fisch war jetzt bloß ein Skelett, kaum zu glauben, daß er eben noch gelebt hatte. Am besten, wir hätten gar nicht gesprochen. Einander ansehen und über das Wunder der Geschlechtszugehörigkeit staunen, reicht das nicht?

Irgendwann sagte sie, wir sollten zurückfahren, sie müsse noch etwas für den nächsten Tag vorbereiten. »Ist sie«, fragte ich mich auf der Fahrt im Taxi, »wirklich Russin?« Für mich schon, Ehrgeiz und Pflichtbewußtsein erschweren den Genuß der Schwermut, unmöglich machen sie ihn nicht. Wir stiegen vor ihrem Hotel aus. Es lag unweit des meinen, noch schien nichts verloren. Der Weg zum Hoteleingang war kurz, aber wie oft tritt die Rettung erst in der letzten Minute ein. Es sei, meinte sie, ein wunderschöner Nachmittag gewesen, den sie nicht vergessen werde.

Eines muß hier noch gesagt werden. Mich als einen Zügellosen, Aufdringlichen anzusehen, wäre ganz falsch. Wen ich jetzt umarmte, nicht bloß kurz, das dauerte ewig, war ja nicht Ludmilla, sondern eine Produktion meines Inneren. »Rette mich!« sollte das heißen, mehr nicht. Erst erwiderte sie meine Herzlichkeit, schließlich war sie Russin. Sie klopfte mir dabei auf den Rücken, ein wenig wie bei einem Hund, und befreite sich, als ich nicht aufhören wollte, aus der Umklammerung.

»Ich bin verheiratet.«

»Mit wem!«

Das dichte, lange Haar, der duftende Hals, das Lachen – unmöglich, daß das alles einfach wieder weglaufen kann. Dann soll es wenigstens als innerer Eindruck günstig nachwirken. Nicht einmal das! Als ich mein Hotelzimmer betrat, erfaßte mich eine ungeheure Hoffnungslosigkeit. »Schlimmer als mein Dienstzimmer!« rief ich und warf mich aufs Bett. An Bohnenberger, Stefans Schulfreund, mußte ich denken. Als Künstler hatte ich nie von ihm gehört, aber seinem Schicksal als verrückt Gewordener fühlte ich mich ganz nah.

Eine lange, traumlose Nacht. Als ich am nächsten Morgen erwachte, kam ich mir vor wie ein neuer Mensch. »Der Vizeamtsleiter!« rief ich ohne Zusammenhang, nur so, quasi respektlos. Höchste Zeit aufzustehen, unsere Maschine flog bald ab. Oder sie verpassen?

»Nein«, entschied ich, »das wäre eine Übertreibung. Dennoch betrachte ich meine Beamtennatur ab jetzt als etwas Überwindbares.«

So wie der Vizeamtsleiter mich am Hotelschalter ansah, war das ein Beispiel für einen wortlosen Gruß. Im Taxi, im Zug, auf dem Flughafen – die ganze Zeit über schwieg er. »Na und?« hätte ich ihn trösten sollen. »Nicht jede Karriere kann bis zum Höchsten führen. Sonst wäre das Höchste etwas Niedriges.« Ich beschränkte mich aber darauf, den Reiseführer in der Hand zu halten und nachzulesen, welche japanischen Sehenswürdigkeiten wir verpaßt hatten. Außerdem zog ich im Flugzeug die Schuhe aus.

Diesmal kämpfst du! Mit dem Ellbogen um den Platz auf der Armlehne. Obwohl es sich um einen langen, erbitterten Kampf handelte, schien der Vizeamtsleiter ihn gar nicht zu bemerken. »Ist da jemand?« fragte es vielleicht in einem Gehirnlappen, der für das Unbewußte des Vizeamtsleiters zuständig war. »Ja«, hieß die Antwort, und der Arm nahm eine neue Stellung ein. Das Bewußtsein beschäftigte sich mit einem der Gipfelkommuniqués. Zuerst flog der Vizeamtsleiterblick unwillig darüber hin. Dann plötzlich bohrte er sich fest. *Erhöhte Aufmerksamkeit*, stand da, *complex groups* und *globale Risiken*. Was für ein drastisches, entschlossenes Geräusch das gab, wenn der Vizeamtsleiter solche Formulierungen mit einem roten Filzstift mehrmals unterstrich. Dann fast ein Jauchzer: *intensivierte Regulierung* – der Vizeamtsleiter kastelte es ein, sah mich an, blickte wie zur Sicherheit aufs Kommuniqué zurück und atmete auf.

Ich auch. Seinen kurzen Blick auf mich legte ich so aus, daß er mir verziehen hatte. Vielleicht noch nicht ganz, aber zumindest war die Möglichkeit angedeutet. Die menschliche

Leidenschaft – solange sie sich nicht auf immer in dasselbe verbeißt, muß man sich über das, was sie anrichtet, keine Sorgen machen. Wie oft hat mir mein Vater gezürnt, auch geschlagen hat er mich, manchmal mit dem Stock, manchmal mit der Hundepeitsche, aber mein Bedürfnis nach seiner Liebe hat das nur gestärkt. Sich mit den Gefühlen ineinander verzahnen, wie soll die Zusammengehörigkeit anders gelingen? Auch der Kampf um die Armlehne, den ich mit dem Vizeamtsleiter austrug, war immerhin ein gemeinsames Erlebnis. Jetzt wurde es unterbrochen, denn der Vizeamtsleiter beugte sich vor und schrieb auf die Rückseite des Kommuniqués einige Ideen, die ihm spontan einfielen.

Back-to-the-basics-Ansatz! schrieb er oder *Frage der financial stability!* Da er eine große, rasche Handschrift hatte, waren die Blätter bald vollgeschrieben. Es war eine gute Gelegenheit der Bewährung, als ich im entscheidenden Moment ein paar neue weiße Blätter aus der Aktentasche ziehen und ihm hinlegen konnte. So mußte er seine Gedanken nicht unterbrechen. Wie ein freier, starker Vogel von einem Ast zum nächsten flog der Filzstift über die Papierblätter. Natürlich war das Kratzgeräusch auch ein wenig unangenehm, dennoch genoß ich es. Gleich einer Maschine hörte es sich an, deren Ton den Eindruck von Sicherheit und Ausdauer vermittelt.

Irgendwann hörte der Vizeamtsleiter aber doch auf, ließ sich erschöpft zurückfallen und blickte durch das seitliche Fenster in ein weit unter uns liegendes Wolkengebirge.

»Es muß sich ändern«, flüsterte er. »Alles.«

Der Satz ging mir durch Mark und Bein. Und wenn ich kein Beamter mehr wäre? Dann dürfte ich den Vizeamtsleiter folgendes fragen:

»Kennen Sie Lully? Ein Komponist, der so heftig zu dirigieren pflegte, daß er sich eines Tages mit dem Dirigierstab in den Fuß stach und kurz darauf starb.«

Falls, ich glaube fest daran, das Denken seine Stimmungen den körperlichen Flüssigkeiten verdankt, dann muß es auch eine Saftquelle der Lebenslust geben. Ohne die Arbeit dieser Drüse wären der Übermut und der Leichtsinn gar nicht möglich. Ich wühlte in meiner Hosentasche, fischte einen Zettel heraus und tippte einem der vor uns sitzenden Japaner auf die Schulter.

»A temple prophecy! Please, can you translate it?«

Der Japaner lachte, als hätte ihn jemand gekitzelt. Dann nahm er den Zettel an sich. »Ach so!« sagte er mehrmals, als spreche er Deutsch, zeigte den Zettel seinem Nebenmann und diskutierte mit ihm über die englische Übersetzung. »Das ist etwas Persönliches!« hätte ich ihnen fast zugerufen, denn sie zogen noch andere Japaner hinzu. Die paar Schriftzeichen – hätte ich gewußt, daß es so schwer ist, hätte ich den Zettel nie hergegeben. Das halbe Flugzeug schien schon beteiligt, man lachte, stritt und reichte den Zettel weiter. Schließlich kam ein älterer Japaner auf mich zu. Ob ich es sei, das mit dem Zettel.

CRYING CHILDREN!
THE CLOUDS OF RAIN
THREATEN YOU AS BAD GHOSTS.

Ernst und streng trug er das vor, als handele es sich um eine uralte japanische Ermahnung. Die vor uns sitzenden Japaner klatschten und lachten. Auch er lachte jetzt, klopfte mir auf die Schulter und gab mir den Zettel zurück. Der Vizeamtsleiter kam mir plötzlich vor wie ein Inbegriff der Vernunft.

»Das macht nichts«, sagte ich laut.

Der alte Japaner hörte es, drehte sich um, winkte und lächelte. Bisher gab es zwei gegensätzliche Kräfte, die an mir rissen, das Beamtenleben und meine Abscheu vor ihm. Etwas Unzweideutiges ist das nicht, und das Beamtenleben aufzugeben, ohne innerlich zu zerbrechen, scheint ja ebenfalls eine große Herausforderung. Gibt es überhaupt etwas, was der Vernunft auf Dauer zu widersprechen vermag, so ist es wohl die Leidenschaft – ein Ding, über dessen Gefährlichkeit man sich gar nicht genug ängstigen kann. Wie leicht verfehlt man mit ihr den Lebensplan!

»Lebensplan!« wiederholte ich, vielleicht aus Trotz. Dann schubste ich mit meinem Ellbogen den des Vizeamtsleiters von der Armlehne und lächelte, als sei ich ein alter Japaner.